HimbeerToni

Joachim Seidel

Roman

Für Uschi & Charly, Carlotta & Anton

A-Seite

1. Problem-Charts, der neue Nachbar und das Schluckaufbaby

Anton aus Tirol – DJ Ötzi

Das Problem Nummer drei in meinem Leben ist seit einigen Jahren mein Name: Ich heiße Hornig, Anton Hornig, und die meisten nennen mich Toni.

Natürlich bin ich nicht der Anton aus Tirol, aber diese DJ-Ötzi-CD habe ich, als sie damals erschien, gleich von drei Freunden zum Geburtstag geschenkt bekommen. Und fortan sangen alle, wenn sie mich trafen: »Er ist so schön, er ist so toll …«

Damit hätte ich mich vielleicht gerade noch arrangieren können, doch nur ein paar Monate später brachte Mousse T. ein Lied mit meinem Nachnamen im Refrain auf den Markt, und alle grölten jetzt: »I'm so Horny, Horny, Hornig« oder nannten mich gleich Horny Hornich.

Und als dann Sponge Bob auf Super RTL lief, gesellte sich auch noch Plankton, jener amöbenhafte Widersacher von Mister Krabbs auf der erfolglosen Jagd nach der Krabbenburger-Geheimformel, in mein unseliges Spitznamenregister.

In letzter Zeit denke ich immer öfter daran, meinen Namen ändern zu lassen, aber meine Mutter ist gebürtige Finnin und heißt Sinisalo, was so viel heißt wie Blau (sini) und Ödwald (salo) – und Toni Sinisalo finde ich auch nicht wirklich besser.

Mein Problem Nummer eins aber heißt ganz klar Ada Teßloff, ist sechsunddreißig, sieht wahnsinnig gut aus, und wir zwei hatten seit Wochen keinen Sex, obwohl Ada und ich gerade mal seit vier Monaten zusammen sind.

Dabei bin ich eigentlich 'ne Frohnatur, doch in letzter Zeit – vor allem wegen der Probleme eins bis fünf – fühle ich mich manchmal wie Blödwald der Laue, Erdbeer-Schorsch und Brause-Paul zusammen, kurz: wie der HimbeerToni vom Dienst.

Früher war ich Basser in 'ner amtlichen Punkband, und Probleme kannte ich eigentlich nur vom Hörensagen. Remo Smash war vorbildlich abgehangene 78er-Schule. Wir haben uns damals in Berlin getroffen und eine der besten Punkplatten überhaupt aufgenommen: Toilet love. Jetzt bin ich über vierzig (Problem Nummer vier), arbeite als freier Textknecht für verschiedene Verlage und versuche in der restlichen Zeit, bislang vergeblich, etwas Bleibendes für die Nachwelt zu hinterlassen (Problem Nummer fünf).

Aber ab heute, Freitagnachmittag, wird zurückgeschossen, denn wir, Remo Smash, feiern unser fünfundzwanzigjähriges Bandauflösungsjubiläum, und dazu werden erwartet: ihre Durchlaucht Herr Blümchen, mein ältester Freund am Schlagzeug, ich natürlich und Sänger Holgi Helvis, mein direkter Wohnungsnachbar.

Fehlen werden Guitar-King Kurtchen »König« Reich, denn er ist seit einigen Wochen wie vom Erdboden verschluckt (Problem Nummer sechs), und natürlich Papa Punk, unser Leadgitarrist und Songschreiber, den es vor über zwanzig Jahren schwer zerrissen haben muss und der seitdem verschollen ist.

Mein Neueinsteigerproblem auf Platz zwei wohnt seit ein paar Tagen direkt über mir und meinem Etagennachbarn Holgi Helvis in Stockwerk sechs und hört, soviel ich weiß, auf den Namen Ursu – ein Mann, der so aussieht, als stamme er aus Gregorgisien oder einer anderen dieser früheren sowjetischen Teilrepubliken. Er ist der Logiergast von Ioan Rustavi, dem Intendanten des Theater- und Kulturzentrums unserem Haus gegenüber, wo Ursu, wie Rustavi sagte, schon letzten September mit seiner Puppe aufgetreten ist. Rustavi ist fast nie zu Hause und Hauptmieter der Dachgeschosswohnung über mir, in der diese Ursu-Knallcharge gerade wieder auf meinen und vermutlich auch Holgis Nerven rumtrampelt.

Zermürbt gehe ich rüber zu Holgi. Wir müssen etwas gegen diesen Radau tun. Seine Tür ist wie immer offen. Mein Nachbar liegt zwischen Stapeln von Autoprospekten und pennt. Dann öffnet er die Augen und bläst sein Bazooka-Kaugummi auf.

Ich sehe mich um. Rechner und Scanner sind angeschaltet. eBay-Dreamkarl, so nennen wir Holgi manchmal, hat offenbar noch nicht Feierabend. Unter der Woche läutet Holgi nämlich seinen Feierabend für Job Nummer eins gegen zwölf Uhr mittags gewöhnlich mit einer bettschweren Einliterdose Elephant-Bier ein, die nach Verzehr sein Einschlafen beschleunigt. Ich nehme einen tiefen Zug aus Holgis Dose, die auf einem Prospektestapel steht, seinem provisorischen Nachttischchen.

»Mensch, tut das gut!«, sage ich. Über uns poltert es.

»Ey, lass uns hochgehen, Alter!«

Holgi richtet sich auf, greift sich ein frisches Bier. Ich wische mir den Mund am Ärmel meiner Adidas-Joggingjacke ab. Dann gehen wir ins Treppenhaus und tapern treppauf: General Anton Blech mit seinem Blechbüchsenarmisten Holgi Helvis im Schlepptau. Die Dosen im Anschlag, halten wir in Stockwerk sechs inne.

Ich bücke mich, presse ein Ohr ans Türschloss. Drinnen spricht ein Mann mit hartem Akzent Englisch. Holgi lauscht ebenfalls. Er liegt mit seinem Tipp wohl richtig, dass der Fremde dort drinnen entweder mit sich selber kommuniziert und einen an der Marmel hat oder aber in ein Telefon spricht. Holgi geht in die Knie, späht durch den Briefschlitz. Ich drücke mein Ohr jetzt fest gegen die Tür.

»Yeah, fine, babe … No, I'll start at about nine … last time old show, Ursu's world's famous magical puppet show, see ya tonight, Adä.«

Adä! Woher kenne ich den Namen? Klingt wie Ada, nur mit ä am Ende, denke ich, während ich mich aufrichte. Und Ada ist meine Geliebte. Direkt vor meiner Nase befindet sich ein Stück verchromtes Metall ohne Aufprägung. Kein Name. Weder Usus, Ouzo, Ursus der Schreckliche noch der des Kulturbetriebs-intendanten.

Ich drücke mein Ohr wieder an die Tür. Zack, geht die Tür auf. Holgi und ich fallen vor Schreck fast vornüber, mit den Ohren noch dort, wo eben noch die Tür war.

»What are you doing here?«

Wir heben die Köpfe und wandern mit dem Blick an einem dunkelhäutigen Mann mit Schmerbauch empor, den er unter einer Tunika aus schwerem schwarzen Vorhangstoff verbirgt. Etwas lugt aus der Tunika heraus. Es sieht einem toten Politiker ähnlich, den ich aus dem Fernsehen kenne, nur in klein. Das Etwas starrt uns aus geröteten Augen an. Dann zieht es sich in den schwarzen Umhang zurück.

Holgi ist sprachlos. Er, der ja auch an Aliens glaubt, kann seinen Blick nicht abwenden von dem Herrn mit dem seltsamen Wirtswesen. Die Stimme des Fremden hat überrascht geklungen, aber nicht unfreundlich.

Ich betrachte das gebräunte Gesicht dieses nicht mal unattraktiven Glatzkopfs mit schorfigem Haaransatz. Auch auf den zweiten Blick, finde ich, sieht der Mann weder beängstigend noch besonders außerirdisch aus, denn er hält wie wir eine Dose Bier in der Hand, mit der anderen drückt er sich den Telefonhörer ans Ohr.

»Bye, love«, sagt er und legt das schnurlose Telefon auf der Garderobe ab. Seine Dose lässt er in einer Tasche seines Umhangs verschwinden. Der Mann sieht uns freundlich an und kratzt sich den schrundigen Haarkranz. Wie Schneeflocken rieseln feine Grind- und Schorfpartikel herab, die sich auf dem Umhang mit der seltsamen Wesenheit darunter sammeln. Eines steht fest, dieser Mann ist nicht

Ioan Rustavi, der renommierte Theaterintendant. Dieser Herr mit der juckenden Kopfhaut würde nirgendwo auf der Welt als kaufmännischer oder künstlerischer Leiter eines wie auch immer gearteten Kulturbetriebs durchgehen – höchstens als Flohzirkusdirektor, der seinem Ensemble den eigenen Körper als Heim-, Schlafstatt und Futterquelle zur Verfügung stellt.

Und ganz offensichtlich hat der auch auf den dritten Blick recht muslimisch-orientalisch erscheinende Herr gehörig einen an der Marmel. Holgi denkt sicherlich das Gleiche. Mit jecken Typen kennen wir uns aus. Der Mann pult weiter an seinem Kopf. Soweit ich verstanden habe, ist er Künstler. Aber was kann man auch erwarten von einem Zeitgenossen mit blutigem Schorf in der Gesichtsmaske, der am helllichten Nachmittag Bier in sich hineinschüttet und eine kindsgroße Puppe vor dem Bauch spazieren trägt.

»Jetzt weiß ich's«, rufe ich, »die sieht aus wie Slobodan Milosevic, dieser Serbenführer.« Auch Holgi kann den Blick nicht von der hässlichen Figur nehmen, die aus dem Umhang späht. Ruhe bewahren, denke ich, vielleicht ist der Typ ja richtig irre.

Ich tue erst mal so, als wäre es das Normalste der Welt, mit einem hässlichen vor den Bauch geschnallten Wesen herumzulaufen, dessen Maul sich wie bei einem schnappenden Karpfen bewegt und sich dann wieder unseren Blicken entzieht. Wegen der eben belauschten Gesprächsfetzen entscheide ich, mich in Englisch zu verständigen, obwohl ich, sagen wir mal, dieser Sprache nicht gerade mächtig bin.

»I am your neighbour«, sage ich und zeige auf meinen Freund: »This is my friend Holgi.«

»He is called Horny and comes directly to you from down under«, erläutert Holgi und zeigt auf mich.

»Ah, you are horny and from down under«, wiederholt der Dicke.

»My real name is Anton, but you can say Toni to me«, verbessere ich.

Der Mann betrachtet nachdenklich die ordentlich gewienerten Holzdielen zu unseren Füßen.

»Hi, Toni, hi, Holgi, nice to meet ya«, kräht plötzlich eine Fistelstimme.

Woher kam das? Der Südländer hat seine Lippen nicht bewegt. Na klar, der Typ muss Bauchredner sein!

»Hol ihn mal raus!«, sage ich.

»Pardon?«

Holgi zeigt auf die Puppe. »Fetch him out, der kriegt ja gar keine Luft da drin! I mean, when it is a human being.«

»Human being?«

»Mensch!«

»Ah! You mean Milo!«

Der fremde Mann zieht den oberen Teil der Puppe unter seiner Kutte hervor. Der Unterkörper steckt auf einem Stock, der in seinem rechten Hosenbein verschwindet.

»You are Toni?«, krächzt die Puppe.

»Yes. In Englisch and German«, bestätige ich.

»Das Teil kann echt sprechen und sieht aus wie Slobodan Milosevic!«, freut sich Holgi. »Das ist ja ’n Ding.«

»Okay, ihr beiden«, lenke ich ein und fixiere den Südländer und seinen hässlichen Anhang. »The problem is, ich wohne genau unter dir und schreibe, you know? Schreiben. Wie Buch. Roman, you know.«

Holgi legt seinen Arm auf meine Schulter. »Anton – since years he is riding a Roman.«

»Riding a Romän?«, sagt der Fremde.

Langsam werde ich sauer. »Lass man stecken, Alter«, sage ich. »Ich hab kein’ Bock auf das Gekasper hier oben, ich muss arbeiten, schreiben, nix mehr tack, tack, verstehste, stop this Radau here …!«

»Du musst Englisch mit ihm sprechen«, fällt mir Holgi ins Wort.

Holgi hat gut reden. Er kann aus dem Stegreif fast fünfzig Elvis-Texte auswendig singen. Mit siebzehn war er als Sänger zu Remo Smash gestoßen. Jahre später heuerte er bei den Fiesen Fettern an, ’ner drittklassigen Prollrock-

Truppe für Arme, was ihn leider ziemlich aus der Spur geworfen hat.

»My name is Radulescu, not Radau«, sagt der Mann mit der Puppe.

Ich setze noch mal an. »Seltsamer Herr, I am a writer, not a fighter, sonst würde ich dir jetzt eins aufs Maul geben. I need my silence to write. I am directly from down under, und Holgi ist auch from down under, only the Wohnung daneben.«

»Down under, daneben?« Der seltsame Nachbar betrachtet Holgis Koteletten unter der fettigen Matte, die ausgeleierte Jogginghose und seine uralten Filzlatschen.

»Lass gut sein and don't forget: Noise annoys or I call the Police«, sage ich.

»You just come up and say stop when it is too loud, okay? No police.«

»Don't make this fucking Lärm again with your puppet or you'll get heavy trouble with me and Toni!«, warnt Holgi.

»Bye, Ölgi, bye, Toni, for a free Kosovo, never ever Milosevic again, no Serbs and no police.«

»Letzteres liegt an dir, wie viel Krach du hier veranstaltest. Und freu dich, dass deine Heimat jetzt von fast allen Staaten anerkannt wird.«

»But they destroyed my show, my program!«

»Ruf doch die Polizei!«, sagt Holgi.

»By the way, boys. Be aware of a policeman here in Winterhude, his name is Schangeleidt, PM Schangeleidt, he hates Ausländers und Punks, too«, antwortet unser neuer Nachbar und lacht schallend. »You wanna join my show tonight? Come to the Kampnagel, the theatre on the other side of the street.«

Er reicht uns ein Faltblatt mit dem Programm. Dort steht: 20.30 Uhr: Die Zigeunerkapelle Fanfare Ciocarlia erreicht mit treibenden Paukenschlägen, schreienden Saxophon- und wilden Klarinettenklängen über zweihundert Beats pro Minute und hat bisher noch jeden Saal zum Kochen gebracht. Prämiert mit dem deutschen Schallplattenpreis. Im Vorprogramm: Radulescu Ursu, Kosovo, politische Pantomime, Bauchreden, Akrobatik auf Stelzen.

Okay, Bauchreden und Weltmusik im Punkrhythmus, obendrein mit dem deutschen Schallplattenpreis prämiert, das könnte, mit ausreichend Umdrehungen im Blut, durchaus ein weiteres Programm-Highlight unseres Revival-Bandtreffens werden.

»Durchgeknallt, aber grundsympathisch«, kommentiere ich beim Runtergehen.

»War mir klar, Horni. So 'ne Typen gefallen dir.«

»Wie meinste das denn?«

»Du warst früher auch so drauf.«

»Vielen Dank, Holgi. Bist 'n echter Kumpel.«

»Sach ma, kennst du diesen … Schangeleidt?«

»Nee, Alter, Bullen kenne ich grundsätzlich nicht mit Namen.«

»Was jetzt?«, will Holgi wissen, als wir ein Stockwerk tiefer in meiner Küche Platz nehmen. Ich blicke rüber auf die kalt verglaste Fassade des Bürokomplexes, in dem die Staples-Hauptverwaltung das Überleben des dahinter liegenden Kulturzentrums sichert. Fünf Stockwerke unter mir rauscht der Verkehr vierspurig dahin.

»Plan ist: Ich hol Herrn Blümchen vom Bahnhof ab, und du, Holgi, sorgst für die angemessene Aufstockung unserer Biervorräte.«

»Gebongt. Nachher bin ich noch auf Sendung. Muss mich dringend umziehen.«

»Kannste gleich Werbung machen: Fünfundzwanzig Jahre Remo-Smash-Auflösungsparty im Schlachthof heute Nacht«, sage ich. »Beginn ist um elf, und unseren bekloppten Kosovaren auf Kampnagel kannste auch für heute Abend ansagen. Wir treffen uns bei mir um acht.«

»Gebongt«, sagt Holgi schon wieder und geht rüber in seine Wohnung.

Oben bei unserem Bauchredner bleibt es ruhig. Wahrscheinlich denkt er über sein neues Programm nach. Dann klingelt mein Telefon.

»Judith, allerbeste, gute Freundin. Wie geht's?«, säusele ich.

»Ach, weißt du, Brunochen hat ganz schlimm Schluckauf, ich weiß gar nicht, was er hat.«

Na prima, denke ich, mit drei Jahren Erziehungsurlaub im Rücken kann sie es sich leisten, mir die nächste halbe Stunde minutiös die Befindlichkeiten ihres sechsmonatigen Balgs runterzubeten.

Judith ist nämlich nicht nur meine Ex, sie ist seit April verheiratet mit Brunochens Vater. Und Stephan ist IT-Heini drüben bei Staples. Manchmal sehe ich meinen Nachfolger von meiner Küche aus, wie er zum nächsten Meeting über die Flure hetzt. Er arbeitet auch an Wochenenden, und er passt, wie ich finde, gar nicht zu Judith.

Na gut. Verstehen konnte ich Judith damals schon mit ihrem Kinderwunsch, als sie noch mit mir zusammen war; schließlich geht die Gutste auch schon schwer auf die vierzig zu.

Ada, meine geliebte Geliebte und derzeitiges Problem Nummer eins, will zum Glück kein Kind. Das haben wir gleich zu Anfang geklärt. Davon abgesehen kann Ada sowieso keine Kinder kriegen, wegen irgendeiner Eileiterverklebung, was eine Befruchtung zu neunundneunzig Prozent verhindert.

Als wir uns vor vier Monaten kennenlernten, hatte Ada gerade eine ›sehr körperbetonte Bekanntschaft mit einem exotischen Mann‹ beendet. Den Namen hat sie mir nie verraten.

Ich selbst stand damals an einer Art transzendentalem Wendepunkt meines Lebens. Ich war nämlich zu der glorreichen, aber für den üblichen Arbeitsalltag eines fest angestellten Lohnsklavenschreibers kaum nützlichen Erkenntnis gelangt, dass maximal die ersten fünfzehn Minuten im Büro ganz schön und gerade noch erträglich sind: also ankommen, grüßen und begrüßt werden, Kaffee holen, E-Mails checken und noch ein paar Minuten mit den Netten von der Kollegenschaft herumjuxen. Dann ist aber wirklich alles durchgehechelt, die Kaffeetasse leer getrunken, und – schon sind die ersten fünfzehn Minuten um. Wie oft wäre ich nur zu gerne ohne die sich anschließenden neun Stunden gleich wieder gegangen.

Und weil ich mir das so von Herzen wünschte, kündigte mir der Chefredakteur meinen festen Vertrag. Seitdem mache ich dieselbe Arbeit frei auf Stundenbasis, ohne Urlaubsgeld und Lohnfortzahlung bei Krankheit, und das alles für zweihundertfünfzig Euro weniger im Monat. Dafür bin ich jetzt in der Künstlersozialkasse.

Judith dagegen hat's gut. Sie sitzt als gelernte Fotografin zu Hause mit Baby Bruno rum, und Stephan zahlt. Natürlich war sie mit Stephan gleich schwanger, kaum dass wir uns on-off-mäßig am Trennen waren.

»Was ist das eigentlich für ein Geräusch im Hintergrund?«, frage ich etwas genervt. »Hört sich an wie 'ne Schmutzwasserpumpe.«

»Die kluge Frau baut eben vor, hab gehört, ihr feiert heute.«

»Stimmt, und ich hab echt viel um die Ohren«.

»Ach. Und was?«, will Judith wissen.

»Remo Smash feiert ab heute Split-Jubiläumswochenende, komm vorbei. Nachher ist Auftakt auf Kampnagel. Treffen um acht bei mir.«

»Ich arbeite dran, Toni, du weißt ja, ich stille Bruno noch voll, und wenn ich bei euch abstürze …«

»Musst ja nicht abstürzen, würd mich freuen, wenn du kommst.«

»Altpunkparty ohne Absturz ist doch langweilig, Toni. Entweder ganz oder gar nicht.«

Ich schaue auf die Uhr. »Judith, ich muss los, Herrn Blümchen abholen, außerdem schmerzt mein Schädel. Und seit ein paar Tagen leider auch mein Schwanz.«

»Kein Wunder. Du säufst zu viel.«

»Du meinst, mein Schwanz hat einen Kater?«

»Woher soll ich das wissen, wahrscheinlich vögelt ihr wie die Karnickel.«

»Ada und ich hatten seit einem Monat keinen Sex mehr.«

»Dann vögelt ihr eindeutig zu wenig.«

»Judith. Fragst du dich nicht auch manchmal: Was bleibt später mal von dir übrig?«

»Toni. Die Sinnfrage stellt sich für mich nicht mehr.«

»Wie biste denn dahin gelangt?«

»Schaff dir einfach ein Kind an, Toni, das bleibt.«

»Damit ich so ende wie du und Stephan. Nein, Judith. Mit was Bleibendem meine ich Musik, Kunst, Schreiben, etwas Großartiges eben.«

»Toni, du steckst eindeutig in einer Midlife-Krise. Soll ich dir mal einen ehrlichen Rat geben?«

»Nein!«

»Such dir 'nen festen Job, und eier nicht weiter als Freier rum. Das wird dich auf andere Gedanken bringen.«

»Das sagt Ada auch. Seit vier Wochen meckert sie in einer Tour an mir rum.«

»Vielleicht hat Ada ihre Tage?«

»Aber doch nicht einen Monat lang.«

»Vielleicht ist es ja was Ernstes?«

»Ada hat 'nen Termin bei ihrer Frauenärztin. Aber ich weiß nicht, ob die ihr helfen kann. Ohne Unterlass geht das seit vier Wochen: Toni hier, Toni da, dauernd hat sie was Neues an mir auszusetzen, und das trägt sie dann extra in breitestem Schwäbisch vor, weil sie genau weiß, dass mich das verrückt macht.

Ich kann das jetzt auch schon. ›Toni, du hängsch dauernd in moir Wohnung ab. Geh doch rübr z dir. Sind doch nur 500 Medr. Und wenn du scho hir bischd: Siahsch nedd, dess dr Müllbeidl so auf koin Fall in den Mülleimr hinoighörd? Die Tüde muss undr den Henkl draa, siahsch, so, sonsch rudschd sie in den Eimr, und i muss den Dregg wiedr oisammeln. Muss man dir noh alls sage??‹ Ich sag dann: ›Ada. Sei mal ein bisschen locker. Das hätte ich schon noch gemacht.‹ Darauf sie: ›Wenn du scho den ganze Abnd hier abhängsch, kannsch ab jedzd bei mir arbeide, wo du sowieso dauernd moi Wohnung okkubiersch.‹ ›Locker bleiben, Ada‹, sage ich, aber es kommt nicht an. ›Wenn du no oimol doi Schuhe bei mir im Flur ausziahsch und bloß so hinknallsch, noh schmeiße i sie dir auf d Schdraße. Und di hinderhr. Hasch mi verschdande? Räum doi Schuhe fälligsch so weg, damid nedd jedr darübr schdolberd.‹«

»Das hört sich nicht gut an«, sagt Judith, »und das passt auch gar nicht zu Ada.«

»Wann ging denn damals bei uns beiden der Stress los?«

Judith schweigt, sie überlegt.

»So nach drei Jahren.«

»Vielleicht liegt's ja daran: Ada arbeitet im Moment richtig viel. Nach dem Praktikum bei ELLA verdient sie jetzt als feste Freie zum ersten Mal gut Geld mit dem Schreiben. Sie ist ja auch schon fast siebenunddreißig.«

Im Hintergrund heult etwas auf.

»Wart mal, Toni, Bruno braucht was zu trinken, ich geb ihm rasch die Brust ...«

Das Pumpgeräusch erstirbt, und Bruno schluchzt, wahrscheinlich schnappt er gerade vergeblich nach Judiths Milchbar. Dann läutet es an meiner Tür.

»Mal ehrlich, Toni. Wenn ihr beiden sowieso keinen Sex mehr habt, dann könnt ihr euch auch ein Kind anschaffen.«

»Danke für den Tipp, Judith, bist 'ne echte Freundin, dann bis heute Abend.«

Ich lege auf. Wovon redet die Frau eigentlich? Ich und ein Kind. Meine Türschelle bimmelt weiter, und in der Wohnung über mir donnert und kracht der Stelzenläufer. Überall Baustellen in meinem Leben, ich denke an mein Problem Nummer eins und gehe gemessenen Schritts zur Tür.

Bereits bei unseren ersten Dates vor ein paar Monaten hatte sich bei Ada und mir offenbart: Wir ziehen uns magnetisch an, verfügen aber über diametral entgegengesetzte Temperamente. Ich höre am liebsten Punk, Indie-

und Glamrock, Ada Klezmer und Klassik. Sie trinkt Wein, verträgt nichts und ist Frühaufsteherin, ich bin Langschläfer und Biertrinker, und meine Mutter Piia Hornig, geborene Sinisalo, ist Finnin, und die können bekanntlich saufen, bis der Arzt kommt.

Außerdem belastet eine extrem unharmonische Planetenkonstellation unser Zusammensein. Das jedenfalls wurde uns an einer schäbigen Astro-Bude auf dem Hamburger »Dom« für zehn Euro von einem ratternden Nadeldrucker schwarz auf weiß attestiert. Kurzum – zwischen Ada und mir ist es die … GANZ GROSSE LIEBE.

2. Der ultimative Chartbreaker: Von null auf eins und fünf nach zwölf!

Baby love – Supremes

Ich öffne die Tür. Vor mir steht Ada. Und ein Stockwerk über uns ruckelt der Kosovare vor seiner Tür auf dem Treppenabsatz herum – auf Stelzen.

»Adä, you come to my show tonight?«, krächzt Milo von oben, während gegenüber die Wohnungstür aufgeht und Holgi zu uns auf den Flur schlurft. Mein Nachbar schaut zu Ada und mir, dann hoch und blökt: »Was geht 'n hier wieder für ein Punk ab?«

Welch ein Anblick: Obenherum trägt Holgi seine vollständige Elvis-Montur. Und zwar nicht Elvis, Memphis, Tennessee, 1956, rank, schlank, gut aussehend, sondern Elvis, Las Vegas, 1976/77, mit weißem, paillettenbesetztem Jackett plus chromglänzender Breitwandsonnenbrille in der gedunsenen Gesichtsmaske.

Sein öliges Langhaar hat Holgi zusätzlich mit Pomade gebändigt und zu einem schulterlangen Pferdeschwanz verknüpft, sodass uns seine freigelegten Frühsiebziger-koteletten regelrecht ins Auge springen.

»Kann i vielleichd mol naikomma, odr sollet dia Babbnohsa do älles midgriaga?«

Dass Ada schwäbisch spricht, werte ich als schlechtes Zeichen: »Äh, klar doch, ich mein, was gibt's denn so Wichtiges, ich denke, du bist bei der Arbeit …«

»Schwätz koin Bäbb, Buala. Lass mi nai, sonsch gibd's Ärgr, Toni, so isch des.«

Holgi spitzt die Ohren. Ärger in der engeren Nachbarschaft wittert er spürsicher wie ein Zollhund am Flughafen die Kokapaste im Handgepäck eines kolumbianischen Drogenkuriers.

»Ada, Toni, ich will euch ja nicht zu nahe treten, so ein Streit bringt nichts! Ihr müsst vernünftig reden miteinander«, sprudelt es aus ihm heraus.

Holgi als Fachmann in Sachen Beziehungsberatung? Meines Wissens hat er seit Jahren keine Frau mehr in die Nähe seiner Wohnung gelassen, zumindest seit seine Messie-Höhle fast ausschließlich aus Autoprospektestapeln besteht.

Entsprechend beachtet Ada Holgi nicht weiter. Und ich vergesse schlichtweg, den Türrahmen freizumachen und meine Geliebte hereinzubitten. Ada neigt den Kopf zu meinem Ohr.

»Ich war gerade bei Frau Gerstung.«

Ada sieht mich durchdringend an, und ich heuchle interessiertes Erstaunen an ihrer hochdeutschen Feststellung.

»Ach, Frau Gerstung. Wie geht es ihr?«

Schon ist Ada den Tränen nahe, und ich habe leider nicht die leiseste Ahnung, wer Frau Gerstung ist.

»Geht's ihr nicht gut? Ich mein, Frau Gerstung.«

»Wie's ihr geht? Frau Gerstung ist meine Frauenärztin, und ich bin in der zehnten Woche schwanger.«

Mir schwindelt.

»Moment mal?«, sagt Holgi. Und das denke auch ich.

Sofern mir mein Gehörsinn nicht gerade einen ganz üblen Streich gespielt hat, toppt in diesem Moment gerade ein neues Problem, mit Namen zehnte Woche, die Spitze meiner persönlichen Problem-Charts.

»Wie, zehnte Woche?«, stammle ich und sehe Ada flehend an.

»Ich, Ada Teßloff, bin in der zehnten Woche schwanger!«

Irgendwas stimmt hier nicht.

»Von wem?«, entfährt es mir.

»Von dir, du Schwachkopf!«

Schwangerer Altpunk-Schwachkopf will aber kein Kind, schießt es mir durch den Kopf. Und jetzt bin ich wirklich platt und bewege die Lippen wie ein Fisch.

Holgi gibt den Elvis und richtet seinen Zeigefinger auf Ada.

»Du bist schwanger?«

Dann zielt er auf mich.

»Von Toni?«

»Jungs, wenn ihr schon alle da seid. Mehr schwanger geht gar nicht«, sagt Ada.

»Dann schon mal alles Gute von meiner Seite.« Holgi Helvis, unser Paartherapeut, nimmt einen tiefen Schluck aus seiner Astraknolle.

»Horni Hornig wird Vater! Ich halt's im Kopf nicht aus!«, schüttet Holgi sich aus, wobei sein Kopf wie bei einem Wackelhund auf der Hutablage im Auto hin und her pendelt.

»Was ist denn daran so ungewöhnlich?«, will ich jetzt wissen.

»Schon gut, Toni, versteh mich nicht falsch, hätt ich dir bloß überhaupt nicht zugetraut.«

Holgi trottet zu seiner Wohnungstür. Schlurf, schlurf. Und seine halb offenen Original-Siebzigerjahre-Galoschen verursachen das gleiche Geräusch wie seine runtergelatschten Hausschuh-Pantoletten, die ebenfalls aus der Erbmasse seines alten Herrn stammen.

»Alter, ich werd Taufpate, darauf geb ich einen aus.«

Ich lächle schwach und sage: »Verdammt, Ada, du kriegst ein Kind!«

»Wir kriegen ein Kind.«

»Ja klar, wir kriegen ein Kind!«

Ada fixiert mich wie einen bewegungsgestörten Autisten, dem gerade das Aufmerksamkeitsdefizit-Hyperaktivitäts-syndrom diagnostiziert, das Ritalin von der Kasse gestrichen und die Pflegeversicherung gekündigt wurde. Auf jeden Fall verrät ihr Blick, dass sie sich den Vater ihres Kindes irgendwie anders vorgestellt hat.

Unser Mann von oben hat seine Stelzen abgeschnallt und gesellt sich zu uns. Ich versuche einen kühlen Kopf zu bewahren und zähle erst mal eins und eins zusammen.

»Ada, verrat mir bitte: Das geht doch rein rechnerisch gar nicht. Wir beide haben seit Ewigkeiten nicht mehr miteinander geschlafen!«

»Seit genau einem Monat!«

»Das ist aber lang!«, meint Paartherapeut Holgi, der vor seiner Wohnungstür stehen geblieben ist und mitfühlend nickt.

»That's totally normal for pregnant women«, erklärt der Stelzenläufer. »I, myself, hab zwei children and two mothers in Kosovo.«

»Two mothers«, staune ich.

»Vier Wochen no sex, das ist no problem, only female hormones.«

»Aber wir haben doch aufgepasst!«, werfe ich in die Expertenrunde.

»Nicht verhütet?«, fragt Holgi ernst.

Ada schüttelt den Kopf und blickt hilfesuchend von mir zu unserem neuen Nachbarn – was geht den das überhaupt an? –, dann zu Holgi, den jetzt offenbar ein neuer Geistesblitz gestreift hat.

»Nur mal angenommen – also gesetzt den Fall – vielleicht ist Toni ja gar nicht der Vater?«

Ada, der Puppenspieler und ich setzen feindselige Mienen auf.

»Ich mein ja bloß«, sagt Holgi, er fühlt sich offenbar in die Enge getrieben. Ich fixiere die drei, beiße mir auf die Unterlippe, balle die Rechte zur Faust, schiebe den angewinkelten Arm rasch vor und zurück und rufe: »Leute, was zieht ihr so lange Gesichter? Ich werde Vater! Und das wird gefeiert.«

»Meinst du das ernst?«, fragt Ada und sieht mich ungläubig an.

»Ich hab nie was ernster gemeint.«

»Happy birthday, Adä, Toni«, kräht Milo, die hässliche

Bauchpuppe, und schüttelt den Kopf. »We have to go upstairs: rehearsal. Hope you come all to my show tonight. I will put you on the guest list. Eintritt frei. You will see last time my old Kosovo-program.« Dann stakst er nach oben ab in seine Wohnung.

Auch Holgi wird unruhig. Er hat genug gesehen und gehört. Sein Interesse an Ada, mir und dem Embryo in ihrem Bauch scheint verflogen: »Noch mal die allerherzlichsten Glückwünsche«, singsangt jetzt Holgi Helvis, die alte Rampensau.

Er zielt mit dem Zeigefinger auf Ada und mich: »See you later, old Holgi muss auf Sendung. And please do not forget to listen to Holger-Helvis-Räädiioo – hört mal rein nachher, Leute, wie jeden dritten Freitag im Monat, wenn es wieder heißt: Welcome to Helvis-Räädiioo mit dem einzigen one and only true Holgi Helvis, hail, hail, Punk 'n' Roll!«

»Komm endlich rein«, sage ich zu Ada und nehme meine Geliebte fest in die Arme.

»Toni. Ich liebe dich, und ich will endlich einen Schlüssel für deine Wohnung«, flüstert sie.

»Kriegst du, und ehrlich – wir packen das mit dem Baby!«

Ada schaut immer noch etwas skeptisch, und dann rollen ihr wieder Tränen über die Wangen. Sie geht in meine Küche und setzt sich.

»Ich muss Schachting in der Redaktion Bescheid sagen, dass ich schwanger bin, Toni!« Ich reiche ihr ein Tempo.

»Das hat doch Zeit«, erwidere ich.

»Nein, ich finde es nur fair, dass die rechtzeitig planen können. Ich fahr gleich noch bei ELLA vorbei.«

Während sich Ada weiter die Tränen abwischt, suche ich im Küchenschrank vergeblich nach dem Zweitschlüssel.

»Ich finde das Teil nicht.«

»Toni, du musst dich ändern, bis das Kind da ist. Zumal, wenn wir dann zusammenwohnen!«

»Aber Ada, das Kind ist ja noch gar nicht auf der Welt!«

Ada lässt ihren Tränen wieder freien Lauf. Ich reiche ihr das nächste Papiertaschentuch.

»Woher kennst du eigentlich den Bauchredner?«, frage ich Volltrottel.

»Toni. Ich will einen Schlüssel zu deiner Wohnung, und wenn wir es nicht schaffen zusammenzuziehen, dann …«

Ada geht ohne Abschiedskuss und schlägt die Tür hinter sich zu.

Während ich meine Küche nach dem verdammten Schlüssel auf den Kopf stelle, höre ich vom Treppenhaus noch Adas Schluchzen. Dabei müsste ich sogar noch einen dritten haben. Verdammt. Ganz plötzlich wird mir flau im Magen. Und völlig unvermittelt tut sich der Boden unter meinen Füßen auf.

Ich, Anton Hornig, blicke in die Abgründe meines bisherigen Lebens. »I've got Angst in my pants«, wie die Sparks diesen Zustand mal so treffend besungen haben. Wieder mal befällt mich diese diffuse Angst vor Bindung und Verantwortung. Zu wenig Geld, kein fester Job und seit Jahr und Tag an der Schwelle zum Erwachsenwerden. Andere kriegen ihr Leben doch auch gebacken – und das viel früher. Und jetzt bekomme ausgerechnet ich ein Kind.

Ich muss mich ablenken, haste in den Flur, sehe mich um. Der Anrufbeantworter blinkt. Scheißblechelse. Ich drücke auf Wiedergabe, Herrn Blümchens Telefonstimme quäkt: »Blümchen hier. Ich freu mich auf Hamburg und die Remo-Smash-Party. Und bring mal was zu lesen mit von deinem selbstgeschreibselten Kram. Ankomme Hauptbahnhof, zwanzig nach zwölf, und tschö.«

Noch mal verdammt. Es ist fünf nach zwölf.

3. Herr Blümchen, die Achtziger und eine Fata Morgana

Train kept a-rollin' – Motörhead

Ich trinke mein Bier aus, nehme einen Stapel meiner literarischen Ergüsse aus dem Drucker, verstaue sie in meinem Eastpak-Rucksack und mache mich auf den Weg zum Bahnhof. Ich beschließe, weder Herrn Blümchen noch sonst jemandem von meiner Vaterschaft zu erzählen. Mann, wir machen dieses Wochenende Party. Angehender Vater kann ich danach noch lang genug sein.

Im Metrobus muss ich daran denken, wie alles begann: Holgi und Kurtchen waren längst von Hamburg nach Berlin gezogen, als Herr Blümchen und ich aus der Provinz in die Mauerstadt aufbrachen.

Wir hatten schon als Teenager zusammen mit Papa Punk in unserem Kaff zusammen in einer Band gemuckt. Dann bekam Herr Blümchen seinen Einberufungsbescheid, wollte die nächsten zwei Jahre aber lieber in Berlin Schlagzeug spielen als zur Bundeswehr. Ich wurde zum Glück ausgemustert, schnappte mir meinen Basskoffer und ging mit.

Bevor wir auf Holgi und Kurtchen trafen, entsprach unser Dasein inhaltlich am ehesten dem Schriftzug auf einem verwitterten Emailschild an einer Westberliner Fabrikhalle, das Herr Blümchen und ich kurz nach unserer Ankunft an einem bitterkalten Januartag Anfang der Achtzigerjahre im tiefsten Kreuzberg entdeckt hatten.

Wir, die zwei frisch zugezogenen Wessis, hatten tags zuvor auf dem Flohmarkt am Reichpietschufer abgewetzte Anarcho-Lederjacken erworben, so, wie es sich für zugereiste Neuberliner gehörte. Nun verharrten wir andächtig, zähneklappernd in unseren schwarzweiß gestreiften Spandexhosen mit signalfarbenen Stulpen über den Waden, denn dort auf dem Fabrikschild stand geschrieben:

Wir stellen ein:
Und darunter:
die Produktion

Das entsprach genau unserem Lebensgefühl.

Und heute? Trage ich weder Spandexhosen noch neongelbe Stulpen. Berlin ist längst keine Frontstadt mehr, aber im Winter so deprimierend wie eh und je.

Am Bahnhof angekommen, klingle ich nochmals bei unserem ›lost Gitarrero‹ Kurtchen durch. Seit über zwei Wochen schon ist er wie vom Erdboden verschluckt.

Im Kino meinte eine Kollegin, Kurtchen habe kurzfristig Urlaub genommen. Aber ob und wohin er verreist ist? Elsbeth, Kurtchens Ex, will ich deswegen nicht behelligen. So besorgt bin ich dann auch wieder nicht. Kurt ist weiterhin nicht zu erreichen.

Herrn Blümchen erkenne ich schon von Weitem an seiner US-Marines-Brikettfrisur. Er kommt den Bahnsteig entlanggehumpelt, bleibt stehen und krümmt urplötzlich den Oberkörper nach vorn. Müde sieht er aus und fett. Wahrscheinlich hat Herr Blümchen wieder mal versucht, mit dem Rauchen aufzuhören.

Er schwitzt und keucht vor Anstrengung, sein Kopf ist puterrot. Hundert Kilo Lebendgewicht muss man eben erst einmal bewegen können. Mein Freund steht nach wie vor geknickt neben sich und einem Koffer mit Rädern unten dran. Er starrt auf die Gleise. Ich fahre mit der Rolltreppe runter zu Gleis 13/14 und bleibe direkt hinter ihm stehen.

»Blümchen, Blümchen an der Wand …«

Herr Blümchen wendet sich um.

»… wer hat den größten im ganzen Land!«, sagt er, ohne eine Miene zu verziehen.

Wir nehmen uns in die Arme. Herr Blümchen zieht mich näher an sich heran und umarmt mich nach Kräften. Eigenartigerweise tut mir plötzlich der Schwanz weh.

Auf mein »Herr Blümchen, an diesem Wochenende liegt Punkrock in der Luft« reagiert der beste Freund halbherzig. Er schaut auf seine Uhr und sagt: »Ich brauch dringend ’ne Mütze Schlaf. Sonst wird das nix mit Pogo.«

»Und du willst Punk sein?«

»Fünfundzwanzig Jahre Remo Smash! Das sollte eigentlich reichen. Was steht sonst an?«, will Herr Blümchen wissen.

»Na ja, heute erst Zigeunerpunk mit ’nem komplett durchgeknallten Stelzenläufer im Rahmenprogramm, der jetzt über mir wohnt, ist genau unsere Kragenweite, anschließend Poetry-Slam und Remo-Smash-Alarm auf ’em Kiez und morgen um vier Uhr Forget the Night – Fugazi live in der Fabrik.«

»Fugazi live? Alter. Ich muss Sonntag wieder um halb drei raus.«

»Alter. Die spielen nachmittags um vier.«

»Wie? Punkrock am helllichten Nachmittag? Und was machen die nachts?« Herr Blümchen gähnt genüsslich.

»Abends haben die was Besseres vor, als sich vor einer Horde ungelenk rumhopsender, grimassierender Altpunks zum Affen zu machen.«

»Ich mach alles mit. Hauptsache, ich muss nicht singen«, grummelt Herr Blümchen.

Gemächlich trotten wir in Richtung Ausgang Kirchenallee. Mein Gemächt schmerzt jetzt auch beim Gehen, und ich befürchte, dass es sich bei diesem Handicap um einen potenziellen Neueinsteiger in meine Problem-Charts handeln könnte. Währenddessen zieht Herr Blümchen sein kaputtes Bein weiter nach.

»Von der Leiter gefallen, nix Schlimmes«, sagt er und humpelt weiter.

»Na gut. Singen musst du bei mir nicht, backen und tanzen auch nicht!«

Seit der siebten Klasse wusste Herr Blümchen, dass er als Erwachsener die elterliche Backstube übernehmen würde und dass er zwar gerne Schlagzeug spielt, aber weder gerne singt noch tanzt. Einmal hatte Herr Blümchen in den Achtzigern öffentlich eine Art Veitstanz zu Love Like Blood von Killing Joke aufgeführt. Dabei hoppelte er wie ein gleichgewichtsgestörter Marabu auf Brautschau über die Tanzfläche im Stairway.

Und in den späten Siebzigern habe ich ihn sogar mit eigenen Augen Pogo tanzen sehen und fasziniert gelauscht, wie er Fast Cars von den Buzzcocks mit seinem tiefen Bass stimmlich untermalte. Aber das ist lange her. Herr Blümchen ist musikalisch wie ein Stein, und er hat nie sonderlich darunter gelitten. Und weil er schon 1978 mein bester Freund war und seinerzeit der Punkrock regierte, hatte ich ihn damals als Erstes gefragt, ob er nicht Sänger bei unserer ersten Band Deflöration werden wollte, nachdem Papa Punk in den Sack gehauen hatte und ein paar Monate vor uns nach Berlin abgehauen war. Dann haben Kurtchen, Holgi, Herr Blümchen und ich zusammen Toilet Love aufgenommen – wir nannten uns Remo Smash, und auch Papa Punk war kurzzeitig wieder mit an Bord.

Wir treten aus dem Bahnhofsgebäude ins Freie. Wie immer, wenn ich ihn am Hauptbahnhof abhole, weist mich Herr Blümchen beim ersten Ansichtigwerden großflächig im Gesicht Tätowierter und anderweitig vom Leben oder von Menschenhand Gezeichneter darauf hin, wie froh er doch ist, nicht mehr in der großen Stadt, sondern in der tiefsten Provinz zu wohnen.

»Bäähh«, tönt es aus ihm heraus, und dabei wabbeln seine fleischigen Wangen zum Zeichen seiner Intoleranz wie die hängenden Sabberlefzen einer Riesendogge.

Schweigend gehen wir zur Bushaltestelle.

»Ich hol uns was Trinkbares!«, sage ich.

»Gib mal dein Jahrhundertwerk her!«

Ich sehe Herrn Blümchen zweifelnd an. Er nickt mir zu. Ich krame einen Stapel ausgedruckter Romanseiten aus meinem Rucksack und reiche ihm ein Blatt.

»Lies erst mal das hier.«

»Willste mich verarschen?«

Herr Blümchen grapscht sich den ganzen Stoß, macht es sich mit einer Pobacke und ausgestrecktem Fuß auf seinem Rollkoffer bequem und beginnt mit der Lektüre. Ich gehe zum nächsten Imbiss. Vor dem Reingehen drehe ich mich um. Tatsächlich: Mein bester Freund sitzt da und liest meinen Text. Und guckt dabei kein bisschen angewidert. Ich lasse ihn lesen, bleibe dann mit den erworbenen Bierdosen hinter Herrn Blümchen stehen und sage nichts. Plötzlich beginnt der Fahrkartenautomat zu sprechen. Herr Blümchen schreckt auf.

»Wegen einer Demonstration in der Innenstadt verzögern sich die Abfahrtszeiten der Metrobuslinien 4, 5 und 6 sowie der Schnellbusse im gesamten Innenstadtbereich. Wir bitten um Ihr Verständnis.«

Also latschen Herr Blümchen und ich die Kirchenallee zurück. Vorbei an Imbisshallen mit weißen Plastikmöbeln davor und den wenig einladenden City-Hotels; vorbei am Deutschen Schauspielhaus in Richtung Lange Reihe.

»Wie findstes?«, frage ich.

»Berlin-Moabit, Remo Smash, Knete und das ›Glühwürmchen‹, der Übungsraum hinter den Klos im Ballhaus Tiergarten und die Kack-Achtziger, alles gut getroffen, Alter«, sagt Herr Blümchen und guckt gnädig. Er ist durstig, will aber seine Dose noch nicht aufreißen. Auf der anderen Straßenseite erblickt er »Max & Consorten« und stopft seine Bierbüchse in den Rollkoffer.

»Der Laden ist auch Kack-Achtziger«, maule ich, ahne aber, dass er jetzt da rein will. Ich kann diese Destillen mit abgehangenem Flower-Power-Ambiente, in denen die Zeit stehen geblieben ist, nicht mehr verknusen. Dass ich noch immer gegen Altfreaks aus den Siebzigern allergisch bin, macht mich nachdenklich. Als Teenager hatte ich ihre langen, hennarot gefärbten Matten, die hängenden Schultern und den schlurfenden Gang anfangs glühend bewundert, auch dass diese Menschen dauernd kifften und Dinge sagten, wie »Hey, Män, das is' aba echt groovy, Alda«, konnte mich eine Zeit lang nicht abschrecken.

»Ich hab Brand wie 'ne Bergziege«, drängelt Herr Blümchen. Also gehen wir rüber ins »Max« am Spadenteich. Was für eine Wuselbartkneipe. Herr Blümchen humpelt in den Vorraum, seinen rollenden Koffer im Schlepptau, dessen Räder jetzt zu quietschen anfangen.

»Bergziege ist auch Kackachtziger.« Ich hasse die ganze verdammte Dekade wie die Pest, fast so schlimm wie 1975, aber das war ja bloß ein Jahr. Die Achtziger dagegen waren und werden immer das verlorene Jahrzehnt bleiben – mein verlorenes Jahrzehnt.

»Das Beste war Repo Man«, befindet Herr Blümchen, der es auch im Kino gerne etwas härter mag. Der dunkle Schankraum riecht trotz Rauchverbot nach alten Kippen, abgestandenem Bier und totgeschlagener Zeit.

Bis auf die gut aussehende Bedienung hinterm Tresen ist kein Mensch zu sehen. Wir setzen uns an einen Tisch am Fenster. Herr Blümchen ordert zwei Halbe.

»Ich weiß bis heute nicht, wie wir den ganzen Achtziger-Schwubelkram ertragen konnten: ›Kristallnaaach‹, ›Wir wollen Sonne statt Reagan‹, Friedensbewegung, Georg Danzer, Baldur Springmann und wie die ganzen Bots und Baps so hießen«, sagt Herr Blümchen und seufzt.

Ich rufe »Aufstehn«, erhebe mich und gehe zum Klo. In der Mitte der Kneipe bleibe ich stehen und singe zu Herrn Blümchen rüber: »Was wolle wir dringe siebe Dage lang, was wolle wir dringe?«

Und Herr Blümchen kräht zurück: »Weiches Wasser bricht den Stein!«

Am Urinal stehend frage ich mich, ob es je ein dreißigjähriges Remo-Smash-Treffen geben wird, wenn ich demnächst ein Kind kriege. Mich überkommt heftiger Durst.

»Euer Bier kommt gleich«, schallt es von der Theke. Die Frau ist viel jünger als wir, so um die zwanzig plus. Gnade der späten Geburt. Die trüben Achtziger müssen an ihr folgenlos vorübergegangen sein. Herr Blümchen wirft einen begehrlichen Blick auf sie oder die beiden Blonden auf ihrem Tablett.

»Warum hast du eigentlich so 'n Schiss, dass du bei mir singen musst?«, frage ich Herrn Blümchen, als ich mich wieder setze.

»Ich hatte die Tage genug Gesang. Aber lass man, ist mir peinlich.«

»Los, Blümchen, mir kannstes doch sagen.«

»Schieb noch mal 'n paar Seiten zu lesen rüber«, mault er stattdessen.

Ich hole einen weiteren Stoß vollgetippter Blätter aus dem Rucksack und lege sie vor mich auf den Tisch. Herr Blümchen schnappt die paar Seiten, beginnt zu lesen, und ich denke an all die unbeschwerten Tage damals mit meinem besten Freund und wie sich die Zeiten geändert haben. Ich stürze mein Bier runter.

Herr Blümchen streckt mir die Hand entgegen.

»Gib her! Alles, was du hast«, sagt er. Ich reiche ihm die restlichen Seiten, die er zu den Bierdosen in die Außentasche seines Koffers schiebt. Herr Blümchen trinkt aus, zückt sein Portemonnaie und fixiert mich.

»Wusstest du, dass ich demnächst 500 000 Euro Schulden habe?«

»'ne halbe Million, warum das denn?«, frage ich entsetzt.

»Ich bau 'nen Back-Stopp; weißt du, ist wie 'ne Waschstraße, nur dass man hinten mit 'ner Tüte Brötchen wieder rausfährt.«

»Drive-in für Backwaren finde ich gut, wo man doch

heutzutage fast nirgends so was Exotisches wie Brötchen zu kaufen kriegt«, argwöhne ich.

»Das genau ist das Problem. Das Grundstück liegt neben einer Tankstelle, und die verkaufen seit letzter Woche auch Brötchen, Croissants; was du willst. Und weißte, was ich bin?«

»Gekniffen?«

»Voll, Alter.«

»Kannste den Banken nicht sagen, nee, danke, ich will eure Fünfhunderttausend jetzt nicht mehr? Ich hab's mir anders überlegt?«

Herr Blümchen schüttelt den Kopf.

»Nee, Alter, das zieh ich durch.«

So ist er, mein bester Freund. Starrköpfig und unbelehrbar. Ich überlege, wie viele Millionen Brötchen er backen muss, um von den Schulden wieder runterzukommen. Herr Blümchen wird unruhig.

»Was steht denn heute an auf Kampnagel?«, ranzt er.

»Blaskonzert.«

»Blaskonzert ist immer gut«, erwidert Herr Blümchen, »apropos, wie läuft's denn bei dir und Ada?«

»Na ja. Es gibt da schon Neuigkeiten …«

»Vögelt ihr ordentlich?«

»Wir leben eher abstinent.«

»Hört sich fast so an wie vor einem Jahr bei deiner Ex Judith und diesem Stephan, als sie schwanger geworden ist.«

Ich schlucke. Der Vergleich trifft mich mit Wucht. Ich hatte Herrn Blümchen erzählt, wie froh ich damals war, dass dieser Schwangerschaftskelch an mir vorübergegangen und direkt an Stephan übergeben worden war. Und jetzt? Habe ich mit Ada denselben Salat.

»Ab fünfunddreißig wollen die Weiber alle nur das eine: nämlich Nachwuchs.«

»Du hast gut reden«, sage ich, denn Herr Blümchen ist dank einer Hoden-OP vor einigen Jahren eine taube Nuss.

»Denk dran, Toni. Alles Schlampen außer Mutti. Und Punk rules.«

Für mich steht jetzt felsenfest, ich werde weder Herrn Blümchen noch sonst jemandem an diesem Wochenende von meiner Vaterschaft erzählen. Altpunk, der sein Leben nicht im Griff hat, kriegt Kind, tolle Wurst, wie soll man da noch ausgelassen feiern? Holgi muss ich allerdings noch nachträglich zu absolutem Stillschweigen vergattern.

Als ich das mit mir geklärt und für uns beide bezahlt habe, schlendern Herr Blümchen und ich die Lange Reihe runter zur nächsten Bushaltestelle. Von meinem jetzt permanent schmerzenden Schwanz sage ich sicherheitshalber auch nichts.

Der 6er-Bus zum Borgweg rauscht an uns vorbei, aber hinterherrennen wollen und können wir nicht. Stattdessen schauen wir bei Sardo rein. Das liegt auf dem Weg, und ich kann sowieso an keinem Plattenladen vorbeigehen.

»Nun erzähl schon, wo hast du gesungen?«

Herr Blümchen ist vorausgeeilt und durchkämmt bereits die Sparte Filmmusik nach einem Vinyl-Exemplar des Repo-Man-Soundtracks. Er schaut mich an und sagt: »Alter, ich hab gestern vor dreihundert Bäckern gesungen, ohne Scheiß, und Hanna ist dabei die Bandscheibe aus der Verankerung gerutscht.«

»Aber du kannst doch gar nicht singen.«

»Deswegen ja. Ich fand das gar nicht komisch.«

»Warum hastes dann gemacht?«

»Ich wurde genötigt.«

»Von dreihundert Bäckern?«

»Und ich bin nicht mal Ralf König.«

»Natürlich nicht!«, versuche ich Herrn Blümchen zu beruhigen, bin aber etwas besorgt über seinen Gesamtzustand. Dass er nicht gerne singt, weiß ich seit der achten Klasse, aber da hieß er auch noch nicht Herr Blümchen, sondern nur Carl und mit Nachnamen Blum. Herr Blümchen hält inne und sieht mich durchdringend an.

»Hanna und ich waren beim Hessischen Bäckertag in Fulda, wo sonst nur Bischofssynoden und so stattfinden, und dort hat uns Herr König, der moderierende Motivationstrainer der Landesbäcker-Innung, zum Absingen von Froh zu sein, bedarf es wenig, und wer froh ist, ist ein König gezwungen. Natürlich wurde ich auf die Bühne gebeten und habe die Gelegenheit nicht verstreichen lassen – angestachelt von Herrn König, der auch mit Vornamen so heißt wie der schwule Comiczeichner –, lauthals das gerade eben gehörte Lied als Vorsänger ins dargereichte Mikro zu singen. Okay, können sie haben, habe ich mir gedacht, und dann blökte ich statt ›Froh zu sein, bedarf es wenig‹ den in Bäckerkreisen kaum bekannten Vers ›Schwul zu sein bedarf es wenig, ich bin schwul und heiß Ralf König‹«.

»Krass«, sage ich.

»Was weiß ich, was in mich gefahren ist. Vielleicht war's die Vorfreude auf unser Bandtreffen.«

Ich grinse. Mit zwölf Jahren hatte ich meinen besten Freund zum ersten Mal singen hören. Danach hatte er aus dem Gesicht geblutet. Wir saßen in der Klasse nebeneinander, trugen Sandalen und gelbe Frotteehemden mit Kordelausschnitt, ich hatte eine hellbraune, er eine beigefarbene Feincordhose an.

Herr Blümchen fuhr ein Bonanzarad mit High-Riser-Lenker und gold gesprenkeltem Bananensattel sowie nachträglich installiertem batterie-betriebenen Plastikmotor unterhalb der 3-Gang-Knüppelschaltung, der nicht für zusätzlichen Schub, dafür aber satten Sound sorgte. Ich hatte ein dunkelgrünes 26er-Herrenfahrrad, an dessen Vordergabel ein Stück Hartpappe mit Tesafilm befestigt war. Beim Fahren platterte das Stück Karton gegen die Speichen und verursachte Geräusche, die an einen laufenden Mopedmotor erinnern sollten. Dazu hatte ich einen Hochlenker mit Tacho, und dreifarbig gewickeltes Plastikband umspielte meine Bremszüge.

Herr Blümchen war damals von Dr. Bärbraun, dem Musiklehrer, aufgefordert worden, seine Singstimme zum Einsatz zu bringen. Als Herr Blümchen weisungsgemäß tirilierte, sprang Bärbraun von seinem Hocker am Flügel auf und brüllte Herrn Blümchen nieder: »Du musikalischer

Neandertaler, du!« Herr Blümchen aber sang ungerührt weiter, etwas flog ihm gegen den Kopf, und dann lag mein bester Freund auf dem Boden. Er schüttelte sich benommen, betastete die Platzwunde, die Bärbrauns Schlüsselbund an seiner Stirn hinterlassen hatte, und kaum jemand sollte Herrn Blümchen je wieder singen hören.

»Darf ich das irgendwie verwenden?«, frage ich.

»Nein«, sagt Herr Blümchen, der jetzt die Indie-Langspielplatten durchkämmt. Repo Man auf Vinyl war offenbar aus. Ich hatte mich derweil über die Punksingles hergemacht, in der Hoffnung, die eine oder andere Rarität günstig abzugreifen.

»Künstlerpack! So seid ihr doch alle, erst feixt ihr euch einen auf anderer Leute Kosten, und abends hoch die Tassen, dicke Weiber aufreißen, dann schön pofen, und anschließend verbratet ihr das Ganze künstlerisch. Ich beneide dich um deine Schreiberei, Toni.«

»Alter, ich geh auch arbeiten, ich verdien mein Geld als Redakteur, und niemand zwingt dich, tagaus, tagein in deine mehlige Schwitzstube zu gehen. Dein kaputter Fuß wird von dem Geacker auch nicht besser! Du brauchst irgend ’nen Ausgleich.«

»Alter. Ich hab Abitur, aber sonst nix gelernt, ich schlag mir die Nacht um die Ohren für ’n Appel und ’n Ei, damit ihr Tagediebe morgens frische Brötchen habt. Ich sage dir, bei mir ist auch bald der Ofen aus. Ich will kein Mehlquäler mehr sein, ich werd Künstler.«

»Und was wird aus deinem Back-Stopp?«

»Scheiß auf Back-Stopp!«, sagt Herr Blümchen und betrachtet die Soundtracks zum Untergang 1 und 2. Ich nehme die erste LP der Ramones von 1976 in die Hand. 1-a-Zustand, aber mit zwanzig Euro zu teuer.

»Ich schmeiß irgendwann hin den Dreck!«, pöbelt Herr Blümchen weiter, woraufhin ich eine spontane Vision verkünde: »Blüte Blümchen, der unmusikalischste Atonal-Sänger der Welt, trommelt ab sofort wieder – und zwar auf selbst geschweißten Mannesmann-Röhren. Okay, gerne auch auf Stahlträgern, Weißblech und jeglicher Art Alteisen.«

»Reifenstahl!«, ruft Herr Blümchen.

»Was für Stahl?«

»Hier!« Herr Blümchen wedelt mit einer LP-Hülle herum, er schaut sich um und flüstert: »Reifenstahl – und du wirst nie mehr normal. Die Wunderwaffe, irre selten das Teil!«

»Was soll die kosten?«

»Leise, Mann!«, faucht Herr Blümchen. »Vierzehn Euro, so billig krieg ich die nie mehr.« Herr Blümchen schielt in Richtung Plattenladenmann, der hinter der erhöhten Kasse auf einem Hocker thront und mit betont gelangweiltem Blick meinen aufgeregten Freund mit der seltsam aussehenden Plattenhülle in der Hand mustert. Dann blättert er weiter und versenkt sich in einen Testbericht der Zeitschrift Gitarre & Bass.

»Mach dir mal nicht gleich in die Hose. Dieser Mann hinterm Plattentresen gehört zur Spezies Muckerpolizei. Tagsüber stellen Männer wie er das Verkaufspersonal in Plattenläden und Musikalienhandlungen, und nach Feierabend wird in übers ganze Stadtgebiet verteilten Übungsbunkern ohne Belüftung und Toiletten musiziert und bei Bedarf in Plastikkanister gepinkelt.«

Dieser Mann dort oben würde niemals in letzter Sekunde den wahren Wert einer seltenen Schallplatte erkennen, um dann zu sagen: ›Welcher Idiot hat denn diese Platte mit vierzehn Euronen ausgezeichnet? Nee, nee, unter ’nem Fuffi geht die mir aber nicht vom Hof!‹

»Ich besitze nicht eine teure Schallplatte«, bedauert Herr Blümchen, und mir fällt ein, dass meine umfangreiche Siebziger-Punksingle-Sammlung das einzig Wertvolle in meiner Wohnung darstellt.

Der müde Verkäufer im Sardo-Plattenladen schlägt gelangweilt seine Gitarrenzeitschrift zu und entzündet sich eine filterlose Zigarette.

»Er raucht Lucky Strikes«, flüstert Blümchen mit konspirativem Blick.

»Das muss ’ne Aushilfe sein. Echte Platten-Digger

rauchen Zigarillos oder drehen selbst. Nicht im Traum denkt der daran, den Preis für deine Reifenstahl-Platte nachträglich anzuheben«, erkläre ich.

Herr Blümchen schaut trotzdem besorgt und flüstert weiter: »Lass uns bitte das Thema wechseln, ich sage dir, der kriegt das alles mit.«

Ich nehme Herrn Blümchen die LP aus der Hand und gehe forschen Schrittes zum Tresen, lege die Schallplatte ab, fingere meine Geldbörse aus der Jackentasche und zähle vierzehn Euro auf den Tresen.

Lucky kassiert das Geld, notiert Interpret und Titel in einem linierten Schreibheft und widmet sich wieder seiner Lektüre. Ich drücke Herrn Blümchen die Platte in die Hand und sage: »Was meinste, wollen wir mit Remo Smash ein Revival starten?«

»Ich würd gerne mal echte Kunst machen.«

»Wie denn, als Herr Blümchen?«

»Nein, als Doppelzett natürlich. Schmiedeeisern prangt mein Name, das doppelte Z, als Logo über meiner zum Studio umgebauten Bäckerei – zwei gewaltige Zetts aus Metall, und bei der Arbeit herrscht eine Kreativität, die sich gewaschen hat. Nie mehr soll dann in meiner Backstube je wieder ein Teigling, Salzmännlein oder anderes Zuckerwerk einen Backofen von innen sehen. Aufstehen würde ich frühestens um neun, ab zehn ist das Atelier geöffnet, vorne wird Kunst verkauft, und ich stehe hinten mit dem Schweißbrenner am Steinofen.«

»Viel Erfolg noch, ihr beiden Superkünstler!«, hallt es vom Tresen rüber. »Sardo in Altona war übrigens mein erster Plattenladen! In einer Band spiele ich auch nicht, und die Reifenstahl-Platte erfüllt den Tatbestand der Körperverletzung. Alles klar?«

Lucky saugt genüsslich an seiner Zigarette und grinst. Ich starre ihn an. Herr Blümchen guckt betreten auf die Wunderwaffe und verstaut sie in seinem Rollkoffer.

Es hat zu regnen begonnen. Wir bleiben im Eingang des Plattenladens stehen. Ich beobachte Lucky aus den Augenwinkeln, während Herr Blümchen sich den Pinnwand-Zetteln und Event-Flyern widmet.

»Was jetzt?«, fragt Herr Blümchen. Er blättert im Veranstaltungskalender eines kostenlosen Stadtmagazins. Ich schaue raus zum Bürgersteig, und mir fällt fast die Kinnlade runter.

»Was grimassierst du?«

»Ich grimassiere nicht!«, empöre ich mich, »guck dir mal die Type an.«

Draußen geht ein Mann mit tief gebräuntem Gesicht vorbei, der mir gut bekannt vorkommt.

»Entweder ist das eine Fata Morgana oder Kurtchen«, sage ich.

»Fata Morgana«, antwortet Blümchen bestimmt.

Stimmt. Kurtchen kann das gar nicht sein.

4. Kurtchen in Farbe, eine lange Reise und jede Menge Dosenbier

Isle of nowhere – SoulShelter

Kurtchen heißt mit Nachnamen Reich, sein Spitzname ist König, und er ist ausgewiesener Fan des »King«, genau wie Holgi Helvis, unser Sänger. Wobei man bei Holgi schon von Elvis-Fanatismus sprechen muss, bei Kurtchen nur von aufrichtiger Bewunderung. Und Kurtchen war noch nie in seinem Leben braun gebrannt, dafür aber seit Wochen wie vom Erdboden verschluckt. Höchst ungewöhnlich.

Jetzt bleibt die Fata Morgana oder Kurtchens dunkelhäutiger Doppelgänger stehen, macht kehrt und wirft einen begehrlichen Blick auf die Sardo-Schaufensterauslagen. Ich mustere das braune Wesen, denn ich weiß, dass Kurtchen seit geraumer Zeit von der dort ausgestellten Frühsechziger-Surfbeat-Fünfer-CD-Box angetan ist. Und ich weiß, dass er kein Geld dafür hat. Seit seiner Trennung von Elsbeth ist Kurtchen nämlich chronisch klamm. Kurtchen war unser Gitarrist und ist der Älteste von Remo Smash.

Kurtchen lebt nicht nur von Elsbeth getrennt, sondern hat mit ihr eine ganz reizende Tochter, Berenike, und führt vier Tage die Woche Filme in einem Off-Kino vor, was nicht gerade fürstlich entlohnt wird. Vielleicht hat er ja neuerdings 'nen Vierundzwanzig-Stunden-Job in einem Sonnenstudio, schießt es mir durch den Kopf.

Vor einem halben Jahr hat sich Kurtchen den rechten Arm bei einem Fahrradunfall so unglücklich gebrochen, dass er nicht mehr mit riesigen Filmrollen und schweren Projektoren hantieren kann, und lebt seitdem von Krankengeld.

Ich klopfe sachte von innen an die Ladenscheibe. Der braune Kerl sieht kurz auf, dann kommt er hereingestürmt.

»Horni, altes Haus! Blümchen, alte Bäckernase, das gib's ja nich!«

Kurtchen sieht komplett entspannt und erholt aus. So habe ich ihn noch nie gesehen. Ich merke, dass auch Herr Blümchen sich mächtig freut, unseren alten Gitarrenhelden in derart aufgeräumtem Zustand anzutreffen.

»König Reich, hoch erfreut, Seine Exzellenz zu unserem fünfundzwanzigjährigen Bandtreffen doch noch leibhaftig zu sehen!«

»Die Freude ist ganz meinerseits.« Kurtchen lächelt.

»Da kriegt er heute Abend aber richtig einen!«, prophezeit Herr Blümchen.

»Wird sich wohl kaum vermeiden lassen!«, sagt Kurtchen und boxt mich in die Schulter. Dann gehen wir gemeinsam raus auf die Lange Reihe.

»Ich lad euch ein.«

»Gerne, Kurtchen, aber verrat mir, seit wann gibt's dich in Farbe?«

»Na ja. Voll der Sonnenbrand eben. Aber ab Montag fang ich wieder an im Kino.«

»Wo haste dir denn die Haut so verbrannt, hab mir echt schon Gedanken gemacht?«

Kurtchen zögert, dann macht er kehrt und rennt zurück zu Sardo. Von der Tür aus sehe ich, wie Lucky auf mich zeigt, etwas zu Kurtchen sagt und die Brauen hochzieht. Kurtchen legt Geldscheine auf den Tresen, schnappt sich die Surf-CD-Box, stopft sich Wechselgeld in die Hosentasche und verlässt den Laden so schnell, wie er ihn betreten hat. Wir queren die Straße gegenüber vom Budni-Drogeriemarkt.

Kurtchen schließt die Haustür auf. »Ach ja, Mike, dieser Sardo-Typ, ist dermaßen gestopft mit Patte, das glaubt ihr nicht, der hat zwei fette Plattenläden und schwimmt im Geld.«

»Hab ich mir schon gedacht«, sage ich, während Herr Blümchen mit den Hufen scharrend auf den Lift wartet und Löcher in die Decke starrt.

»Kurtchen, nu sag schon, wo warst du?«, will ich jetzt wissen. »Leute, ich war weit, weit weg, aber lasst mich doch erst mal ankommen. Bin erst seit gestern wieder im Land.«

»Kurtchen, mach es nicht so spannend«, blafft Herr Blümchen.

»Spuck's aus, Alter, Amrum oder Helgoland?«

Wir quetschen uns mitsamt Doppelzetts Rollkoffer in den Genossenschaftsaufzug und fahren in den vierten Stock.

In seiner Wohnung schaut Kurtchen auf die Uhr, stellt das neu erworbene CD-Box-Set beiseite, wirft seine Anlage an, drückt auf Tuner und schiebt den Lautstärkeregler nach oben. Ein mir gut bekanntes Elvis-Stück mit Scotty Moores prägnanten Gitarrenlicks erfüllt den Raum.

»Häil häil Pank 'n' Roll, ju lissen tu Holger Helvis Rädioschooooh.« Und dann wünscht uns der Radio-DJ persönlich einen Guten Tag. Trotz des Halls in der Stimme war das unverkennbar unser alter Remo-Smash-Hafensänger, mein liebster Wohnungsnachbar und Bandbuddy, der mit norddeutschem Dialekt, unterlegt jetzt von Elvis' Mystery train, die latest news der örtlichen Presley-Gemeinde rüberbringt und auf eine Elvis-Convention mit den renommierten Imitatoren Volker Spahrmann, dem singenden Müllmann von Hamburg-Winterhude, Erwin Monz, dem Reinbeker Playback-König, sowie Karl-Heinz Schmoll, Teddyboy und singendem Rockabilly-Faktotum aus Neumünster, am Sonntagabend in der Zinnschmelze hinweist, einem Kulturschuppen unweit des Barmbeker Bahnhofs.

»Chillt mal, Leute, was geht ab heute Abend? Ich verrat es euch«, tönt Holgi weiter, »Fünfundzwanzig Jahre Remo-Smash-Party ist gepostet, plus Poetry-Slam mit Überraschungsgast in der Schlachthofklause, Remo Smash: die official Jubi-Split-Party der unbekanntesten Kult-

Altpunkband der Stadt heute Nacht in der Schlachthofklause – musikalisch untermalt von DJ Löllie und natürlich eurem Holgi Helvis.« Und schon sägt das wohlbekannte Gitarrenintro-Riff von Toilet love, unserer einzigen, aber weltbekannten Underground-Single, über den Äther.

»Cooler Sender«, sagt Herr Blümchen.

»Remo Smash! Ich grüße euch da draußen, Herr Blümchen, unser aller Toni Horni Hornig und vor allem Kurtchen und Papa Punk, wo immer ihr auch seid.«

Holgi blendet über zu Burning love – meinem Elvis-Lieblingsstück. Und Kurtchen, Herr Blümchen und ich johlen gemeinsam die Strophe …

»Yeah, yeah, yeah, I feel my temperature rising …«

Dann sagt Holgi live und unüberhörbar im Radio: »Burning love, Alter, dieser Song ist extra für dich, Toni Hornig und Ada Teßloff – und Prosit auf euren Nachwuchs.«

Mein Mund bleibt offen stehen.

»Wie meinen?«, fragt Herr Blümchen.

»Äh«, sage ich nur, weil mir gerade die Kinnlade runtergeknallt ist.

»Wie jetzt, Nachwuchs?«, will auch Kurtchen wissen. »Darf man gratulieren?«

»Äh, Leute, das ist noch ganz frisch«, stammle ich.

Kurtchen, der nach Kokosöl riecht, krallt mich an sich und drückt mir beinahe die Luft ab.

»Glückwunsch, Alter.«

»Na, jedenfalls weiß es jetzt die ganze Stadt«, beruhigt mich Herr Blümchen, der meinen erschreckten Blick richtig interpretiert hat. »Alter, jetzt guck nicht so sparsam, du kriegst was Kleines und dazu deinen eigenen Lieblingshit mit Ansage von Holgi im Radio gespielt, Mann, zieh nicht so ein Gesicht, wir feiern heute unser Jubiläum, und ich weiß sogar, wer heute der Überraschungsgast bei der Poetry-Slam-Lesung ist.«

»Mir doch egal«, sage ich, aber in meinen Ohren hallen

bloß die Worte »du kriegst was Kleines« nach, und schon wieder umtost mich dieses beklemmende, paralysierende Gefühl, ein Oberloser-Versager-Volltrottel zu sein. Wie sehr beneide ich da Herrn Blümchen, der gegen solche Gefühlsaussetzer gefeit zu sein scheint.

Herr Blümchen drückt Kurtchen ungerührt seine Reifenstahl-Platte in die Hand, lässt das Ding aber gleich wieder in der Außentasche seines Rollkoffers verschwinden, weil Kurtchen sich strikt weigert, sie aufzulegen. »Das Cover riecht wie Spex anno 1982. Und so 'n Diedrich-Diederichsen-Gedöns kommt mir nicht auf den Plattenteller.«

Ich frage Kurtchen, ob er morgen mitkommt zu den Fugazis, »um halb sieben sitzt du längst wieder entspannt auf 'em Soffa und kannst Fußi gucken.«

»Wart mal, nee, Samstag hab ich Berenike bei mir.«

Herr Blümchen flachst, dass Fugazi in zwanzig Jahren nicht nachmittags, sondern morgens um elf zum Frühschoppen aufspielen würden.

»Fugazi, die sind doch auch alle so um die vierzig«, mutmaße ich und schaue unseren Band-Greis an. Wie Ende vierzig sieht Kurtchen, so braun gebrannt wie er ist, gar nicht aus.

Herr Blümchen begutachtet derweil Kurtchens Gitarrensammlung, während ich drei neue Astra-Dosen aus dem Kühlschrank herbeischaffe. Im Flur hängt eine silbern glänzende Gretsch an der Wand, die ist seit meinem letzten Besuch neu hinzugekommen und macht sich gut neben Kurtchens Standard-Les-Paul, der Fender Strat und einer für zweihundert Euro geschossenen cremeweißen Gibson Flying V im Originalkoffer, der allein das Geld wert ist.

Kurtchen stöpselt seine alte Hoyer in den alten Music Man. Zu Sessions mit Kurtchen bringe ich sonst extra meinen schwarzen Rickenbacker 4001 oder den alten Fender Sunburst Jazz Bass mit.

Diesmal greife ich mir Kurtchens alten Höfner-Bass, Herr Blümchen nimmt hinter den elektronischen Syndrum-Pads Platz, und wir legen aus dem Stand eine kleine Remo-

Smash-Instrumental-Punk-Session ein. Wir rocken uns ganz achtbar durch Toilet love, unseren alten »Hit«, bei dem ich und Herr Blümchen den Gesang für Holgi übernehmen, dann jammen wir Ain't that enough von Teenage Fanclub, zu dem Kurtchens Stimme perfekt passt.

Eine SMS vibriert auf mein Handy. Ada schreibt, dass sie mich liebt, und will wissen, wann wir uns heute Abend treffen. Ich rufe sie gleich an, doch Ada nimmt nicht ab.

Unterdessen hat sich Kurtchen die Gretsch umgehängt, dreht an den Potis. Dann spielt er das Intro von Burning love und das God-Save-the-queen-Riff, wechselt dann aber zu einem klaren Sound und pickt Jack-Johnson-Intros.

Der Old-School-Punk ist bei Kurtchen nie eine Herzensangelegenheit gewesen; er war damals schon der Älteste von uns und der Einzige, der – neben Papa Punk, unserem damaligen Leadgitarristen und Haupt-Songwriter – wirklich spielen konnte. Schließlich ist Kurtchen mit Deep Purple, Uriah Heep und Neil Young groß geworden.

Herr Blümchen, Judith und ich und mit Abstrichen auch Holgi (er mag neben Elvis vor allem den Gunclub, die Cramps, A date with Elvis und Jim Morrison und die Doors) hören gerne die alten Buzzcocks-, Lurkers-, Clash- oder Ramones-Scheiben.

»In zehn Jahren sind diese ganzen Oldtime-Jazz, Skiffle- und Blues-Wuselbärte unter der Erde, und es treffen sich die in die Jahre gekommenen Altpunks unter dem Motto ›Sixty and sexy!‹ zum gepflegten Altbierfrühstück mit den Pistols, 999, Sham 69, den UK Subs und Campino als DJ«, prophezeie ich.

»Keine schöne Vorstellung«, unkt Kurtchen.

Herr Blümchen trinkt seine Dose leer. Obwohl oder weil er seit Jahr und Tag hart arbeitet, ist er tief in seinem Herzen als Einziger wirklich Punk geblieben.

Für Herrn Blümchen beginnt die Entwicklung der Rockmusik mit den Pistols, den Razors, Slime und den frühen Toten Hosen, geht weiter mit Wizo, Greenday und der

Terrorgruppe und endet heute mit den Beatsteaks.

»Die Subs werden in zwanzig Jahren wohl kaum noch dabei sein. Charlie Harper war 1978 schon ein alter Sack, 2020 ist er garantiert nicht mehr am Start«, befürchte ich.

»Das meinst aber bloß du!« Herr Blümchen ist angefressen. Mir fällt auf, dass er jetzt ein wenig wie Wölli von den Toten Hosen aussieht. Egal: 1979 hatten wir beide gleichzeitig Another Kind of Blues gekauft und liefen in olivgrünen Bundeswehrhosen mit gelbrosa Sex-Pistols-T-Shirts, Patronengürteln und Nietenarmbändern herum.

Die erste UK-Subs-LP mit dem dunkelblauen Cover war noch immer einer unserer All-time-Punk-Favourites. Herr Blümchen mimt jetzt Charlie Harper mit 75, schiebt seine Lippen über die Zähne, krümmt den Rücken, wackelt mit dem Kopf und lispelt »Fii aii dii, Fii aii dii«, was der Refrain von CID sein soll.

Den Gedanken an geriatrische Punk-Frühschoppen, nachmittägliche Pogo-Discos oder abendliches Mumienschieben finden wir dann aber doch reizvoll genug, um übereinzukommen, in zwanzig Jahren gemeinsam in derselben Punkrock-Senioren-Residenz einzuchecken.

Herr Blümchen schaltet das Computer-Drum-Kit aus und geht zum Kühlschrank. »Mal ehrlich, in unserem Alter morgens um vier stramm wie ein Amtmann über den Kiez zu tapern und If the kids are united abzusingen, das ist auch mein Begehr nicht mehr.« Ich nicke. Wir leeren Dosen und Blasen, Kurtchen legt die Gretsch beiseite und sieht mich fragend an.

»Und – was wird jetzt mit dir und Ada und dem Kind?«

Ich zucke zusammen und sage: »Erzähl du erst mal, wo du warst.« Dabei fällt mir auf, dass ich mich im Beisein von Herrn Blümchen, dem größten mir bekannten Altpunk-Hedonisten und Kinderverächter, meiner gerade öffentlich gemachten bevorstehenden Vaterschaft schäme. Außerdem macht Herr Blümchen gar keinen Hehl daraus, was er von »Klezmer-Ada«, wie er sie mal genannt hat, hält, nämlich nicht viel.

»Die Schicksen sind doch alle gleich. Die halten das gar nicht aus, wenn's richtig passt und mal harmonisch ist. Diese Sorte Frau muss alles zu Klump hauen, um sich wieder selbst zu spüren. Die finden immer einen Anlass, 'nen Streit vom Zaun zu brechen, so nett du auch sein magst, Toni. Ganz egal, was du machst, du bist der Arsch. Ich mach drei Kreuze, dass ich kein Kind habe mit Hanna. Die ist nämlich auch so gestrickt.«

»Mit Ada ist das anders«, sage ich schwach, und auch Kurtchen wird unruhig: »Blümchen hat vielleicht recht, aber Berenike ist ein totales Wunschkind. Und das möchte ich nicht mehr missen. Verstehste, das sind zwei Paar Schuhe. Als Säugling wurde Berenike ein paar Mal in der Nacht wach und brüllte, dann hab ich sie singend auf dem Arm durch die Wohnung getragen. Wenn sie nicht mit Weinen aufgehört hat, durfte sie zu Elsbeth ins Bett. Elsbeth kriegte also zu wenig Schlaf. Ich aber auch. Und wer hat's ausgebadet? Obwohl ich gar nix gemacht habe! ›Genau‹, schimpfte Elsbeth dann, ›du machst doch grundsätzlich nichts, keinen Handschlag machst du.‹ Dann sagte ich zu ihr: ›Moment mal, ich bleibe doch nächtelang wach für das Kind, ich schieb mit der Kinderkarre ab morgens um sechs durch die Gegend.‹ Und dann ging der Stress mit ihr erst richtig los! Zum Glück haben wir uns getrennt.«

Mir schwindelt bei dem Gedanken, Vater zu werden. Und von einem Wunschkind kann bei uns auch nicht die Rede sein. Aber tickt Ada wirklich so schräg wie Elsbeth? Mann, ist mir schlecht.

»Kurtchen, du hast es gut, bist komplett bedient von den Weibern, aber glücklich biste deshalb auch nicht«, vermute ich.

Kurtchen ist nämlich schon lang mit dem Thema Frauen durch, und außer Berenike kommt ihm davon nichts mehr ins Haus. Enddreißigerinnen, die er zwischenzeitlich kennengelernt hat, wollten sowieso bloß ein Kind, behauptet Kurtchen, und das könne er sich als Teilzeitfilmvorführer gar nicht leisten. Kinderlose Mittvierzigerinnen kämen leider auch nicht in Betracht, weil die wiederum mit Berenike nichts anfangen könnten.

»Mann, Kurtchen, ich beneide dich um deine Freiheit und Unabhängigkeit vom anderen Geschlecht«, sagt Blümchen bewundernd.

Kurtchen legt sein Gesicht in Falten. Er sinniert mit glasigem Blick an Herrn Blümchen und mir vorbei aus dem Fenster. Er scheint plötzlich weit weg zu sein. Wir folgen seinem Blick, entdecken aber nichts außer ein paar aufgeblasenen Kumuluswolken am Spätsommerhimmel.

»Was denn los, Kurtchen?«, frag ich.

»Leute, ich muss euch was gestehen. Wo ich die letzten Wochen war«, sagt Kurtchen und schlägt dabei einen weinerlich-feierlichen Ton an.

»Stopp! Lass uns raten!« Kurtchen und Urlaub. Das war zumindest bislang nie ein sonderlich ergiebiges Thema. Kurtchen fährt, wenn überhaupt, im Sommer ein oder zwei Wochen nach Kellenhusen an der Ostsee. Letztes und dieses Jahr ist er alleine mit Berenike dort gewesen, zwei Wochen später hat Elsbeth ihn im Appartement abgelöst. Im Winter ist Kurtchen auch mal für ein verlängertes Wochenende auf Amrum gewesen, und einmal ist Kurtchen sogar geflogen, mit Elsbeth nach Ibiza, aber das war, lange bevor Berenike geboren wurde.

»Ihr seid echt die Ersten, die es erfahrt! Abgesehen von Mutter«, murmelt Kurtchen.

»Okay. Du warst auf Helgoland zum Saufen und Selbstfinden.«

»Insel stimmt«, sagt Kurtchen.

»Okay, wie war's auf Amrum?«

Kurtchen schweigt. Ich verspüre nicht wirklich Verlangen nach seinem Bericht über öde Radtouren und Wanderungen mit Gegenwind zwischen Wittdün, Nordstrand, Kniepsand und Nebel.

»Ihr werdet's nicht glauben, Leute, ich war auf Borneo.«

»?«

»Wie, Borneo?«, sagt Herr Blümchen.

»Ja. Ich war auf Borneo!«

»Wo liegt das denn?«

»Für mich in der Südsee!«

»Gibt's da nicht Kannibalen?«, frage ich und grinse. Kurtchen Reich, der unkosmopolitischste Globetrotter aller Zeiten, berühmt für weltumspannende Fernreisen bis nach Schleswig-Holstein, besucht die Heimat der Menschenfresser.

»Spinn jetzt nicht rum, sag schon, wo du warst.«

»Ich war wirklich auf Borneo«, beteuert Kurtchen.

»Und hast im Regenwald 'nen Fahrradverleih eröffnet, ich meine, wenn du schon mal da warst.«

»Kein Scheiß. Euer alter König Reich hat Sabah gesehen.«

»Du hast Sabber gesehen?«, wundert sich Herr Blümchen.

»Hättste mir nicht zugetraut, was?«

»Sabber nicht rum, Kurtchen, Borneo liegt doch am anderen Arsch der Welt?«

»Leute, das war der beste Urlaub, den ich je gemacht habe.«

»Und die Knete, wo hast du das Geld her, das kost' doch ein Vermögen!«

»Zahlt alles die Versicherung!«

»Wie, Versicherung?«

»Hatte ich abgeschlossen«, sagt Kurtchen, »allein schon wegen Berenike, wenn mir mal was zustoßen würde, und rumms, lag ich ja auch schon vor dem HVV-Bus.«

»Die Hamburger Verkehrsbetriebe zahlen dir eine Reise nach Borneo?«

»Ich habe gleich nach der Trennung von Elsbeth eine Unfallpolice abgeschlossen. Und vor vier Wochen hatte ich es amtlich. Mein Arm ist zu drei Siebteln Schrott. Das macht laut Herrn Kaiser von der Versicherung summa summarum zwölftausend bar auf die Kralle.«

»Und, haste wenigstens Spaß gehabt?«, will Herr Blümchen wissen. »Ich mein', auf Borneo gab's bestimmt nette Girls und kaum Enddreißigerinnen mit Kinderwunsch?«

Kurtchen zieht die Brauen hoch.

»Mach kein Scheiß, Kurtchen!« Ich kenne ihn gut genug und weiß: Es gab Girls auf Borneo.

»Jetzt sag nur noch, du hast auf Borneo die große Liebe kennengelernt?«

»Woher weißt du das?« Kurtchen staunt mich an.

»Alter, ich fass es nicht. Kurtchen ist verliebt. Ich werde Vater!«

»Und ich hab ’ne halbe Million Miese!«, konstatiert Herr Blümchen.

»Bei uns ist wenigstens was los«, ermuntere ich unseren Schlagzeuger.

»So sieht das aus«, sagt Kurtchen ernst.

»So sieht das aus«, sage ich.

»Hätt’st dir besser ’ne schöne Gitarre gekauft für das Geld, Kurtchen«, meint Herr Blümchen, »die kannste wenigstens umstimmen, wenn sie mal out of tune ist.«

»Die neue Gretsch habe ich mir als Erstes gekauft von dem Geld, dann noch tausend aufs Sparbuch von Beri. Aber dann war immer noch so viel übrig. Und mir war kalt, wenn ihr versteht, was ich meine – ich fror, innerlich. Es kann verdammt frostig werden hier drin«, wobei sich Kurtchen mit der Faust gegen das Herz klopft, »wenn man mutterseelenallein ist. Elsbeth war mit Berchen weggefahren, und plötzlich hatte ich über zwei Wochen ganz für mich.«

Kurtchen bekommt wieder diese glasigen Augen und versinkt in sich. Alle Lebendigkeit ist aus ihm gewichen, und ich ahne, nein, eigentlich weiß ich bereits, was jetzt kommt. Kurtchen war weiß Gott kein Weltbürger.

Dieser Mann spielt leidlich gut Gitarre und hat es gerne ruhig, er hat noch nie zuvor in seinem Leben eine Fernreise gebucht, geschweige denn angetreten. Und er taugt einfach nicht für gut funktionierende Ehen oder Partnerschaften – mit wem und wo auch immer.

Kurtchen erzählt nun, wie er Anfang September bei Müllers Weltreisen am Ballindamm reingestiefelt ist und sich Last- Minute-mäßig einen Bungalow im »Shelly Beach Resort

Borneo« für zwölf Tage aufs Auge hat drücken lassen.

»Richtig günstig«, freut sich Kurtchen.

»Verstehe«, sage ich wie ein gelangweilter Gesprächstherapeut, »und es musste eine Insel im Südchinesischen Meer sein.«

»Der Flug war preiswert«, beteuert Kurtchen. »Es gab vier Zwischenstopps und viel zu sehen fürs Geld.«

»Wahnsinn«, sagt Herr Blümchen.

Drei Tage nachdem er das Ticket in der Tasche hatte, also gut drei Wochen vor unserem Jubi-Auflösungswochenende, stand Kurtchen mit Gepäck am Hamburger Flughafen.

Seine alte Mutter kam bereits um vor Sorge, bevor Kurtchen das erste Mal innerdeutsch zwischenge-landet war. Für Kurtchen verging die Wartezeit auf den Anschlussflug in Frankfurt/Main »wie im Flug. Vier Stunden später saß ich schon in einem Airbus nach Heathrow.«

Kurtchen erfuhr am Counter, dass er das Terminal wechseln und aus diesem Grund Shuttle-Bus fahren durfte. Dabei vergaß Kurtchen das Aussteigen und fuhr eine Extrarunde um den Airport.

»Also Hamburg – London in sieben Stunden. Das klingt vielversprechend«, sagt Herr Blümchen.

»Leute, ihr würdet staunen. Der ganze Glanz und alles Duty free, gigantomanisch, sage ich euch, so was habt ihr noch nicht gesehen.«

»Fragt einfach Kurtchen Reich, denn dieser Mann kennt die Welt.« Herr Blümchen hat sich auf Kurtchens Sofa langgemacht und ringt vor Lachen nach Luft. »Aufenthalt in fremdem Land mehrt und kräftigt den Verstand. Sag mal, Kurtchen: Wer ist denn nun die Glückliche?«

»Machst du dich lustig über mich?«

»Neeein«, protestieren wir, und Kurtchen erzählt, wie er von London nach Bahrain jettete, wo er anschließend acht Stunden im Transitterminal zubrachte.

»So what«, winkt Kurtchen ab. »Beim ersten Mal ist ja alles irgendwie aufregend.«

Das fand auch Kurtchens Mutter, denn ihr Sohn war Einzelkind. Mutter Reich wartete seit dem Abflug auf ein Lebenszeichen ihres Sohnes. Der konnte sich aber nicht melden, verfügt er doch weder über ausreichend Englischkenntnisse, ein Handy oder eine Kreditkarte noch über passendes Kleingeld für Münzfernsprecher in Golfanrainerstaaten.

Der Anschlussflug von Bahrain ging mit geringfügiger Verspätung raus. Und tags darauf, am Counter in Kuala Lumpur, verstand niemand so recht, was dieses Rundauge wollte, das mit seinem Flugticket herumwedelte. Und so hätte Kurtchen beinahe den Anschlussflug nach Borneo verpasst.

Kurtchen kam nicht auf die Idee, seine Mutter davon in Kenntnis zu setzen, wie vertraut er mittlerweile mit internationalen Flughäfen war und dass es ihm, den geschilderten Umständen entsprechend, gut ging; abgesehen davon, dass er nach achtundvierzig Stunden sein Reiseziel noch immer nicht erreicht hatte. Überdies roch er seit einigen Stunden streng.

Kurtchen hatte seiner Mutter eine Telefonnummer für Notfälle notiert, und so rief Frau Reich alsbald in der »Shelly Beach«-Bungalowsiedlung auf Borneo an, wo man die besorgt klingende alte Dame aus Eidelstedt aber nicht verstand.

Kurtchens Mutter legte verstört den Telefonhörer beiseite und sah ihren Sohn vor dem geistigen Auge an Sabahs Mangrovenküste schnorcheln, das Gepäck – typisch Kurtchen – achtlos am Strand gelagert. Sie sah Kurtchen wahlweise im Maul eines riesigen Grauhais verschwinden oder aber – wenn sie sich zu positivem Denken aufraffte – in den Klauen eines Orang-Utans, der ihren Sohn mit schraubstockartigem Griff an den Handgelenken in den mit Giftschlangen verseuchten Regenwald zerrte, um dort seinen Artgenossen damit zu imponieren, wie gut er Prellball spielen konnte mit Kurtchens Schädel, den er gerade mit einiger Mühe vom Rumpf abgetrennt hatte.

Ihre Befürchtungen trug Kurtchens Mutter (ungeachtet leise vorgebrachter Einwände der befreundeten Nachbarin: »Der Junge ist doch alt genug«) auch dem diensthabenden diplomatischen Vertreter der deutschen Botschaft in Malaysia telefonisch vor, nachdem sie zunächst die Telefonauskunft und das Auswärtige Amt in Berlin konsultiert hatte.

Der diplomatische Vertreter in Kuala Lumpur hatte Nachtbereitschaft und gab sich alle Mühe, die besorgte Frau aus Deutschland zu besänftigen, denn nein, es gebe heutzutage keine Menschenfresser mehr auf Bor-neo, und wie alt ihr Sohn denn überhaupt sei. Und jetzt log Kurtchens Mutter. Siebenundvierzig wollte sie nicht sagen, und so nuschelte sie etwas, das sich über mehr als zehntausend Satellitentelefonkilometer hinweg wie »fast siebzehn« anhören konnte.

Der Botschaftsangehörige, müde von einem langen, schwülen Arbeitstag, reagierte alarmiert. Er bemühte sich, die arme Frau Reich, die den Tränen nahe war, zu beruhigen, ihr Sohn sei schließlich kein Kind mehr, woraufhin Frau Reich zu weinen begann. Der Mann am anderen Ende der Leitung nahm sich vor, gleich am nächsten Morgen im »Shelly Beach Resort« anzurufen, und er versprach, sich wieder bei der traurigen Frau zu melden.

Trotz der tröstenden Worte wälzte sich Mutter Reich nachts in ihrem Bett und fand keinen Schlaf. Was, wenn einige notorische Konsumenten von Menschenfleisch doch in Höhlen überlebt hatten. Neidvoll beobachtet nur von der bereits erwähnten Gruppe von Orang-Utans, scharten sich die Wilden um eine Feuerstelle auf der Urwaldlichtung und taten sich gütlich an ihrem Kurtchen. Emma Reich machte in dieser Nacht kein Auge zu.

In etwa gleichzeitig traf Kurtchen am Flughafen von Kota Kinabalu ein – übermüdet und ziemlich am Ende seiner Kräfte. Er war angekommen, hatte es geschafft und musste zudem nicht schwer tragen, denn sein Gepäck war in Kuala Lumpur in eine Maschine nach Europa verfrachtet worden. Es war drückend heiß und schwül auf Borneo, und

Kurtchen hatte im Flugzeug nur Bier getrunken. Jetzt war er dehydriert und sehnte sich nach einem weiteren kalten Pils und einer Mütze Schlaf.

Stattdessen blickte er tief in die Mandelaugen von Sheila, die ihm am Airport ein Schild entgegenstreckte, auf dem »Shelly Beach Resort« geschrieben stand. Zunächst dachte Kurtchen an eine durch Hirnaustrocknung hervorgerufene Fata Morgana. Doch alsbald erkannte er »den ganzen Liebreiz der Südseemädchen gebündelt in einer Person«, obwohl er sich mitten im Chinesischen Meer befand und nicht auf Tonga, Tahiti, Tuvalu oder Kiribati, aber das war Kurtchen jetzt schnurzegal. Kurtchen war nicht mehr zu halten.

»Leute, ich steh da, guck mich um, aber da war sonst keiner.« Kurtchen sollte der einzige Tourist bleiben, der schwitzend im Terminal vor Sheila und ihrem Shelly-Beach-Schild stehen geblieben war. Er bestätigte ihr gern, dass er Kurt Reich heiße, oder, wie sie es ausdrückte, »Kört Reik«. Sheila hakte Kurtchens Namen auf einer Liste ab und lächelte. Anschließend chauffierte sie Kurtchen dreieinhalb Stunden im Pick-up über Land, wobei er Kühe, Reisfelder, Kakaofarmen und Tempel zu Gesicht bekam, aber kein einziges Raubtier, geschweige denn einen Orang-Utan.

Dies teilte er später ungehalten – und noch immer ohne Schlaf – einem besorgten Anrufer von der deutschen Botschaft mit, der sich zwar über die tiefe Stimme des sechzehnjährigen Weltenbummlers am anderen Ende der Leitung wunderte, dann aber einfach froh war, der traurigen Frau Reich in Hamburg Vollzug vermelden zu können. Kurtchen rief dann auch seine Mama an. Es war aber besetzt, weil der Mann von der Botschaft noch mit Frau Reich konferierte. Egal, dachte sich Kurtchen. Schön warm ist's hier, und klasse, dass man immer barfuß laufen kann.

Wie passend, dass Sheila, die an der Rezeption arbeitete, gut Englisch sprach, am nächsten Tag frei und obendrein Lust hatte, ihm, Kurtchen Reich, die Insel zu zeigen. Kurtchen wurde es ganz warm ums Herz, und da war's schon zu spät und um ihn geschehen. Mit Erholung wurde es dann auch nichts. Sheila forderte Kurtchen bereits am nächsten Tag über die Maßen.

»Ein solches Glück habe ich mir nach dem ganzen Desaster mit Elsbeth gar nicht mehr erhoffen dürfen«, sagt Kurtchen und senkt demütig sein Haupt.

»Kurtchen, verrat mir eins! Was soll mit dir und dem Mädchen jetzt werden?«, fragt Herr Blümchen.

»Was soll schon werden? Wir heiraten.«

Ich schrecke vom Sofa hoch. »Das habt ihr euch sicher in aller Ruhe überlegt«, mutmaße ich.

»Wer nicht wagt, der nicht gewinnt.« Kurtchen lächelt glückselig, in Gedanken weit weg, offenbar bei Sheila in der chinesischen Südsee.

»Drum prüfe, wer sich ewig bindet«, sagt Herr Blümchen. »Sicherlich wollt ihr auch Kinder?«

»Das kann ich mir mit Sheila sogar vorstellen.«

»Und was sagt deine Mutter dazu?«

»Sie hat geweint und gesagt: ›Junge, du hast deine Füße nicht mehr unter meinem Tisch, aber überleg dir, was du dir und dem Südseemädchen antust.‹«

»Wie alt ist sie denn eigentlich?«, will ich wissen.

»Sechsundsiebzig!«, sagt Kurtchen.

»Olala«, Herr Blümchen schnalzt mit der Zunge. »Ist das nicht ein bisschen alt für dich?«

»Nee, meine Mutter ist sechsundsiebzig. Sheila ist vierundzwanzig und ein echtes Temperamentsbündel.«

»Da haben sich ja zwei gefunden, ideale Ergänzung, würde ich sagen, passt wie Arsch auf Eimer.«

Kurtchen Reich, mittelalt, aschfahl, Berufsjugendlicher und bekennender Phlegmat aus Eidelstedt, heiratet blutjunges, mandeläugiges Energiebündel aus Borneo.

Kurtchen lässt ein Foto herumgehen, das ihn und Sheila am Strand zeigt. Hinten ein typisch tropischer Sonnenuntergangshimmel, vorne die beiden Turteltauben im feinen Pulversand.

»Sieht super aus«, meint Herr Blümchen.

»Mann, ich beneide dich, dass du nach Borneo ziehst. Du wirst mir fehlen, Kurtchen«, sage ich.

»Nee, Sheila zieht natürlich zu mir.«

»Ach so, natürlich.« Ich fasse mir an den Kopf und schaue mich in dem mit Musikinstrumenten vollgestopften Zimmer um. »Und wo soll sie wohnen?«

»Ich dachte – hier!«

»Du kannst das Mädchen nicht aus Borneo hier in deine Siffbude holen! Hast du mit ihr darüber gesprochen?«

»Ich ruf sie dauernd an. Freunde, mich hat's erwischt. Schluss, aus, basta. Sheila sucht bloß noch ihre Papiere zusammen, die wir zum Heiraten brauchen.«

»Und wann wollt ihr ihn schließen, den heiligen Bund?«

»So schnell wie möglich. Große Liebe, ihr wisst schon!«

»Heilige Scheiße.« Herr Blümchen und ich haben genug gehört.

»Ihr macht euch schon wieder lustig über mich.«

»Ach, woher denn«, grient Herr Blümchen. »Ich hätte selber Lust, mal wieder richtig schön entspannt nachts am Beach zu liegen, Piña Colada zu schlürfen, Meeresleuchten, und dann in der Brandung schön ficki-ficki.«

»Kindsköpfe. Ihr wisst ja gar nicht, was große Liebe bedeutet.«

Ich schon, will ich gerade sagen und muss an Adas SMS denken. Oder doch nicht, vielleicht wissen wir wirklich nicht, was Liebe bedeutet.

»Egal. Hauptsache, du bist auch ihre große Liebe«, sage ich stattdessen, »so in der Richtung, you are my one and only, Kurtchen, du bist der Kerl, auf den ich mein Leben lang hier auf Borneo gewartet habe.«

Kurtchen geht in die Küche, bleibt kurz stehen, legt die Stirn in Falten. Er grübelt und sagt leise: »Was meint ihr? Das macht mir nämlich die ganze Zeit Sorgen. Ich rufe seit gestern pausenlos bei Sheila an, aber entweder ist kein Anschluss unter dieser Nummer, oder sie geht nicht dran.«

»Mach dir keine Sorgen. Hauptsache, ihr seid glücklich.«

»Meinen Segen hast du auch.«

»Danke, Freunde.«

Kurtchen stellt drei frische Bier auf den Tisch, dann drückt er den Mund an mein Ohr und haucht: »Noch nie war es mir so ernst.«

»Aber hinziehen willste auch nicht!«, vermute ich.

Wir prosten uns zu und lauschen weiter Kurtchen, der von den Warnungen zweier Tischnachbarn aus Manchester beim abendlichen Barbecue im »Shelly Beach Resort« erzählt. So mancher potenzielle Borneo-Immigrant habe wie Kurtchen auch als Urlauber begonnen, bevor er dem Zauber der eingeborenen Damenwelt erlegen sei. Haus und Hof habe manch feiner Herr dabei verloren. Sei auf Borneo ein Grundstück mit Meerblick erworben worden, werde es von der angeheirateten Großfamilie im landestypischen Stil bebaut und in Beschlag genommen. Wenn der ehemalige Tourist daheim Hab und Gut im Rahmen einer öffentlichen Wohnungsauflösung veräußert hat, um in freudiger Erwartung sein vom Ersparten bezahltes Liebesnest im Fernen Osten zu beziehen, ist das leider schon besetzt. Aber das würde Kurtchen nicht passieren. Denn Kurtchen hat nichts Erspartes, außer ein paar Gitarren. Allein deswegen soll Sheila lieber erst mal nach Deutschland kommen. Er erwähnt dann noch, dass er das Sultanat Brunei nicht besucht, dafür aber Kudat und Sandakan gesehen hätte.

»Wahnsinn, Sandokan, den Film kenn ich«, blökt Herr Blümchen und macht noch ’ne Dose auf.

5. Fünfundzwanzig Jahre Remo Smash, Balkanpunk und ein Pfefferminzkuss

Theatre of Pain – Mötley Crüe

Ich schaue auf die Uhr. Es ist fast fünf. Wir haben ordentlich getankt und sind müde. Ich rufe Herrn Blümchen zur Ordnung, der antriebslos auf dem Sofa lümmelt.

»Leute, wir müssen los!«, bestimme ich. Kurtchen ruft noch einmal in Borneo an, aber Sheila ist wieder nicht da. Kurtchen ist besorgt, und so nehmen ein Pleitegeier und ein angehender Vater den unglücklichen Borneo-Heiratswilligen in unsere Mitte und machen uns auf den Weg zu mir – und zu Ada – und stimmen uns ein auf ein rauschendes Remo-Smash-Party-Wochenende.

In meinem Flur stapeln sich die Bierkästen. Kurtchen legt sich auf dem Sofa ab, nachdem er noch mal vergeblich in der Südsee angerufen hat. Herr Blümchen duscht, und ich renne rüber zu Ada und händige ihr meinen Wohnungszweitschlüssel aus, den ich in einer vergessenen Lederjacke gefunden habe. Ada und ich küssen uns innig, ich berichte von Pleiteblümchen, Borneo-Kurtchen und zeige mich angetan vom Anblick eines circa fünf Zentimeter langen und angeblich zwanzig Gramm schweren Etwas auf dem Ultraschallfoto, das unser Baby darstellen soll.

»Mein Kind!«, rufe ich beglückt und versuche die werdende Mutter noch mal zu küssen.

»Wart nicht auf mich, Toni. Ich brauch noch ein bisschen, geh ruhig schon rüber zu deinen Punkerfreunden.«

»Kann ich das Bild mitnehmen?«

Ada küsst mich, und mit dem Ultraschallbaby in der Hand schwebe ich wie auf einer Wolke zurück zu meiner Wohnung schräg gegenüber an der Barmbeker Straße und hinauf in Stockwerk fünf.

»Mein Kind. Sieht es nicht gut aus«, schwärme ich Kurtchen und Herrn Blümchen vor, der sogar den Fernseher ausschaltet und sein Bier beiseitestellt, um das abgebildete klumpige Ultraschallding zu begutachten, das ich ihm vor die Nase halte. Auch Kurtchen wirft einen Blick drauf.

»Sieht echt ultraschallmäßig aus«, sagt er, und Herr Blümchen setzt nach: »Dir wie aus dem Gesicht geschnitten.«

»Spottet nicht, Jungs«, sage ich und bin tatsächlich ein wenig stolz – und ein bisschen schwanger. Schon meine ich, ersten Heißhunger zu verspüren auf eingelegte Gurken, Schokolade und Ketchup mit Bier, begnüge mich aber erst mal mit Letzterem.

Herr Blümchen legt seine neu erworbene Reifenstahl-LP auf, die noch schlimmer klingt als befürchtet. Kurtchen nuckelt still leidend sein Bier dazu und träumt offenbar von der Südsee. Um sieben Uhr läutet es.

Judith tritt mir entgegen – prachtvoll aufgebrezelt. Sie sieht einfach weltklasse aus, und ich begrüße sie mit Küsschen links und rechts.

»Judith. Halt dich fest, du wirst es nicht glauben: Ich, Toni Hornig, bin schwanger!«

»Nein!«, sagt Judith.

»Doch, Ada kriegt ein Kind, und Kurtchen heiratet!«, sagt Herr Blümchen.

»Herzlichen Glückwunsch. Und was ist mit dir? Lässt du dich scheiden von Hanna?«

»Ich hab bloß fünfhunderttausend Euro Schulden, das reicht mir erst mal.«

»Wo ist denn die werdende Mutter?« Judith blickt sich suchend um. »Warum ist sie nicht da?«

Herr Blümchen begrüßt Judith mit Küsschen und macht sich dann in der Küche zu schaffen.

»Wie kannst du Ada mit einer solchen Neuigkeit allein lassen, Toni? Gib mir mal das Telefon. Wenn du Ada jetzt im Stich lässt, kriegst du es mit mir zu tun.«

»Mit mir auch«, unterstützt Kurtchen sie.

Judith beglückwünscht Ada überschwänglich von der Küche aus, wo Herr Blümchen gerade Nesquik in ein Glas Milch schaufelt. Nach dem Gespräch ranzt Judith Herrn Blümchen wegen seines Mixgetränks an: »Macht ihr Pogo-Party oder Kindergeburtstag?« Dann reicht sie das Mobilteil an Herrn Blümchen weiter, damit der seine malade Gemahlin Hanna in der Provinz anklingeln kann. Judith nimmt auf dem Sofa neben Kurtchen Platz.

Herr Blümchen gesellt sich mit Hörer am Ohr zu uns und stellt genervt auf laut, damit uns Hanna mit gequälter Stimme erzählen kann, dass sie den ganzen Tag liegend und leidend zubringen musste. Der Notarzt hatte ihr eine schmerzlindernde Spritze verabreicht und einen baldigen Klinikbesuch zwecks Untersuchung der Bandscheiben angeraten. Dann fordert Hanna die sofortige Rückkehr meines ältesten, besten Musiker-Freundes, was Herr Blümchen kategorisch ablehnt und Hannas Monolog mit einem Tastendruck beendet.

»Hast du Ärger mit den Deinen, trink dir einen«, freut sich Judith und postiert eine Flasche mit einer giftig aussehenden, grünen Flüssigkeit auf dem Wohnzimmertisch. Dann schenkt sie uns ein und stellt einen Altherrenwitz in Aussicht.

Herr Blümchen erhebt als Erster sein Glas, das mit dem klebrigen Getränk bis zum Rand gefüllt ist. Ohne den Witz abzuwarten, schüttet er den Inhalt in sich hinein.

»Ist der von dir, Judith?«, fragt er und verzieht das Gesicht.

»Nee, von Mampe. Ich mache demnächst ein paar

Foodfotos von Cocktails für den Rögel-Verlag.«

»Rögel-Verlag in Berlin. Haste mir gar nichts von erzählt«, sage ich erstaunt.

»Nichts Großes, aber wenigstens wieder ein Einstieg nach der Babypause. Ich recherchiere ein paar leckere Longdrinks, wenn ich nicht gerade stille oder Bruno die Windeln wechsle. Bin nur durch Zufall auf die Likörfabrik Mampe gestoßen. Hier, nimm noch einen.«

»Moment mal.« Vorher will ich als verantwortungsvoller Erzeuger auf jeden Fall noch was Entscheidendes von Judith wissen.

»Sag mal, und was passiert Mampe-mäßig heute Abend mit Brunochen, ich mein, du stillst ihn doch?«

Judith kippt sich direkt das nächste Glas rein. »Das Stillen übernimmt Stephan heute.«

Ich schlucke vor Ehrfurcht – Stephan Heinzmann, der stillende Übervater!

»Stephan gibt deinem Sohn die Brust?«

»Nein, bloß das, was ich mir im Lauf des Tages abgesaugt habe.«

»Abgesaugt?«

»Das Geräusch heute Morgen, als du angerufen hast. Die elektrische Milchpumpe lief heute im Dauerbetrieb. Ich komm mir schon vor wie 'ne Kuh!«

»Und ist der Ärger dann vorbei, trink dir zwei«, prostet uns Herr Blümchen mit Likörchen Nummer zwei zu, das er sich eiligst nachgeschenkt hat.

Offensichtlich will er zeigen, dass unsere Remo-Smash-Zeit in Berlin, die vor über fünfundzwanzig Jahren zu Ende gegangen ist, doch Spuren hinterlassen hat.

Er lässt die von ihm seinerzeit von Wirtin Knete im »Glühwürmchen« aufgeschnappte Mampe-Replik derart zielgenau auf Judith los, dass die sich nicht lange lumpen lässt und gleich nachlegt: »Es ist ein Brauch von alters her, wer Sorgen hat, hat auch Likör.« Herr Blümchen nickt, reißt eine neue Dose Astra auf und spült Likörchen Nummer drei runter.

Dann sagt er: »Genießt im edlen Gerstensaft des Weines Geist, des Brotes Kraft.«

»Was ist denn nun mit deinem Witz?«, will Kurtchen von Judith wissen.

»Kann ich vielleicht erst mal in Ruhe trinken?«

Herr Blümchen drückt derweil eine weiße Tablette aus der Perforierung, guckt kurz apathisch, wirft sie ein und spült mit Bier nach. Judith warnt, Herr Blümchen solle sich in Acht nehmen von wegen Alkohol und Schmerzmitteln, worauf Herr Blümchen »Ist mir Togal egal« kalauert und vor sich hin grummelt: »Brot ist Tat«.

Der schlagzeugende Bäckermeister legt seinen schmerzenden Fuß hoch und schiebt eine Frage hinterher: »Sagt mal, was ist eigentlich der Unterschied zwischen 'nem Perserteppich und 'nem Bäcker?«

»Na? Der Perserteppich darf morgens liegen bleiben.«

Über uns rumort und poltert es.

Ein Schlüssel dreht im Schloss. Ada kommt herein, sie ist blendend aufgelegt, hat Holgi im Schlepptau und gleich eine gute Idee: »Warum fragt ihr nicht euren neuen Nachbarn, ob er zu uns runterkommen will?«

Oben tackert wieder nervender Stelzenlärm, und ich weiß nicht, ob Freundlichkeit die beste Angriffsmethode bei anhaltender Lärmbelästigung ist. Doch der beständige Dosenbierkonsum stimmt mich milde. Wieder gehen Holgi und ich nach oben und klopfen an die Tür.

»Please. Won't you come in?«, öffnet der Bauchredner freundlich die Tür.

Holgi und ich drängeln an dem neuen Nachbarn vorbei in die Wohnung. Spontan beneide ich den Mann um seine Aussicht über die Dächer der Stadt. Von hier kann man bis nach Steilshoop sehen – über den neu entstandenen Bürokomplex auf dem Kampnagel-Areal hinweg, der mir seit einigen Jahren die Weitsicht blockiert. In der Ecke des Raums entdecke ich ein Paar Stelzen.

Wir betreten den zweiten Wohnraum. Auch hier stört kein schritt- und schallschluckender Teppich den polierten

Holzdielenfußboden. Sonnenklar, dass ich jeden Übungsauftritt dieses bauchsprechenden Stelzengängers mitbekomme.

Holgi guckt den getäfelten Fußboden, dann den Nachbarn an: »Haste den selbst verlegt?«

»Verlegt? Ah! I know this German word! Verlegt. You mean published!«

»Hör mal zu, Alter; was redste fürn Zeugs? Ist das Parkett oder Laminat? Bist auch nicht der Hellste!«

»Hellste? I am an artist. I am a political artist and I used to live in Ipswich. But I was born in Kosovo, Albany.«

Holgi guckt irritiert. »Was is' Albany? Dr. Albans Schwester?«

»Albany, Kosovo. You know, on the Balcan«, erklärt der fremde Herr.

»Wie jetzt, Bälkän oder was, meint er Balkon?«

Der Nachbar nickt zustimmend: »Yes, born on the Balcan.«

»Wie jetzt? Auffem Balkon geboren!«

Holgi ist nur einen Moment sprachlos. Dann fragt er: »Winter oder Sommer?«

»Sommer?«

Ich helfe aus. »Holgi means if you are born in winter oder summer?«

»I was born in winter in Pristina. It was very cold. My mother was a poor woman. And she was sad about me, my whole body was covered with black hair. Completely. I looked like a baby monkey. You understand?«

Der seltsame Herr schaut Holgi und mich fragend an.

»Dein Nachbar sah als Kind aus wie ein Affe!«, dolmetsche ich.

»Und ist auffem Balkon geboren«, sagt Holgi.

»Nein, er ist Kosovare«, sage ich.

»And now Kosovo is a free country, and I have to create a complete new program for my show, because Kosovo does not belong to Serbia anymore.«

»Ich versteh nur Bahnhof«, sage ich.

»You know Sali Berisha, our president?«

»Nö, nie gehört.«

»Bashkim Gazidede?«

»Was is Gas Idee?«

»But you know Bin Laden?«

»Was meinste jetzt mit Bin Laden … Dein Kosovo is' doch frei, was willste denn noch?«, sage ich. Ursus Gesabbel geht mir gehörig auf den Zwirn.

»I only understand railwaystation, too, bist du 'n Moslemprediger oder so was?«, fragt Holgi, ich nicke zustimmend.

»Guys. I am just a close friend of my mother country – the free republic of Kosovo – and I hate Serbia. And now I have to change my political show, because Kosovo is a free country, you fools.«

Wir verstehen weiterhin kein Wort. Wer ist Juh Fuhls?

»You want a beer?« Das verstehen wir.

Während unser neuer Stelzennachbar in die Küche eilt, schaue ich mich in seiner Wohnung um: Eine gewaltige Menora aus Bronze, bestimmt eineinhalb Meter breit und über einen Meter hoch, bildet den Blickfang des Raumes, in dem wir gemeinsam aneinander vorbeireden. Die sieben Kerzen auf den Armen des massiven Leuchters sind gleichmäßig heruntergebrannt. Metallene Dorne ragen wie kleine gotische Kirchturmspitzen aus den weißen Stumpenkerzenresten hervor.

»I hate it, it's a famous Jewish symbol«, erklärt der Nachbar, stellt drei Bierdosen hin und geht zu dem Leuchter. Sanft fährt er mit den Fingerspitzen über einen Arm der Menora.

»You like it?«

Holgi bildet sich gerade sein abschließendes Urteil über unseren neuen Nachbarn, der ganzkörperbehaart im Winter auf dem Balkon geboren ist und eigenartige Geschichten erzählt. So was fasziniert Holgi und stößt ihn gleichermaßen ab. In der Art: ›Du glaubst nich', Alta, wer jetzt über Toni und mir haust? Im Winter ohne Not auffem Balkon geboren, echter Balkonier sozusagen, sah als Baby aus wie ein Affe. Ist Bauchredner, political Artist und Nervtöter, der jetzt sein Showprogramm ändern muss, weil das Kosovo frei ist. Ja, klar, Alter, wenn ich's dir sage. Der is' bestimmt Terrorist oder so!‹

Der Kosovare reicht uns zwei Dosen Astra.

»You know, wir sind auch Artists«, sagt Holgi, »we have a Punkband, Kapelle, Remo Smash, you know … Tonight we make party: Twentyfive years Remo-Smash-Split, we celebrate twenty-five years of Punk and dirt.«

»If you want, you can enter the stage. Join my show tonight?«, erwidert unser kosovarischer Obermieter.

»Joint tonight? Nee, lieber noch 'n Bier. Aber sag noch ma deinen Namen, wie heißt du noch mal?«, wirft Holgi ein.

»Name? I am Radulescu Ursu.«

»What?«

»Ra-du-les-cu Ur-su.«

»Okay. Ich sach Radu zu dir!«, sagt Holgi und legt ihm die Hand auf die Schulter.

»Pardon?«

»I say Radu to you, too, and you can say Toni to me. Is more personal under neighbours, you know, Radu?«

Und dann brechen wir auf. Fünfundzwanzig Jahre Remo Smash: Ada, Judith, Kurtchen und Herr Blümchen freuen sich auf das bevorstehende rumänische Weltmusik-Pogo-Konzert mit Fanfare Ciocarlia, Holgi und ich sind mehr gespannt auf Radulescu Ursu, unseren durchgeknallten Obermieter, und natürlich auf Milo, seine sprechende Bauchpuppe.

Den Weg zur Halle K6 verkürzen wir uns mit der Aufzählung schützenswerter, aussterbender Wörter. Am stärksten bedroht findet Herr Blümchen Bibergeil. »Das ölige Sekret der eifrigen Nager ist als Ingredienz vereinzelt in modernen Parfums zu finden und riecht absolut widerlich, zudem war es das Viagra und Aspirin des Mittelalters.« Ich sorge mich mehr um Lyzeum, »ein Begriff, der aus dem

Sprachschatz verschwunden ist, weil es Mädchengymnasien heute kaum noch gibt«.

»Von hinten Lyzeum, von vorne Museum?«, meint Kurtchen. »Aber weißte eigentlich, wo HimbeerToni herkommt?«

»Leck mich doch«, sage ich.

»HimbeerToni stammt ursprünglich aus den goldenen Zwanzigern und heißt übersetzt bindungsunfähiger Pomadenhengst.«

»Da bin ich aber beruhigt«, sage ich.

»Und heute steht's für Latin Lover«, schiebt er hinterher.

»Mein Latin Lover, mach mir den pomadigen Hengst«, freut sich Ada, und Judith fällt die fehlende Pointe von vorhin mitsamt Witzvorderteil wieder ein. »Was macht eigentlich eine Frau morgens mit ihrem Arschloch?«

Da müssen wir passen.

»Ganz einfach, sie schmiert ihm zwei Brote und schickt es zur Arbeit.«

Das finden wir gut, nur Ada guckt Judith etwas irritiert an. Randvoll mit lecker Likörchen von Mampe, den Judith unter ihrem Mantel mit sich führt, reihen wir uns ein in die Kassenschlange.

»Ölgi, Toni!«

Ich schrecke herum.

Radulescu Ursu, der irre Kosovare, strahlt uns an.

»Are you back from down under?«, kräht Milo, die hässliche Puppe aus Ursus Wams. Radu begrüßt Kurtchen und Herrn Blümchen mit gereckter Faust und Ada und Judith mit einem Kuss auf die Wange, dann geleitet er uns vorbei an dem Türsteher mit Telefon im Ohr in die in kaltes Neonlicht getauchte Kulturfabrikhalle, wo ein mittelaltes Publikum der Dinge harrt.

»Wollt ihr noch einen?«, ruft Judith. »Für mich nur Bier, hab noch zu tun, außerdem riecht's hier so verdammt streng nach Kultur«, sagt Herr Blümchen. Aber da schwankt Judith schon direkt in seine Arme, die Mampe-Pulle fröhlich schwenkend.

»Was macht die Frau, wenn der Mann im Zickzack durch den Garten läuft?«, ruft Judith.

»Weiterschießen«, prustet sie los. Wie gut, wenn man solche Freunde hat, freue ich mich. Das sieht die Weltmusikfrau neben uns sicher anders. Sie lässt die Hand ihres grauhaarigen Jeansjackenmannes sausen und baut sich vor Judith auf.

»Wir gedenken uns gerade kontemplativ auf dieses künstlerische Ereignis einzustimmen, und solche Drolerien …«

»Bitte, Solveig«, sagte der Jeansjackenmann, aber Solveig lässt nicht locker.

»… solche Drolerien in diesem wunderbar multikulturell gefärbten Rahmen finde ich nicht opportun.«

»Setzen, sechs«, krakeelt Judith, nimmt einen Zug aus der Mampe-Pulle und genießt ihren ersten freien Abend ohne Brunochen weiter in vollen Zügen. Holgi und Herr Blümchen nehmen Judith stützend in ihre Mitte. Ada und ich stellen uns etwas abseits.

Eine Horde dunkelhaariger, schlecht rasierter Männer entert die Bühne. Das muss die Kapelle aus Rumänien sein. Das gleißende Licht im Saal bleibt wahrscheinlich vor Schreck an, denn die zwölf Männer mit viel Blech vor dem Mund ballern uns Hochgeschwindigkeits-Blasmusik ohne störende Tempowechsel um die Ohren.

»Balkanpunk. Das ist mein Fall!«, schreit Herr Blümchen.

»Das issen Fall für Amnesty«, brüllt Judith.

Die Kapelle fährt das volle Brett, wir trinken und bestaunen Solveig und die anderen an irische oder kapverdische Weltmusik gewöhnten Lehrkörper, Yogisten und Ökoladenbetreiber, die sich redlich mühen, den Takt mitzuwippen, während das Dutzend Rumänen ihren Blasmusik-Pogo mit zweihundert Schlägen pro Minute auf sie einhämmern.

Das ist genau unser Rhythmus, dieses Tempo hat Remo Smash immer geliebt. Herr Blümchen fängt als Erster an zu pogen. Okay, er hüpft wie ein übergewichtiger Derwisch auf und nieder und brüllt zu mir rüber: »Unter Ceausescu hätt's das nicht gegeben!«

Musikalisch geht's flott weiter im Schweinsgalopp, als zwei mehr oder minderjährige Frauen in offenherzigen Kostümen die Bühne erklimmen und die fußwippenden Herren zu bibergeilem Sonderapplaus animieren.

Dann ist Pause.

Herr Blümchen, Kurtchen, Holgi und ich schauen uns erwartungsvoll an. Wir denken wohl alle dasselbe: Balkanpunk ist interessant, aber selbst mal wieder live auf der Bühne stehen – das wär's.

»Alter, da oben gehören eigentlich wir hin«, sagt Herr Blümchen, dann sehe ich ihn. Ich tippe Holgi an.

Radulescu Ursu hoppelt wie entfesselt auf Stelzen durch den Saal, verfolgt von einem gleißend weißen Lichtkegel an der Hallendecke. Unter donnerndem Applaus entert Radu die Bühne. Er stampft und trampelt wie ein tollwütiger Zirkusbär, springt und poltert behände auf den Bühnenbrettern herum und legt dann mit seiner hässlichen Bauchpuppe auf ihrem stabartigen Bein, die er unter seinem Umhang hervorgeholt hat und dem verblüfften Publikum als »Milo, mein bester Feind« vorstellt, einen orgiastischen Veitstanz hin. Dann lässt Radu die Puppe bauchreden und singen – zunächst unverständlich, da Milo kein Mikrofon hat.

Im nächsten Moment entern Holgi und Herr Blümchen die Bühne. Holgi schnappt sich ein Stativ und klappt den Mikrofongalgen runter zu Radus Bauch, während Herr Blümchen hinterm Schlagzeug Platz nimmt und einen Mörderbeat nur mit der Snare und der Bassdrum hinlegt. Und Milo tanzt dazu. Den Weltmusikliebhabern im Saal gefällt's offenbar, sie lachen. Einige nehmen spielerisch die tänzelnden Bewegungen der Puppe auf. Die singt und hüpft und macht dem begeisterten Publikum in einer Art Frage-und-Antwort-Spiel vor, in welchem Takt sie zu klatschen haben. Auf diesen animierten Applausteppich legt Radulescu Ursu einen neuerlichen Steptanz, woraufhin das Klatschen des Publikums noch einmal aufbrandet. Jetzt gesellen sich die ersten Musiker der Balkanband zum Bühnenrand. Das wiederum animiert die Puppe Milo, noch lauter zu singen, und Radu, der alte Stelzenkönig, steigert sich zum furiosen Finale. Mannomann. Gerade bin ich fast ein bisschen stolz darauf, einen solchen Startänzer als Nachbarn zu haben, als Holgi sich von Milo das Mikro greift.

»Toni, wir fangen an mit Toilet love«, brüllt er, Kurtchen entert die Bühne, schnallt sich eine verstärkte akustische Gitarre um und dreht den Amp auf. Und keine zehn Sekunden später bearbeite ich unter den aufmunternden Blicken der Balkanblasmusiktruppe die Saiten eines mächtigen Standbasses.

»Eins, zwei, drei, vier«, skandiert Holgi, und wir legen in höllischem Tempo los; hetzen durch unser bekanntestes Stück, das im gemeinsam mit Radu und Milo gesungenen Refrain »Toilet love, Toilet love, Toilet love« kulminiert.

Ada steht mit offenem Mund da. Remo Smash hat sein Pausenfüllerprogramm nach nur einem Stück beendet. Das Publikum klatscht freundlich, und wir genießen unseren Erfolg.

»More, more, more«, ruft einer der Rumänen am Bühnenrand.

»Danke, danke«, sagt Holgi, »und bitte noch einen Applaus für Radulescu Ursu und Milo – und weiter viel Spaß mit Fanfare.«

Wir verbeugen uns mit Radu und Milo, gehen gemeinsam ab und beschließen, uns den zweiten Auftritt der Rumänenband zu schenken. Ich schaue nach Ada. Sie steht mit Judith neben der Bühne. Radulescu Ursu hält sie am Arm. Sie küsst ihn flüchtig auf die Wange. Dann sieht der alte Schwerenöter in meine Richtung. Lächelnd kommen er und Milo auf mich zu. Er bleibt stehen und radebrecht, er wolle demnächst noch höher hinaus, ja, er werde seine neue Show auf eine noch höhere Stufe stellen.

»Du kommst jetzt mit uns auf den Kiez. Wir machen

durch heut Nacht«, sage ich, Radu nickt.

»Muss nur Milo einpacken, dann Start!«

Judiths Handy klingelt. Ich nehme das Gespräch für sie an, da Judith nicht mehr geradeaus gucken kann. Stephan sagt, Bruno verweigere die abgepumpte Milch und schreie wie am Spieß, Judith müsse nach Hause kommen. Ich erkläre ihm ruhig: »Hör mal, Stephan, Judith hat hier viel Spaß, sie hat vorhin von diesem Mampe …«

»Anton, ist mir gleich, mit wem sie rumflirtet, sie soll sich um ihren Sohn kümmern. Punkt, aus.«

Dann beginnt Fanfare Ciocarlia wieder zu spielen, und ich verstehe mein eigenes Wort nicht mehr. Draußen bestelle ich Judith ein Taxi, bezahle den Fahrer im Voraus – der verspricht, sie bis zur heimischen Wohnungstür zu begleiten. Ich setze sie auf der Rückbank des Wagens ab und verabschiede mich von ihr. Judith rülpst bloß. Sie ist stinkbesoffen, riecht nach Minze und will jetzt selbst dringend nach Hause. Wahrscheinlich kommt Brunochen heute Nacht nicht drum herum, mit gehörig Pfefferminzlikör aus dem Hause Mampe und geringen Mengen Muttermilch ruhiggestillt zu werden. Ich schaue über die Schulter des Taxikutschers zu Ada, die sich weiter angeregt mit Radu unterhält. Judith sitzt im Fond des Wagens und zupft an meinem Arm.

»Du, T-Toni, Remo Smash is' immer noch der Hammer.«

Dann drückt sie mir einen klebrig-feuchten Pfefferminzkuss auf die Lippen.

6. Zwölf zahlende Gäste, fremde Federn und eine Telefonnummer auf einem Bierdeckel

Toilet love – Remo Voor

Was für eine Nacht! Radulescu Ursu, Kurtchen, Holgi, Herr Blümchen, Ada und ich streben leichte Schlangenlinien ziehend Richtung Ausgang, drehen an der 172er-Bushaltestelle ab und landen in einer Großraumtaxe, die uns fünfzehn Minuten später vor der Schlachthofklause im Schanzenviertel absetzt.

Ein Plakat am Eingang verspricht fünfundzwanzig Jahre Remo Smash & Punk-Poetry-Slam. Der Eintritt ist frei, dem Schankraum, mit bonbonfarbenen Girlanden dekoriert, entströmen junge Menschen. Drinnen singt Holgi auf Vinyl gerade mit mir und Kurtchen den Chor von Toilet love, unserer Kultsingle, und hinter zwei alten Plattenspielern steht Lölli, Holgis DJ-Kumpel aus dem Offenen Radio. Zwei Discoleuchten und eine reflektierende Spiegelkugel an der Decke tauchen den kleinen Saal in ein warmes, psychedelisches Licht.

Auf der kleinen Bühne stehen ein Miniaturdrumkit, Gitarre, Bass und zwei Verstärker. Eine junge Frau mit braunen Rastalocken und Springerstiefeln steht etwas weiter vorn an einem Tisch mit Mikrofongalgen davor. Neben ihr eine Schiefertafelstaffelei, auf der mit Kreide BARBARA geschrieben steht. Ich sehe zu, wie sie eine Eieruhr und

DIN-A-4-Blätter in ihrer Aldi-Süd-Einkaufstüte verschwinden lässt. Dann nimmt sie ihr Weinglas und stellt sich neben mich an den Tresen.

»Ich lese heute mal nicht«, sagt Rastalocke zu mir.

»Ich auch nicht«, sage ich. Ihre Augen blitzen.

»Bist du einer von Remo Smash?«

Ich nicke.

»Toilet love, geile Single, ist echt Kult, hab ich auf dem Killed by death-Sampler. Habt ihr sonst noch was gemacht?«

Ich schüttle den Kopf, während sie in ihrer Plastiktüte wühlt.

»Willste mal lesen?« Sie reicht mir eine mit Schreibmaschine vollgetippte Manuskriptseite, saugt gierig an ihrer Filterlosen und bläst mir den Lungeninhalt ins Gesicht.

Ich überfliege das Blatt. Lyrik, dass sich die Balken biegen, denke ich und vertiefe mich in ihre Dichtversuche.

Holgi kommt auf uns zu und begrüßt mit einer ungelenken Umarmung Manni, den Wirt, der wiederum Rastalocke mit den blitzenden Augen vorstellt mit den Worten: »Und das ist Wunderbar Barbara.«

Wunderbar Barbara lächelt mich an, und ich lobe ihren Text. Holgi macht Herrn Blümchen mit Manni bekannt. Kurtchen, Ada und mich stellt er nicht vor. Mann, hier riecht es nicht nach Punk, sondern nach Dichterlesung. Was soll's, denke ich. Wenn ich mit meinem eigenen Geschreibsel schon nicht weiterkomme, dann kann ich ja mal den Kollegen lauschen.

Ich drängle zu DJ Löllie, der ein mit Städtemotiven bedrucktes Singleschallplatten-Album durchforstet. Neben den Plattenspielern liegen Elvis-Platten, ich sehe das Children-of-the-Revolution-Cover von T. Rex, alte Punkscheiben und anderes Vinyl aus den Siebzigern. Debbie Harry beginnt ihr Denis zu singen. Yes! Das kann ein richtig netter Abend werden.

»Gut abgehangene Hamburger Schule«, kommentiert Ada etwas genervt die gelangweilten Gesichter der anwesenden zwölf Gäste. Manni stellt Astraknollen vor Holgi, Kurtchen und Ada ab. Herr Blümchen turtelt mit Wunderbar Barbara, die jetzt ihren Namen von der Tafel wischt. Ich fühle mich in Jugendclubzeiten in der Provinz zurückversetzt und gebe Ada einen Kuss. Sie schaut etwas skeptisch, dann aber erstrahlt ihr schönstes Lächeln. Mein Herz schlägt höher. Ich will ihr noch einen Kuss geben. Dies ist aber nicht in Adas Sinn. Sie legt die Hände gefaltet auf ihren Bauch und verschränkt die Beine.

»Wie hat dir Radu vorhin gefallen?«, will sie wissen.

»Du meinst Radulescu Ursu?«

»Ja, klar«, sagt Ada und sieht Herrn Blümchen zu. »Ich nehm seit zwei Wochen Unterricht bei ihm.«

»Du lernst Stelzenlaufen?«

»Nein, bauchreden.«

Herr Blümchen geht gemessenen Schrittes zu den Klängen von Pretty vacant der Sex Pistols zum Discjockey-Pult, tuschelt mit Löllie und setzt sich dann vorne an den freien Tisch mit dem Mikrofon. Auf die Tafel hat jemand in Großbuchstaben BLÜMCHEN geschrieben. Was macht Herr Blümchen da, frage ich mich, und warum steht sein Name auf der Tafel? Dieser Vorlesetisch ist nicht schlagzeugenden Bäckermeistern vorbehalten, sondern Dichtern und Lyrikerinnen wie Wunderbar Barbara.

Holgi, Kurtchen und Ada klatschen, als Herr Blümchen »Test eins« ins Mikrofon raunt. Einen Packen Manuskriptseiten nestelt er aus der Jackentasche und streicht ihn glatt.

Holgi ruft: »Blümchen, Blümchen!«

Nie hatte mein demnächst hoch verschuldeter Bäckerfreund auch nur mit einer Silbe erwähnt, dass er schreibt, geschweige denn öffentlich Lesungen abhält. Da kräht Herr Blümchen noch lauter »Testtesttesteins«.

Teufel Alkohol, denke ich.

»Blümchen, Blümchen«, skandieren nun auch Kurtchen und Radu.

»Dann wollen wir mal«, knurrt der Angesprochene. Die

Sex Pistols und das verbliebene dreckige Dutzend Anwesende verstummen.

Wunderbar Barbara geht ans Mikrofon, stellt Herrn Blümchen als Überraschungsgast und Schlagzeuger der »Kultkombo Remo Smash« vor und stellt fest, dass das Slammen heute leider ausfalle wegen ist nicht und aus Mangel an Alternativen »von Herrn Blümchen richtig was gelesen« werde.

Ich bewundere Herrn Blümchens Wagemut, aus dem Stegreif eigene Texte vorzutragen. Aber wo hat er die her? Der Mann ist Bäcker! Na gut, schließlich hat er mir gestanden, er würde eigentlich gerne Doppelzett heißen und lieber Künstler sein, als jeden Tag Teiglinge zu formen. Herr Blümchen blickt kontemplativ entrückt in die Runde. Ich sehe mich um. Ein junger Mann mit Ziegenbart versinkt in den Polstern eines fadenscheinigen Sperrmüllsofas, klammert sich an seine Begleiterin und mault: »Nu fang schon an.«

Herr Blümchen räuspert sich, und dann knarzt er los mit seinem Text.

»Alter, das bockt!«, sagt Ziegenbart nach wenigen Sätzen.

»NEIN!«, rufe ich und springe auf. Diese Geschichte kommt mir zu bekannt vor.

»Ruhe bitte«, sagt Herr Blümchen.

»Setz dich!« Ada rammt mir den Ellbogen in die Seite. Ich sinke zurück, reibe mir die Rippen und schnappe nach Luft. Dann ziele ich mit ausgestrecktem Arm auf Herrn Blümchen, kriege aber kein Wort raus und stöhne. Herr Blümchen liest weiter.

»M o o o ment, Blümchen!« Ich fuchtele mit meinem Zeigefinger wild in der Luft herum und spüre wieder einen stechenden Schmerz in der Seite. Ich klappe auf meinem Stuhl zusammen wie ein Schweizer Messer.

»Das ist ungehörig von dir«, zischt Ada. »Herr Blümchen hat wenigstens die Traute, was vorzulesen, da kannste dir mal 'ne Scheibe von abschneiden.«

»Oha«, raune ich.

Herr Blümchen hat mir mein Manuskript, das ich ihm bei seiner Ankunft am Bahnhof zu lesen gegeben habe, nicht zurückgegeben. Und schon setzt er erneut an.

»Stopp mal!« Ich erhebe mich.

»Halt jetzt die Klappe!«, zischt Ada, und Kurtchen knufft mich in die Seite.

Ich nehme wieder Platz. Jetzt schmerzt auch die andere Niere.

»Na bitte, geht doch!« Kurtchen guckt böse durch mich hindurch.

»Pause«, sagt Herr Blümchen nach etwa zehn Minuten, er räuspert sich und legt das Manuskript beiseite. Löllie dreht Burning love laut. Ich springe auf, während Radulescu Ursu die kleine Bühne entert und eine Zwiesprache mit Milo, der hässlichen Bauchpuppe, beginnt.

»Wunderbar retro!« Wunderbar Barbara klatscht in die Hände. Holgi tuschelt mit Ursu, Löllie bedankt sich am Mikrofon, Kurtchen grinst, und Ada rümpft die Nase. Ich bahne mir den Weg nach vorne zu Herrn Blümchen.

»Bist du eigentlich noch bei Trost?« Herr Blümchen lächelt milde.

»Toni. Ich wollte schon immer mal wissen, wie sich das anfühlt als Künstler. Und weißt du was? Es ist ein saugutes Gefühl.«

»Du hörst sofort auf damit!«

»Das ist ganz wunderbar!«, sagt Wunderbar Barbara.

»Nichts ist wunderbar!«, zische ich.

»Prima Text, spricht mir aus der Seele«, sagt Wunderbar Barbara und strahlt Herrn Blümchen an.

»Lies doch selber vor«, blafft Herr Blümchen mich an.

Radu und Milo haben ihr Pausenfüllerprogramm beendet, Ziegenbart und Holgi klatschen frenetisch.

Kurtchen lobt »das unterhaltende Element in Herrn Blümchens Retroprosa«, ich trinke mein Bier und finde, dass Wunderbar Barbara einfach wunderbar aussieht. Und nachdem Elvis und Löllie Promised land gegeben haben, räuspert sich Herr Blümchen schon wieder.

Ich bin froh, als Herr Blümchen fünfzehn Minuten später »Ende« sagt und grinst. Dann bedankt er sich, befindet, es rieche hier verdammt nach Kunst, Gras und Absturz, und verlangt ein Bier. Er setzt sich zu Ziegenbart und dessen Begleiterin und teilt sich mit ihnen eine dicke Tüte, dazu singen Nina & Mike Fahrende Musikanten.

Wunderbar Barbara sagt mir, sie stehe total auf Berlin. Ich schließe die Augen und höre nur Herrn Blümchen enthemmt blöken.

»Wollt ihr noch 'n Nachschlag?«

»Lass man gut sein«, raunt Ziegenbart im Sofa, während Radu den Joint an Herrn Blümchen weiterreicht.

Wunderbar Barbara setzt sich zu dem Vortragenden. Ada ist übel geworden, sie will nach Hause. Ich lasse Manni am Tresen ein Taxi für sie rufen. Ada verabschiedet sich mit einem Kuss auf die Wange bei Herrn Blümchen.

»Hat's dir gefallen, Ada?«, fragt Herr Blümchen.

»Ich wünschte, Toni könnte schreiben wie du, aber er gibt mir ja partout nichts zu lesen von sich. Und so einer will unsterblich werden.«

»Danke für die Blumen, Ada«, flüstert Herr Blümchen, »aber die Texte sind von Toni.«

»Warum sagt er mir das nicht?«, wundert sich Ada.

Ein Taxifahrer streckt seinen Kopf durch die Tür, und ich geleite Ada nach draußen.

Ada steigt in die Taxe. Ich beuge mich runter zu ihr. Sie schaut mich erwartungsfroh an.

»Sehen wir uns morgen?«

»Heute«, sage ich und lächle sie an. »Es ist schon heute.«

»Gefällt mir sehr, was du schreibst, Toni, und du weißt hoffentlich, ich liebe dich wahnsinnig.«

Sie schlägt die Tür zu, bevor ich was entgegnen kann. Der Wagen fährt ab. Aus der Kneipe kräht Herr Blümchen: »Na gut, einen kriegt ihr noch!«

Mir stockt wieder der Atem. Nimmt dieses Vorgelese meiner Texte durch fremde Zungen denn gar kein Ende! Ich gehe gemächlich zum Eingang der Schlachthofklause zurück und trete ein.

»Re-mo-Smash«, skandieren Manni, Radu und die Begleiterin von Ziegenbart, die am Tresen stehen.

»Beeil dich«, ruft Wunderbar Barbara und zeigt auf die Bühne, »du bist dran.«

Ich schaue nach vorn. Herr Blümchen hat die Drumsticks hoch über den Kopf erhoben, zählt »one, two, three, four« ein, und Kurtchen drischt heute schon zum dritten Mal das Intro von Toilet love runter. Mir bleiben jetzt etwa fünfzehn Sekunden, die Bühne zu erreichen und den bereitstehenden Bass umzuschnallen, bis Holgi mit dem Gesang der ersten Strophe einsetzt:

»His friends call him station lady, because he lives here.«

Jetzt sind wir richtig gut eingespielt. Anschließend geben wir noch zwei Songs von damals – Frogrammer und Something better change – und beschließen einstimmig, uns den Rest der Nacht die Kugel zu geben. Und das nicht zu knapp. Wir beginnen mit einer Flasche Tequila, Zitrone und Salz, kredenzt von Manni auf Kosten des Hauses.

Zwei Stunden später schrecke ich hoch. Das ist alles nur ein Traum gewesen. Muss wohl kurz eingenickt sein. Mit halb geöffneten Augen blicke ich auf die Uhr. Kurz vor drei. Mein Schädel schwankt bedrohlich auf den Schultern. Herr Blümchen sitzt auf dem Schlagzeughocker, sein Kopf ruht auf der Snaredrum, die bei jedem seiner Schnarchlaute metallen schnarrt. Diese Kneipe ist eindeutig radikal leer gelesen und leer gespielt. Ich schaue mich um. Wunderbar Barbara ist nicht mehr da. Kurtchen hängt schlaff im Sessel und röchelt. Holgi und Radu unterhalten sich an der Theke, als wäre nichts gewesen.

Herr Blümchen rappelt sich hoch. Ich schenke mir am Tresen einen Kaffee ein, der wie Schweröl aussieht. Löllie hat die Anlage abgebaut und fragt, ob er uns mitnehmen soll.

»Keine Müdigkeit vorschützen, die Herren, wir machen uns jetzt auf den Weg zum Kiez und die Nacht zum Tage«, rufe ich voller Tatendrang.

Jetzt sehe ich ihn. Der Bierdeckel liegt genau dort auf der Theke, wo eben noch mein Kopf geruht hat. Und ganz offenbar hat Wunderbar Barbara darauf ihren lippenstiftroten Kussmund plus Namen und ihre Telefonnumer notiert und dazu einen Herz-Smiley mit Rastalocken gezeichnet, neben dem steht: »Für Remo-Smash-Toni«. Mein erstes potenzielles Groupie seit fünfundzwanzig Jahren und verdammt attraktiv obendrein, denke ich, bevor sich mein Schlechtes Gewissen zu Wort meldet.

»Lass man stecken, Toni Horni Hornig, du wirst demnächst Vater, und da heißt es Verantwortung übernehmen – für Ada, für dich und – dein Baby. Schluss mit lustig. Ab jetzt wird keiner mehr weggesteckt. Hast du das verstanden?«

Ich schlucke. Das habe ich verstanden. Schade. Und lasse den Bierdeckel in der Innentasche meiner Altberlin-Lederjacke verschwinden.

7. Punk's not dead, PM Schangeleidt und eine adrenalisierte Schwertkämpferin

Polizei SA-SS – Slime

Die frische Luft tut gut. Herr Blümchen, Kurtchen, Holgi und ich sind wieder am Start. Wanken wie in alten Zeiten, aber wir fallen nicht – und Radu, unser neuer Freund im Vorprogramm, wankt mit uns. Trinken uns durchs »Lehmitz« runter zum »Blauen Peter 4«. Schwadronieren über Frauen, Punkrock und den Sinn des Lebens. Gegen fünf Uhr singen wir gemeinsam If the kids are united, then we'll never be divided von Sham 69 und warten in der Station St. Pauli auf die U-Bahn.

Nachdem wir im vordersten Waggon die Verkaufsanzeige für Herrn Blümchens Bäckerei und den noch zu bauenden Back-Stopp gedanklich entworfen haben, verbietet uns Herr Blümchen, weiter Herr Blümchen zu ihm zu sagen.

Beschwingt steigen mein neuer Künstlerfreund Doppelzett, Kurtchen, Holgi, Radu und ich an der Station Borgweg aus. Ein Bus ist nirgends in Sicht, und so bahnen wir uns, erneut Schlangenlinien ziehend, den Heimweg – voll wie die Amtmänner.

Den Streifenwagen neben uns haben wir zunächst gar nicht bemerkt. Arglos rufe ich dem uniformierten Fahrer zu: »Verhaften Sie diesen Mann« und zeige dabei auf Herrn Blümchen aka Doppelzett.

Das findet zumindest der Beifahrer offenbar nicht lustig. Auch nicht, als ich lauthals den alten Slime-Klassiker zu singen beginne:

Bullenschweine, Bullenschweine
in der ganzen Welt
Söldner aller Staaten
Schläger für wenig Geld
Verteidigt euren Scheiß-Staat,
Wisst selber nicht, warum
Die Scheiß-Politiker freu'n sich
Verkaufen euch für dumm
Polizei SA-SS
GSG9 und BGS
Polizei SA-SS
GSG9 und BGS

Nach dieser Gesangseinlage entscheiden sich die Schutzmänner spontan, ihr Fahrzeug auf dem Gehweg zu parken, und der Beifahrer springt natürlich ausgerechnet auf mich zu.

»Schönen guten Morgen, Ihre Ausweise, bitte!«

Ich schaue mich um. Kurtchen und Ursu sind verschwunden. Doppelzett tut sofort, wie ihm geheißen, und auch ich und Holgi fingern das geforderte Dokument aus unseren Hosentaschen hervor. Der Polizist begutachtet meinen Perso.

»Ja, wen ham wir denn da? Hornig, so, so. Voll des süßen Weines. Mein Name ist Schangeleidt, PM Schangeleidt. Ich lasse Sie vielleicht heute Nacht noch mal ziehen, aber torkeln Sie mir noch mal über den Weg, werden Sie Ihr blaues Wunder erleben, verstanden, Hornig?«

»Soll das 'ne Drohung sein?«, raune ich.

»Hör mal zu, hast du keine Ohren, oder was?«, ranzt mich der Polizeimeister an.

»Halt die Klappe, Toni!«, versucht Künstlerfreund Doppelzett zu beschwichtigen und schiebt mich beiseite.

Holgi guckt derweil Löcher in die Luft und pfeift unhörbar.

Nun gesellt sich der Kollege von PM Schangeleidt zu uns und drängt seinen Kollegen ein Stück von mir weg.

»Ich glaub, ich kenn den Typen. Irgendwoher kenn ich den«, sagt Schangeleidt und schaut mich dabei nachdenklich an.

Dieser Schangeleidt ist genau die Sorte Mensch und Bulle, die mich und uns schon früher abgenervt hat. Und natürlich beruht diese Abneigung auf Gegenseitigkeit. Ich verstehe wirklich nicht, was der von uns will – außer provozieren. Also sage ich: »Meister Schangeleidt. Kann ich bitte mal Ihre Dienstnummer sehen?«

PM Schangeleidt erstarrt, Doppelzett und Holgi, die gerade ihre Ausweise dem Kollegen gereicht hatten, wenden sich resigniert ab und blicken hilfesuchend zu dem anderen Polizisten.

Schangeleidt ringt kurz nach Luft, reißt sich die Dienstmütze vom Schädel, den im Stirnbereich eine hässliche Narbe ziert, zeigt mit dem Finger auf seine Kappe und zischelt einen leisen Fluch vor sich hin.

Ich gebe mich unbeeindruckt: »Ihre Dienstnummer bitte, Herr Schangeleidt!«

PM Schangeleidt fuchtelt nach Worten ringend mit seiner verschwitzten Uniformkappe vor meiner Nase herum. Ich schaue ihn ungerührt an und bemerke, dass sein linkes Auges zu zucken beginnt.

Dieser Bulle steht ganz schön neben sich, denke ich, als er auf das Innenfutter seiner Dienstmütze tippt und lospoltert: »Du willst meine Dienstnummer, Punk? Bist du blind, oder was? Was steht hier, Punk?«

»Achtundfünfzig!«, lese ich.

»Dann hätten wir das ja auch geklärt!«

Schangeleidts Kompagnon zuckt entschuldigend die Schultern, gibt Holgi, Herrn Blümchen und mir die Ausweise zurück und redet beruhigend auf Schangeleidt ein, der sein 58er-Käppi wieder auf seinen kantigen Schädel stülpt und weiter auf mich einschimpft.

»Dienstnummer will er haben. Hornig! Sieh dich vor, Punk. Ich krieg dich.« PM Schangeleidt nimmt widerwillig auf dem Beifahrersitz Platz, der Streifenwagen fährt los, und irgendwie schwant mir, dass ich diesen Käppchenträger des Tages nicht zum letzten Mal gesehen habe.

»Sach ma, Toni, ich hab zwar mächtig einen sitzen, aber – Schangeleidt – von dem hat Radu doch heute gesprochen, pass bloß auf, dass du dem nicht noch mal begegnest, der hat dich auffem Kieker.« Holgi scheint besorgt.

»Hast du Schiss vor so ’ner Doppelnull? Mann, Holgi, du enttäuschst mich.«

Lieber gröle ich dem Polizeiwagen einen weiteren Slime-Refrain hinterher: »Wir wollen keine – Bullenschweine …«

»Lass gut sein«, sagt Doppelzett und legt mir den Arm auf die Schulter. Mein bester Freund hat noch eine volle Astra-Dose, die trinken wir leer, ich taumle ein bisschen und falle in die Arme von Doppelzett und Holgi. Mannomann, Toni Horni Hornig, du bist so was von dudeldick und hackedicht! Danach weiß ich nichts mehr. Ach ja, die Dienstnummer von Schangeleidt, die hab ich mir gemerkt.

Das Klingeln der guten Freundin Judith geht ebenso im Tiefenrausch unter wie das Nachmittagskonzert von Fugazi in der »Fabrik«, und die Lust auf eine weitere Altpunksause verblasst genauso wie die Erinnerung an PM Schangeleidt.

Judith will nach uns schauen und erzählt, nachdem sie fünf Minuten lang Sturm geklingelt hat, dass Stephan eifersüchtig sei auf einen gewissen Mampe und Brunochen seit vierzehn Stunden durchschlafe und immer noch Pfefferminz und Alkohol ausdünste, nachdem Judith ihn in der Nacht zweimal angelegt hat. Doppelzett backt zum nachmittäglichen Frühstück Brötchen auf. Ich haue Eier und Schinken in die Pfanne, Kurtchen hat oben bei Radu gepoft, die beiden sind heiser und – wahrscheinlich hangoverbedingt – ziemlich melancholisch gestimmt.

Doppelzett, zu dem ich jetzt wieder Herr Blümchen sagen darf, checkt sein Handy und ruft dann mit besorgter

Miene Hanna an. Sie hatte letzte Nacht und heute Morgen vergeblich versucht, ihn zu erreichen, und haut Doppelzett nun, auch für uns vernehmbar, um die Ohren, dass sie am Abend mit Lähmungserscheinungen ins Krankenhaus eingeliefert und notoperiert worden ist. Jetzt, nach der OP und zwei Stunden nach dem Erwachen aus der Narkose, liegt sie noch immer auf der Intensivstation.

Herr Blümchen und ich sprechen auf dem Weg zum U-Bahnhof nicht viel. Es ist zehn vor sechs. Im Imbiss läuft der Fernseher ohne Ton. Ich kaufe zwei Dosen Astra und verstaue sie in meinem Rucksack. Herr Blümchen hat Fahrkarten geholt. Wir trotten zum Bahnsteig runter, und ich beschließe, gleich morgen ein verantwortungsvoller Mensch zu werden und als Erstes meine Wohnung auf Vordermann zu bringen.

Es regnet ein wenig, ich fröstele. Fakt ist: Meine Geliebte Ada, die ich gerade mal ein paar Monate kenne und liebe, ist in der zehnten Woche schwanger, wir haben keinen Sex mehr, und der Sommer und das Bandwochenende sind unwiderruflich vorbei. Mein Schädel pocht. Herr Blümchen setzt sich auf seinen Koffer mit Rädern untendran und betrachtet das Reifenstahl-LP-Cover.

Was für ein Wochenende, gleich zwei tolle Remo-Smash-Gigs absolviert, ich bin schwanger, der beste Freund hat eine halbe Million Schulden und seine kranke Gefährtin im Stich gelassen, während er stattdessen voll wie ein Eimer meine Texte öffentlich vorträgt. Und der andere Freund will ein Mädchen aus Borneo heiraten, das aber leider nicht mehr ans Telefon geht, wenn er bei ihr anruft. Ach ja, und fast hätte ich mein Schlechtes Gewissen vergessen, meine neuen Kumpel Radulescu Ursu und Milo … und diesen Polizeimeister mit der Dienstnummer achtundfünfzig.

»Sind das jetzt die Hundstage?«, will Herr Blümchen wissen.

»Die sind Ende August.«

»Ich fühl mich aber komplett wie Hund«, sagt Herr Blümchen.

»Danke übrigens.« Ich schaue Herrn Blümchen von der Seite an.

»Wofür? Hab doch gar nix gemacht«, sagt Herr Blümchen.

»Dass du meinen Kram vorgelesen hast. Ich hätt mich das nicht getraut.«

Unsere U-Bahn fährt ein.

»Ich will dir dazu noch was sagen, Toni. Schreib doch mal was über das Malaga-Eselchen, über deinen Tchibo-Tröpfelduschkopf in deinem maroden Bad oder über zickige Weiber. Toni, so was wollen die Leute lesen.«

»Wer zum Kuckuck ist denn das Malaga-Eselchen?«

»Du kennst das Malaga-Eselchen nicht?«

Ich muss passen, und Herr Blümchen erläutert, dass ich diese Puddingspeise sehr wohl kennen müsste, schließlich hätte ich früher oft genug bei Blums zu Hause mitgegessen, und da habe es alle paar Tage Malaga-Puddingreste zum Nachtisch gegeben, die in der Backstube des Vaters nicht mehr für die Gebäckteilchen gebraucht wurden.

»Mein Gott, Blümchen, dein Gedächtnis möchte ich haben«, sage ich. Munter referiert er weiter über die verdrängte Süßspeise aus Kindertagen, schlägt den Bogen zu seinem verhassten Brotberuf und dass er noch heute auf die Malaga-Pampe als Füllung für seine Puddingstückchen schwört. Über Hanna verliert er kein Wort.

Auf den Videobildschirmen, die von der Waggondecke hängen, hüpft eine Mordillo-Figur mit Gießkanne herum. Sie gießt eine Blume, die sofort zu stattlicher Größe heranwächst. Wir fahren in der Station Stephansplatz ein und marschieren über die Fußgängerbrücke rüber zum Dammtorbahnhof.

»Du musst nicht mitkommen zum Gleis.« Herr Blümchen lächelt. Blümchen, Blümchen an der Wand! Der Mann hat ’ne kranke Frau, einen kaputten Fuß und fünfhunderttausend Euro Schulden an der Backe für einen vollkommen überflüssigen Back-Stopp – und lächelt.

»Wir haben noch zehn Minuten!«

Ich trinke die Dose leer und spüre, wie meine Lebensgeister langsam zurückkehren.

»Weißte noch, Griechenland, zweiundachtzig.« Herr Blümchen lacht. Wir gehen zu McDonald's und ordern unser Abschiedsbier.

Kykladen. Nach dem Frühstück befahl Bert aus Bremen, von Beruf Bewährungshelfer: »Ohne Fix läuft nix«, und daran hielten wir uns. Wir tranken Fix-Bier, cremten uns und die Damen mit Olivenöl ein, bis wir alle in der Sonne brutzelten wie Grillhähnchen, und duschten nie, weil das Salz sich gut auf der Haut anfühlte. Hang-loose in der Taverne am Strand, Beachparty, Knutschen mit wildfremden Frauen, die wir am nächsten Morgen schon nicht mehr erkannten. Wir schmorten bis spätvormittags in schweißnassen Schlafsäcken oder fanden uns mit waidwunden Geschlechtsteilen in billigen Unterkünften wieder, umgeben von Wesenheiten, die verkatert und aus nächster Nähe betrachtet kein bisschen so aussahen wie am Vorabend gedacht, dafür aber nach dem Aufstehen ins Waschbecken urinierten und, zu einem Teil wenigstens, die Exfreundin von Topper Headon waren – und der war ja immerhin Drummer bei The Clash.

»Und heute? Brauche ich 'ne Lesebrille«, befindet Herr Blümchen.

Der ICE fährt ein.

»Mach et juut, du Landei!« Ich knuffe Herrn Blümchen in die Seite.

»Brille hin, Brille her. Richtige Punks, ich mein', so richtig kaputt, waren wir ja eigentlich nie«, konstatiert Herr Blümchen.

»Meinst du, bloß weil wir nicht ständig auf Heroin unter Brücken geschlafen haben? Alter, das war jetzt 'ne klasse Bandauflösungsparty. Und nächstes Frühjahr, Ende April, feiern wir uns noch mal – dann haben wir dreißigjähriges Gründungsjubiläum.«

»Bin ich dabei, und grüß Ada von mir. Außerdem: Es muss auch weitsichtige Punks geben.«

Über seinen Fünfhunderttausend-Euro-Back-Stopp und mein neues Problem Nummer eins in Adas Bauch verlieren wir kein Wort mehr. Gleich morgen, so nehme ich mir vor, will ich damit beginnen, nicht nur Verantwortung für mein Leben und das von Ada zu übernehmen, sondern auch bei Miles & More eine kurze Recherche am Computer machen, wie viele Freimeilen ich eigentlich für einen Flug nach Malaga, der andalusischen Metropole, brauche.

HimbeerToni Hornig braucht Luftveränderung – auf der Suche nach was Bleibendem, egal, ob was Geschriebenem oder in Gestalt eines richtigen Remo-Smash-Punkrock-Konzerts. Oder vielleicht doch nur auf der Jagd nach dem Pudding-Eselchen und weil Malaga fast so gut klingt wie Cartagena, Acapulco und Granada. Oder weil es einfach an der Zeit ist, endlich erwachsen zu werden. Und genau da fällt mir ein, dass ich Ada jetzt nicht allein lassen kann, und mitfliegen darf sie in diesem Zustand bestimmt nicht.

Kurz vor der Tagesschau erreiche ich Adas Wohnung. Ich bin erschöpft von unserem Wochenende und froh, bei ihr zu sein. Ich sehne mich nach einem Abend mit ihr vor der Glotze. Ich stelle im Flur meine Schuhe ab und küsse meine schwangere Geliebte auf den Mund.

Ada reicht mir wortlos ein Kuvert. Noch während ich das Schreiben heraushole, beginnt sie zu weinen.

»Was ist denn los, Liebste?«

»Kein Wort haben die gestern zu mir gesagt!«, jammert sie. »Das ist so gemein.«

Ada reicht mir einen Brief, und ich lese ihre fristlose Kündigung, unterschrieben von Hubert Schachting, Chefredakteur der Frauenzeitschrift ELLA.

»Stell dir vor, ich hätte heute Morgen nicht in den Briefkasten geguckt«, greint Ada. »Ich wäre Montag wie sonst ins Büro gestiefelt, und alle …«

Ich greife behutsam nach Adas Hand. Sie schluchzt auf vor Kummer und Wut: »Ich wollte bloß die Werbung von Toom und Penny aus dem Briefkasten nehmen – und da lag dieser Brief.«

»Nicht weinen«, tröste ich.

Dicke Tränen kullern Ada übers Gesicht. Ich will sie in den Arm nehmen, aber sie dreht sich weg. Sie starrt aus dem Fenster raus auf die Straße, die zum Kampnagel-Parkplatz führt.

»Warum wollen die dich loswerden, du machst doch gute Arbeit, und teuer biste auch nicht?«

Ada berührt ihren Bauch.

»Weil ich schwanger bin!«

»Hast du es ihnen gesagt?«

»Ich war nur kurz im Büro, habe mit Schachting gesprochen, und dann wurde mir übel!«

»Aber war das nicht auch ein bisschen früh, denen zu sagen, dass du 'n Kind kriegst? Vielleicht hast du eine Fehlgeburt!«

Ada schreit auf.

»Was ich wem, wann und warum sage, kannst du gefälligst mir überlassen.«

»Entschuldige bitte, große Entschuldigung, Ada!«

»Wer kriegt das Kind, du oder ich?«

»Aber du bist doch feste Freie, das hättste denen gar nicht zu erzählen brauchen, dass du schwanger bist.«

»Halt den Mund, und hör mir einmal zu.«

»Entschuldige, Ada.«

»Der Idiot von Schachting muss, sofort nachdem ich gegangen bin, meine Kündigung geschrieben haben, sonst wäre die heute nicht in der Post gewesen. Dieses miese Schwein.«

Dicke Tränen rollen ihr die Wangen runter, und sie lässt mich ihre Hand tätscheln.

»Dabei wollte ich doch nur ehrlich sein«, schluchzt sie.

»Ich glaube das einfach nicht, ihr seid doch – eine Frauenzeitschrift, und du solltest einen festen Vertrag kriegen. Das hatte Schachting dir versprochen.«

Ada weint lauter. Ich massiere mechanisch ihre Schulter.

»Hör bitte auf, an mir rumzureiben. Erst gratuliert

Schachting mir zum Kind, und dann schmeißt er mich raus. Verstehst du? Von was soll ich denn leben? Ich und das Kind?«

Anton Hornig, jetzt heißt es Flagge zeigen, schießt es mir durch den Kopf. Sag jetzt: Ada, sorge dich nicht, ich bin für dich und das Kind da – für immer.

Ich schweige.

Stattdessen fällt mir etwas ein, und ich sage aufrichtig empört: »Wozu gibt's denn eigentlich Mutterschutz, die können dich gar nicht rausschmeißen.«

Ada tobt. »Mutterschutz! Wo lebst du denn?«

»Aber?«

»Schon mal was gehört von Diskriminierung, was die alles machen können mit 'ner scheinselbstständigen Schwangeren ohne Vertrag? Und genau deshalb kriege ich auch keinen, weil ich zu ehrlich gewesen bin und zu naiv, vorher was Schriftliches zu fordern. Die können mich jederzeit loswerden.«

»Ada! Ich geh Montag mit dir ins Büro. Dem Schachting werde ich was erzählen.«

Ada versetzt mir einen Stoß in die Rippen.

»Einen Teufel wirst du.«

Ich reibe mir den Brustkorb.

»Solche Hilfe brauche ich nicht von dir. Außerdem stinkst du nach Alkohol!«

»Wie du meinst.«

»Bist jetzt etwa du eingeschnappt, du halber Finne, du?«

»Reg dich doch nicht so auf, bloß weil ich dir anbiete mitzukommen und weil ich ein paar Bier getrunken habe.«

»Spinnst du total, Toni? Würdest du freundlicherweise nachdenken, bevor du den Mund aufmachst? Wer bitte ist schwanger, und wem haben sie gekündigt?«

»Reg dich doch nicht so auf, denk an das Kind. Das ist nicht gut, wenn du so rumbrüllst.«

Adas Gesicht färbt sich dunkelrot, dann stürmt sie wutentbrannt auf mich los.

»Raaauus hier! Verschwinde! Ich rege mich auf, wo und

wann es mir passt, hast du das verstanden. Raus aus meiner Wohnung. Ich will dich nicht mehr sehen!«

Ada zittert und bebt am ganzen Körper. Sie schubst mich Richtung Tür. Ich versuche sie in die Arme zu nehmen: »Tut mir leid, enttschuldige, Ada, ehrlich, komm her. Wird alles gut!«

Ada greift einen Besenstiel und sieht damit aus wie eine adrenalisierte Schwertkämpferin.

»Gar nichts ist gut! Raus, du Schwanzträger!«

Ich winde ihr den Stiel aus der Hand, nehme all meinen Mut zusammen und fühle mich gleich besser, nachdem ich ihr gesagt habe, was ein Mann in solch einer Situation zu sagen hat: »Ada, ich werde immer für dich und unser Kind da sein, ich werde 'nen festen Job annehmen, und ich besorg dir einen Anwalt. Ehrlich!«

»Raauus. Ich will dich nicht mehr sehen!«

»Ada, bitte ...«

»Schau dich doch mal an, Toni. Du wirst nie erwachsen werden.«

»Hör bitte auf, Ada. Ich beklag mich nicht, dass wir seit Wochen wie Bruder und Schwester zusammen sind, ich reiß mich verdammt am Riemen, ich reiß mir den Arsch für euch auf, und was machst du?«

»Ich mach Schluss, Toni. So geht es nicht weiter.«

Ada schlägt mir die Tür vor der Nase zu. Ich höre sie schluchzen und erblicke Frau Gerbes, Adas Etagennachbarin, die von mir wissen will, was denn nicht mehr weitergeht. Ich gehe wortlos treppab, durchwühle meine Berliner Lederjacke nach einem Tempo und stoße auf etwas Hartpappig-Viereckiges. Ich ziehe den Bierdeckel heraus, auf dem mir Wunderbar Barbaras roter Groupie-Kussmund und ihre Telefonnummer entgegenstrahlen.

»Lebbe geht weiter«, erinnere ich die Worte von Steppi Stepanovic, dem früheren Trainer von Eintracht Frankfurt, und nehme mir fest vor, alsbald meinen Flug nach Andalusien zu buchen. Allein.

B-Seite

1. On-/off-Beziehung, das Back-Stopp-Portal und Kuschelboxen statt Sex

It's my party – Dave Stewart/Barbara Gaskin

Es ist dunkel und kalt in der Stadt. Das neue Jahr hat gerade erst begonnen, Elvis Presley und Holgi feiern in ein paar Tagen Geburtstag, Ada und ich sind seit Wochen irgendwie getrennt und doch zusammen.

Zu Weihnachten habe ich von ihr Michel de Montaignes weise Essais geschenkt bekommen. Der Mann wusste jedenfalls, wie man jede Lebenslage in den Griff kriegt. Und deshalb habe ich Wunderbar Barbara nicht angerufen, dafür meinen Flug nach Malaga fest gebucht.

Radu hat immer noch kein neues Puppen-Bauchredner-Showprogramm und ich keinen festen Job, obwohl ich mich ehrlich bemüht habe, 'ne Anstellung als Schreiberling zu kriegen. Stadtteilbulle PM Schangeleidt, der mir, ich weiß auch nicht, warum, irgendwie bekannt vorkam, bin ich zum Glück nicht wieder über den Weg gelaufen.

Bei Ada kann man beinahe zusehen, wie sie täglich runder und weicher wird. Und das seit ewigen Zeiten komplett platonische Verhältnis tut uns beiden in unserer jetzigen An-aus-Beziehung eigenartigerweise sogar gut. Wir treffen uns regelmäßig und reden mehr miteinander, natürlich nicht über Sex, nachdem mir meine gute Freundin

Judith erklärt hat, dass manche Frauen während der Schwangerschaft Sex grundsätzlich ablehnen aus der Befürchtung heraus, das Ungeborene könne beim Vollzug irreparable Schäden erleiden.

Okay, scheiß auf die Hormone, sage ich mir und streiche neben den Wörtern Sex, Ficken, Blasen und Vögeln kurzerhand auch den Begriff Selbstbefriedigung aus meinem Wortschatz – schlicht aus einer gewissen Solidarität in Sachen Asexualität heraus, aber auch, weil mein Schwanz, vor allem in ausgefahrenem Zustand, nach wie vor höllisch schmerzt, was ich auf den Sexentzug und zu enge Jeans zurückführe.

Mithilfe des Betriebsrats und eines Arbeitsrechtlers, den Kurtchen vom Kino her kannte, hat Ada im November übrigens statt der bereits ausgesprochenen Kündigung durch ELLA-Chefredakteur Schachting einen unbefristeten Dreißig-Stunden-Vertrag als Redaktionsassistentin bekommen.

»Siehste, geht doch«, hab ich zu Ada gesagt, als sie mir die gute Nachricht überbrachte.

Insgesamt aber rockt und bockt mein Leben ganz und gar nicht. Die Mutterschaft von Ada setzt mir zu – ich werde Vater, bin aber mit der Mutter meines ungeborenen Kindes offenbar nicht mehr zusammen, und ich habe nach meinem Schwur, immer für Ada und das Kind zu sorgen, nach wie vor die Hosen gestrichen voll.

Der berechnete Stichtag ist Anfang Mai, kurz nach meinem Geburtstag. Und das ist nicht mehr lang hin.

»Reiß dich zusammen, Toni«, sagte Radu vor einigen Tagen mit ernstem Gesichtsausdruck, als er wieder mal am Tisch in meiner Küche saß und mir Gesellschaft leistete. »Du gehst zu Ada, machst schön Essen, und danach ihr wieder Mann und Frau.«

»Wenn's so einfach wäre, Radu.«

»Toni, du bist ein Mann, und deine Frau kriegt Kind von dir. Du brauchst feste Job und Wohnung zusammen für

Kind. Wovor du hast Angst?«

»Genau davor, Radu, genau davor.«

Auch Kurtchen geht es ziemlich bescheiden. Er hatte bis Weihnachten wieder täglich mit Sheila telefoniert und ihr kurz vor dem Fest in einem Briefumschlag die offizielle Hamburg-Einladung nach Borneo geschickt, inklusive dem Rest des Geldes von seiner Unfallversicherung, mehr als viereinhalbtausend Euro, und seitdem nichts mehr von ihr gehört. Telefonisch ist die Liebste jedenfalls seit Tagen nicht erreichbar.

Mein bester Freund Blümchen dagegen humpelt und wird weiterhin von starken Schmerzen geplagt. Ein Hämatom, das sich nach seinem Leitersturz im Knochen des rechten Fußes gebildet hat, ist nicht punktiert worden und nach zwei Monaten eingetrocknet. Für seinen Back-Stopp hat er »zwischen den Jahren« von der hessischen Landesbürgschaftsbank eine Zusage über einhunderttausend Euro signalisiert bekommen. Dies war die Bedingung der zwei ortsansässigen Geldinstitute, ihrerseits Kredite in Höhe von zusammen fünfhunderttausend Euro zu bewilligen: für den Ankauf des Back-Stopp-Grundstücks, die Errichtung eines massiven unterkellerten Gebäudes, die Inneneinrichtung inklusive Ladentheke, Toiletten für Personal und Gäste, einen Aufenthaltsraum für zwei Angestellte sowie zwölf Sitzplätze und vier Parkbuchten draußen – plus ein interaktives »Back-Stopp-Portal«, denn »maximierte Internetpräsenz muss sein«.

Endgültig überzeugt waren die beiden lokalen Bankfilialleiter, nachdem Herr Blümchen sein »Online-Back-Stopp-Marketing-Konzept« schlüssig und offensiv vorgestellt hat. In dem beigefügten Exposé hatte Herr Blümchen erläutert, dass Backwarenliebhaber am Vorabend per E-Mail oder direkt auf der Homepage ihre Bestellungen abgeben könnten, indem sie auf das abgebildete virtuelle Nahrungsmittel klickten – Take-away-Salate, Hot-dogs, halbierte Baguettestangen und überbackene Croissants beispielsweise –, sodass morgens der eilige Kunde nur noch vorzufahren und die bereitliegende Ware mitzunehmen bräuchte. Abgerechnet würde natürlich zum Schluss, gerne online und per Kreditkarte am Monatsende.

»Genialisch!«, lobte dann auch der eine Sparkassen-Geldverleiher die unternehmerische Weitsicht meines Freundes und dessen »optimierte Aufstellung im Bäckereisegment«.

Und Herr Blümchen gab dem Affen Zucker: »Null Wartezeit, kein lästiges Bar- und Wechselgeld, das alles gehört der Vergangenheit an. Bei mir wird mit der exklusiven Back-Stopp-Kundenkarte beglichen, Eurocard, Mastercard, Visa, was Sie wollen. Darauf kommt es an«, referiert er am Telefon seine Erfolg versprechende Strategie. »Die Banker finden das gut, Toni. Verstehst du, ich bin superwichtig aufgetreten, tolles Standing, Steuerberater im Schlepptau, bunte Grafiken und so. Ich hab denen per Powerpoint die 3-D-Charts nur so um die Ohren gehauen, und ich hatte 'nen smarten Anzug an. Sah richtig hip aus, bis auf mein Humpeln. Der Bänker fragte dann auch, warum ich mein Bein nachziehe, und ich sagte einfach, ich hätte 'ne Zerrung. Weil, 'nem Krüppel werden die wohl kaum so viel Patte borgen? Beim Reden natürlich Blickkontakt gehalten. Toni, die glauben mir meine prognostizierten Umsatzzahlen, verstehste, ich sag: ›Tagesumsatz achttausend plus‹, und der meint darauf: ›Ist im Target.‹ Baubeginn ist Ende April, dann geben die mir fünfhunderttausend Schleifen! Und meine abbruchreife Bäckereiklitsche akzeptieren die als Sicherheit.«

»Hals- und Beinbruch!«, sage ich.

»Toni, red keinen Stuss. Hast du 'ne Ahnung, was ich bei einer halben Million Euro Schulden für Umsätze bräuchte, bloß um Zins und Zinseszins zu tilgen?«

Habe ich nicht.

»Dann rate mal, wie viele Brötchen ich backen müsste, um den Back-Stopp-Kredit abzuzahlen«, insistiert Herr Blümchen.

»Null Schimmer«, sage ich.

Herrn Blümchens Stimme überschlägt sich: »Los! Rate!«

Also sage ich: »Zehntausend Brötchen.« Herr Blümchen lacht irre.

»'ne Million?«

»Okay, ich sag's dir«, blafft er. »Bis zur vollständigen Schuldentilgung habe ich eine Brötchenstraße exakt von hier bis zum Mond und zurück errechnet.«

»Zum Glück hast du ja Hanna.«

»Die schick ich auch zum Mond.«

»Grüß sie von mir.«

»Wie läuft's bei dir und Ada? Seid ihr wieder zusammen?«

Herr Blümchen hat offenbar Stress mit Hanna, ich aber kann von meinem zunehmend entspannten platonischen Verhältnis mit meiner geliebten Exgeliebten berichten.

»Ada ist beinahe synchron mit ihrem zunehmenden Bauchumfang anschmiegsamer und schmusiger, ich will fast sagen – sie ist sanftmütig geworden.«

»Ach?«, sagt Herr Blümchen. »Liebst du sie noch?«

»Ja. Und seit ich nicht mehr wichse, geschweige denn Sex mit ihr habe, ist Ada beinahe so handzahm und zutraulich wie ein Salzwiesenlamm«, lobpreise ich meine geliebte Ada Teßloff. Diese ungewöhnliche Verhaltensänderung schreibe ich jedoch nicht mir und meinem etwaigen Wohlverhalten, sondern einzig ihrem sich ständig verändernden Hormonhaushalt zu.

Ich bleibe jetzt sogar öfter auch über Nacht bei Ada. Auf dem Futon massiere ich ihr den Rücken oder streichle sanft ihren Bauch, ohne gleich als Sexist beschimpft zu werden. Anschließend schlafen wir friedlich ein, ohne zuvor noch aneinanderzugeraten (»Au, warum boxt du mich so?« »Ich boxe nicht, ich wollte kuscheln.« »Ich will nicht kuscheln, und hör bitte auf zu schnarchen, Toni, oder du kannst gleich aufs Sofa gehen!«).

Alles ist seit einigen Tagen anders und neu. Ada schnurrt wie ein Kätzchen; nein, Kätzchen kann man ehrlicherweise nicht mehr sagen – es ist eher das behagliche Schnurren einer gehörig aus dem Leim gegangenen Perserkatze.

Ada geriert sich mal zärtlich verspielt, mal anlehnungsbedürftig – und seit einigen Abenden sogar aufs Angenehmste rollig, sodass mir beinahe Zweifel kommen, ob ich vielleicht irgendwas falsch gemacht haben könnte. Nichts ist mehr zu spüren von der Kratzbürste mit eingebauter Meckerautomatik, die einfach Schluss gemacht und mir in den letzten Monaten so manchen Nerv geraubt hat. Und dass ich jetzt allein nach Malaga fliegen werde, treibt Ada zwar Tränen in die Augen – aber nicht vor Wut darüber, dass ich hedonistisches Egoschwein ohne sie wegfahre und sie in ihrem schwangeren Zustand allein lasse. Nein – Ada schluchzt vor Abschiedsschmerz.

»Sind wir jetzt eigentlich wieder zusammen, Liebste?«, frage ich vorsichtig.

»Im Sommer wär das ja okay, dass du so lange weg bist, Anton. Aber jetzt. Es ist so kalt. Wir vermissen dich jetzt schon.«

Wir. Sie nimmt meine Hand und lässt mich das Wir fühlen. Und tatsächlich, unser Baby bockelt mit seinen Füßchen durch Adas Bauchdecke gegen meine Hand.

»Lieber Schatz«, will ich schon sagen, Papa ist doch bald wieder zurück. Aber diese Gedankenprojektion versetzt mir gleich wieder einen Schrecken.

»Anton Angsthase Hornig, jammer nicht rum und sag, du kriegst kalte Füße. Steh gefälligst deinen Mann!«, meldet sich prompt das Schlechte Gewissen zu Wort. »Und hättste damals mal nicht so ’n flottes Tempo vorgelegt, würdest du heute anders dastehen«, höhnt das Schlechte Gewissen weiter. »Kennt euch gerade mal zwei Wochen und sie gleich schwanger, Respekt, mein Lieber, Respekt!«

»Halt's Maul, Schlechtes Gewissen!«, raune ich im Halbschlaf und ignoriere weitere Einwände meines degenerierten Über-Ichs.

»Alles gut. Ich liebe dich, Toni. Und du rufst uns jeden Tag an. Versprochen«, flüstert Ada in mein Ohr. Und als sie mir dann noch einen warmen, innig-feuchten Gutenachtkuss schenkt, ist die Welt für mich wieder in Ordnung, und ich schwebe wie auf Wolken hinüber ins Traumland.

Meine gute, alte Freundin Judith bestätigt mir am nächsten Morgen am Telefon, dass die Schwangere an sich bis zum fünften Monat relativ häufig unzurechnungsfähig sei, aber das lege sich spätestens nach der Wochenbettdepression meist wieder. Na prima. Und Ada hat gerade mal den fünften Monat hinter sich.

2. Eine kleine Feier, die Spüli-Therapie und ein unorthodox gekrümmter Handbremsknüppel

Horny – Mousse T.

Holgi habe ich für heute Abend abgesagt. Er zelebriert mit Löllie als DJ und Elvis-Imitator Volker Spahrmann, dem singenden Müllmann von Winterhude, als Stargast mittlerweile schon zum vierten Mal die Geburtstagsparty des King of Rock 'n' Roll im stetig größer werdenden Kreis der örtlichen Presley-ConventionGemeinde.

Ada und ich begehen an diesem kalten Winterabend offiziell unsere Versöhnung und das sechsmonatige Bestehen unseres Liebesverhältnisses mit einem leckeren Dinner. Ich denke kurz an meine Reise nach Andalusien am morgigen Montag. Zur Feier hat Ada den Tisch festlich gedeckt und Kerzen angezündet. Wir trinken schweren Rioja und hören ihre neueste CD von John Legend und dann ihre geliebten Klezmer-Scheiben, die sie als Rezensionsexemplare von der ELLA-Redaktion erhält.

Dazu lassen wir uns eine Platte leckerer Tapas schmecken, die ich tags zuvor bestellt habe. Ich freue mich besonders über einen enorm gesunden, von Ada angerichteten Rote-Beete-Salat, der, wie sie mir erklärt, ideal sei für Schwangere, weil die meist zu wenig Eisen im Blut hätten. Ada mag dann den vor Enzymen und Spurenelementen strotzenden und ein wenig moosig riechenden

Salat, den sie mit spitzen Lippen probiert, nicht. Mir aber munden die eingelegten roten Rübenscheiben umso mehr, und ich verzehre eisenhart nicht nur eine Portion, sondern gleich die ganze Schüssel.

Ada schaufelt dafür gewaltige Mengen öliger Tapas in sich hinein. Gewichtsprobleme kennt sie keine mehr. Seit Beginn der Schwangerschaft hat Ada, das überbordende Mutterschiff, zwölfeinhalb Kilo zugelegt – ich zum Glück nur sechs. Ja, wir lassen es uns gut gehen.

Nachdem ich später den Tisch abgeräumt habe und gerade mit dem Geschirrspülen beginne, steht plötzlich Ada neben mir in der Küche. Meine Liebste mustert mich von der Seite. Ich schaue schuldbewusst ins Spülbecken, womöglich wird sie doch wieder anfangen mit meinem Lieblingsfrustthema ›Toni, du brauchst 'nen festen Job‹ und Zusammenziehen mit gemeinsamer Dreiraum-Küche-Bad-Perspektive.

Stattdessen dreht Ada den Heißwasserhahn zu, nimmt mir den Spülschwamm aus der Hand und fasst mich an den Hüften. Sie küsst meinen Rücken, reibt ihre Rundungen an mir und haucht: »Küss mich.« Ich drehe mich um, küsse Ada sanft, gebe mich dabei aber so teilnahmslos wie möglich. Puh, bloß locker bleiben, Toni. Ada wendet sich im nächsten Moment ab von mir und geht aus der Küche. Puh. Erst mal abkühlen. Geschirr spülen ist gut, denke ich und lasse frisches Wasser in die Spüle laufen.

Wie oft habe ich in den letzten drei Monaten das Mannsein an sich, meinen schmerzenden Schwanz und meine viel zu engen Jeans verflucht. So heftig wir zu Beginn unserer Beziehung gevögelt haben, so wenig ist in den letzten Monaten passiert – nichts, null, zero, rien, niente –, und irgendwie habe ich mich mit diesem Zustand gut arrangiert.

Also schrubbe und rubbel ich die Teller, säubere das Besteck und die Salatschüssel, befreie die silberne Tapas-Platte von dem tranigen Olivenölfilm. Jedes Teil trockne ich sorgfältig ab und tagträume, Ada bemächtige sich meiner von hinten kommend – hier an der chromglänzenden Nirostaspüle.

Hoppala! Schon habe ich den Salat. Mir spannt der Schritt, während ich weiter wie besessen an dem Geschirr herumreibe und auf andere Gedanken zu kommen versuche.

Mann, vergiss doch die Weiber, dieses ewige, leidige Rumgebalze und Angegrabe. Okay. Ich hab mich anfangs bestimmt das eine oder andere Mal bei Ada aufgedrängt und gezeigt, wie sehr ich sie begehre und wo der Hammer hängt; aber ich habe auch alles andere durch, einen auf betont uninteressiert, kuschelig und naiv gemacht, ohne dass eine der Strategien Erfolg gezeitigt hätte. Ups, fast hätte ich einen Teller übersehen, okay, Spüli drauf und losgerubbelt.

Mannomann, habe ich es satt, mich bei Ada zu rechtfertigen, ich nähme keine Rücksicht auf ihre Ängste und sei bloß auf meine eigene Lustbefriedigung aus. Und ich bin es wirklich leid, noch einmal mit Ada darüber zu diskutieren, ob ich an ihr als Mensch nicht interessiert sei und dass sie sich wieder mal zum Sexualobjekt degradiert vorkommt.

Aber – was – bitte – ist – das?

»?«

Zwei Hände berühren mich von hinten!

Ja, Moooment mal! Wo sind wir denn, dass wir uns hier vom Spülen abhalten lassen. Also gebe ich mich betont gelassen, als Ada sich an mir zu schaffen macht. Sie streichelt meinen Hals und versucht mich zu umarmen. Ich drehe mich um. Vor mir steht Ada, schwanger und schwarz aufgestrapst, mit einem Korsett, dessen gerüschter Büstenhalter diesen Namen wirklich verdient. Die Augen fallen mir beinahe aus den Höhlen und die Spülbürste aus der Hand, meine Sinne schwinden, und mein Schlechtes Gewissen fängt leise an zu singen:

Lord Almighty, I feel my temperature rising

Ogottogott! Wonderbra, dieser Anblick! Die Körbchen ihres BHs sind vorne offen und einzig dazu da, ihre dicken, schwangeren Brüste stramm in der Waagerechten zu halten, damit man sie auch wirklich gut sehen kann; verdeckt wird durch diesen BH nichts. Ich wende den Blick zur Rote-Beete-Schüssel, während mit zittrigem Timbre die zweite Zeile von Burning love erklingt.

Higher, higher, it's burning through to my soul

In meiner Hose schmerzt es. Wer auch immer jetzt den Schneid besitzt und den Reißverschluss dort unten öffnet, mein Schwanz wird sich – pop-up! – aufrichten wie Jack in the box oder Kai aus der Kiste und dabei locker in der Hüfte kreisen wie Elvis anno 1956.

»Na, schöner Mann«, haucht Ada.

Sie reicht mir mein Riojaglas zum Anstoßen.

»Ich, ich …«

Ada leckt sich die Lippen, prostet mir zu. Ich stelle mein Glas ab und trockne mir die Hände mit einem frischen Geschirrtuch, das über dem Vierplattenherd neben der Spüle hängt. Dann stottere ich »Wohlsein«, worauf Ada nur heiser lacht.

Girl, girl, girl, you gonna set me on fire

»Zieh dich aus«, zischt Ada.

»?«

Darauf bin ich nicht vorbereitet.

My brain is flaming I don't know which way to go

Ich verschlucke mich, stelle das Weinglas ab und lächle blöde, als Ada mir auch schon das T-Shirt über den Kopf zerrt.

Sie gräbt ihre lackierten Nägel in meinen nackten Rücken und schnurrt wie eine Raubkatze.

»Schöner Mann!«

Mit flinken Fingern löst sie die Gürtelschnalle meiner

Jeans und öffnet den darunter befindlichen Hosenknopf. Sie zieht mich an sich und furcht mir ihre Nägel quer über den Po. Dann öffnet sie meinen Reißverschluss, schließt die Augen und ergreift das freigelegte Gemächt. O Gott, tut das gut. Gespielt widerwillig winde ich mich wie ein Aal im Netz.

Adas Zunge gleitet an meiner Brust herab, mit ihren vollen Lippen küsst sie mir Schultern und Hals, kratzt an meinen Brustwarzen, rutscht weiter abwärts, liebkost meinen Nabel, während ich vor Lust die Augen verdrehe.

Cause your kisses lift me higher
like a sweet song of a choir
And you light my morning sky with burning love.

Ada richtet sich auf, nimmt, immer noch mit geschlossenen Augen, eine ihrer schönen frei stehenden Brüste mit beiden Händen und reibt sie an meinen Brustwarzen.

Ada tritt einen Schritt zurück und blickt mich an. Sie sieht einfach umwerfend aus, und dass sie unser Kind unter ihrem Herzen trägt, macht sie nur noch attraktiver für mich.

Ich reiße mir die restlichen Klamotten vom Leib und stehe etwas zittrig da, in Unterhose zwischen Küchentisch und Spülbecken.

Ada zieht mich nah heran. Ich versuche sie auf den Mund zu küssen und zu streicheln, aber sie wehrt mich spielerisch ab und geht auf Tauchstation. Ich schließe die Augen und stöhne: »Ada, ja, ohh, Ada, ja.«

Ada atmet schwer, sie ist ganz bei sich. Die Augen hält sie fest verschlossen, als sie mir den Slip bis zu den Knien runterzieht – und dann nimmt sie meinen Schwanz in den Mund. Besser gesagt, sie versucht es.

»Waff iff denn daaaf?«, sagt Ada.

Ich verstehe sie nicht richtig und denke: ›Lutsch my Glied! – that's all I need.‹

Ada speit selbiges jedoch aus, öffnet die Augen und schaut entgeistert an mir hoch.

»Was ist denn das?«, wiederholt sie.

Ada weist mit dem gestreckten Zeigefinger dorthin, wo mein Gemächt, mein alter Burning-love-Ratpack-Kumpel, seinen angestammten Platz hat.

Ich folge Adas Blick und bin entsetzt. Ada hat recht – das ist nicht mein Schwanz, jedenfalls nicht der, an den ich mich entsinne. Dieses Genital da unten gleicht, schräg von oben betrachtet, einer Art Krummdolch, wie sie Piraten gerne beim Entern im Mund mitführen, oder doch eher einer mutierten Chiquita-Banane, und ich gucke dabei bestimmt wie der genmanipulierte Klon von Onkel Tuca.

Nein. Ganz eindeutig: Dieses Geschlechtsteil erinnert fatal an Teile der DDR-Flagge – die Sichel ist vielleicht nicht ganz so ebenmäßig geformt, aber auf jeden Fall ist weit und breit kein Hammer in Sicht!

Mein Geschlechtsteil beziehungsweise das, was aus ihm geworden ist, scheint dieser Umstand nicht weiter zu stören, es reckt und streckt sich, zu jeder Schandtat bereit: ›Ja, schau mich nur an‹, scheint es zu rufen. ›Ada, du hast das schon ganz richtig erkannt, ich sehe aus wie der unorthodox gekrümmte Handbremsknüppel eines Mitsubishi Colt GL aus den frühen Neunzigern. Und das macht dich ganz schön scharf, gelle?‹

»Oh Gott«, entfährt es Ada, die bislang ungewöhnlich geformten Handbremsknüppeln in japanischen Kleinwagen sicherlich kaum Beachtung geschenkt hat. Sie betrachtet meinen Krummdolch interessiert und drückt ein wenig daran herum.

»Tut das weh?«

»Auuh!«

»Na egal, Hauptsache, er tut's noch«, sagt Ada.

Ada streichelt mein Genital, aber für mich ist der Spaß vorbei. Ich trinke mein Glas aus, ziehe mich an, und wir küssen uns zum Abschied. Ada sagt, ich solle mir »darüber mal keinen Kopf machen«, und wünscht mir schöne Tage in Malaga. Ich bitte Ada noch, sie möge die leere Tapas-Platte am Montag beim Solero-Partyservice abgeben. Dann wünsche ich ihr eine gute Nacht und wanke apathisch, »Das gibt's doch gar nicht« brabbelnd, zu mir nach Hause.

Ich versuche an Spanien zu denken, verdränge alle Krummdolchbilder, beschließe, erst nach dem Aufstehen zu packen, und falle spät in tiefen, traumlosen Schlaf, aus dem ich am frühen Morgen schweißgebadet erwache.

3. Roter Korsar, rote Beete, rote Lippen

Wer hat mein Lied so zerstört – Daliah Lavi

Erschreckt von der bösen Piratensäbelvision der vergangenen Nacht, beschließe ich, mir auf der Stelle einen runterzuholen. Ich reibe mechanisch drauflos und sehe mir beim ersten Tageslicht das ganze Ausmaß der Verwüstung in meiner Hose an. Es war kein Albtraum, da gibt es kein Vertun. Und mit dem Ding soll ich heute nach Malaga fliegen? Mein lieber Freund und Kupferstecher, so nehme ich dich nicht mit in den Urlaub, denke ich, als ein fürchterlicher Schmerz in meinen Unterleib fährt.

Mein Schwanz tut jetzt mehr als höllisch weh, selbst wenn ich ihn nur ganz behutsam anfasse. Ich beiße die Zähne zusammen und reibe, was das Zeug hält. Hauptsache, er tut's noch, hat Ada gesagt. Aber mein Schwanz ist das nicht mehr, dieses wie von einem Rohrbieger verformte Gestänge. Aber nützt ja nichts: weiter, weiter, immer weiter!

»Wer hat mein Glied so zerstört«, summt mein Schlechtes Gewissen den abgewandelten Refrain des alten Daliah-Lavi-Songs.

Achwasweißdennich. Wahrscheinlich habe ich mir bei der Tigersprunghavarie mit Ada letzten August, als wir noch wild rumgevögelt haben, das Fahrwerk angeknackst, damals, als ich so unglücklich aufsetzte. Aber das wird sich schon wieder richten, rede ich mir gut zu. Ich beschließe, gleich nach meiner Rückkehr aus Andalusien einen einschlägigen

Facharzt aufzusuchen, der sich mit gebrochenen Extremitäten im Schambereich auskennt. Der wird mir vielleicht eine Spritze geben, der schient das Genital fachgerecht oder packt es ins Gipsbett und – ruck, zuck ist es wieder kerzengerade. Von so was lass ich mir doch nicht die Ferien vermiesen. Hey, Toni, du weißt aus Erfahrung, Grübeln bringt gar nichts, da verballerst du jetzt schön einen drauf, und gut is'. Komm, und beiß die Zähne zusammen, Junge. Auf die alten Zeiten. Gebrochen, geprellt, verstaucht – ist doch Jacke wie Hose. Nur die Harten kommen in' Garten. Gib Kette, Horny. Zum Endspurt gebe ich mir richtig die Sporen:

Ich bin so Toni horny Hornig, bin so horny horny hornig
I'm just a hunk a hunk of burning love!
I'm just a hunk a hunk of burning love!

Lustlos spritze ich auf die Sportseiten der ausgeklappten Hamburger Boulevardzeitung vom Vortag.

I'm so horny, horny, hornig …?!?

Keine wie auch immer geartete sportliche Schlagzeile hätte mich derart erschrecken können wie das, was ich gerade vor mir sehe. Nein, das ist weder Einbildung noch rote Headlinefarbe. Die Doppelseite der Zeitung ist rot gesprenkelt – über und über mit frischen, blutroten Pfützen. Heilige Sch…e! Blut statt Sperma. Hodenkrebs, Prostata, Siechtum, qualvolles Dahinscheiden, Blutsturz, Leukämie – ganz eindeutig, so sieht Blutkrebs aus, im Endstadium. Ich schließe die Augen.

»Roter Korsar, überleg dir mal, wo dein Blut spuckender Schandpfahl, dieser verboten aussehende Piratenkrummsäbel herkommen könnte«, sagt das Schlechte Gewissen, aber ich weiß nur eines, ich muss ganz dringend zum Arzt, und ich habe ein neues Problem Nummer eins. Mir ist elend zumute. Ada will ich so jedenfalls nicht mehr nackt entgegentreten.

Sterben werde ich wohl nicht daran, aber wie hoch ist eigentlich der Blutverlust bei solch einem Mastbruch? Soll ich das Geschlechtsteil vielleicht abbinden, oder genügt ein Pflaster? Wenigstens verspüre ich gerade keine ganz schlimmen Schmerzen mehr. Erst mal 'ne Mullbinde drauf. Aber das Blut kam ganz offensichtlich von innen. Welcher Arzt ist eigentlich zuständig für blutspeiende Krummdolche? Zu meiner Hausärztin gehe ich damit jedenfalls nicht.

Ich kleide mich an, falte die blutbesudelte Zeitung zusammen und klingel nebenan bei Holgi. Der Freund weiß vielleicht, an wen man sich in einem solchen Fall wenden kann.

»Mann, Alter, da haste dir aber schön einen aufgesackt«, sagt Holgi, der mich im Paillettenmorgenmantel hereinbittet.

»Ich hatte seit Monaten keinen Sex.«

»Kommt in den besten Familien vor. Auf was tippst du? Tripper, Aids, Syphilis, mir kannstes sagen.«

Holgi teilt dann noch mit, dass er heute Mittag meine Hilfe beim Schleppen von irgendwelchen SPIEGEL-Jahrgängen brauche, und er kennt den Namen eines Urologen in Eppendorf, der sich mit Geschlechtskrankheiten auskennt. Ich laufe zurück in meine Wohnung, rufe in der Praxis an und schildere der Arzthelferin mein Anliegen.

»Blut im Sperma, Penis krumm? Das muss sich der Doktor anschauen.«

»Aber ich fliege heute nach Malaga!«

»Dr. Präg ist ab halb neun in der Praxis«, sagt sie. Ich lege auf.

Um kurz vor halb neun treffe ich in der Goernestraße ein. Mein Genital tut wieder mehr weh, was ich aber auf meinen Bananensattel schiebe. Die frische Luft tut gut. Ich schließe mein Rad an. Dies ist mein erster Besuch beim Urologen überhaupt. Schweren Schrittes gehe ich die Stufen empor.

Im Wartezimmer neben dem Empfang sitzen zwei Männer und eine Frau – mit langen Gesichtern. Ich reflektiere kurz: Montagmorgen mit kaputtem Genital beim Urologen. Und schon mache auch ich ein langes Gesicht.

»Ich habe eben angerufen«, sage ich zu der Arzthelferin am Empfangstresen. »Hornig, Anton Hornig!«

»Ach ja, Sie sind der mit dem Blut im Sperma und der möglichen Penisfraktur?«

Die Mienen der anderen Langgesichtigen hellen sich auf. So schlimm steht es nicht um sie.

»Mmmh. Ja. Blut im Sperma«, flüstere ich.

Dann darf ich mich setzen. Ich durchforste die ausliegenden Frauenzeitschriften nach ähnlich gelagerten medizinischen Fällen, finde aber nichts. Die beiden Männer kommen vor mir dran. Jetzt ist noch die Frau an der Reihe. Ich fingere nach der mit Blut getränkten Zeitungsdoppelseite, die ich in einer Klarsichthülle in meinem Rucksack verstaut habe – als Beweisstück.

Mein Rucksack riecht moosig wie die Samenbank von Higbert Sauf aus der 9b. Und mir kleben Blutreste an der Hand.

»Sie können gerne vor mir rein«, sagt die Frau, als ich mit einem Papiertaschentuch versuche, die angetrockneten Körpersäfte wegzuwischen.

Ich danke schwach und gehe aufs Klo, um mir die Hände zu waschen.

Dann bin ich dran. Das Sprechzimmer ist groß und hell. Der Doktor hinter dem Schreibtisch schaut sorgenvoll. Ich rechne mit dem Schlimmsten.

›Herr Hornig, ich bedaure sehr, Ihnen dies sagen zu müssen, aber Sie haben Hodenkrebs. Blut im Sperma ist ein eindeutiges Symptom – ja, Endstadium. Amputation könnte helfen. Ich rate dringend: Fliegen Sie in den Urlaub. Gönnen Sie sich diese Tage, ich verschreibe Ihnen schmerzstillende Morphintabletten, und begeben Sie sich in Malaga sofort ins Krankenhaus, wenn Blutungen auftreten.‹

Das sagt Dr. Präg alles erst mal nicht, stattdessen befragt er mich, seit wann mein Schwanz so krumm sei und was ich am Vortag so alles zu mir genommen hätte.

»Herr Doktor, alles war normal, nichts Besonderes.«

»Was genau haben Sie gestern gegessen«, insistiert Dr. Präg.

»Zwei Eier am Morgen!« Ich denke nach und bete dann runter: »Butter, Croissants, mittags Currywurst, Pommes, Ketchup, Mayo, abends spanische Tapas inklusive eingelegtem Rote-Beete-Salat von meiner Freundin. Und gebetet habe ich.«

»Ah, das erklärt schon mal einiges.«

»Dass ich gebetet habe?«

»Nein. Die Rote Beete – die hätten Sie nicht essen dürfen.«

»Aber so was muss doch verboten werden als Nahrungsmittel, wenn man einen krummen Penis davon bekommt«, jammere ich.

»Nein, ich meine das Blut beim Onanieren, Herr Hornig.«

»Woher kommt denn das viele Blut?«

»Herr Hornig, das kommt von den Anthozyanen.«

»Da bin ich noch nie gewesen, Herr Doktor.«

»Sie verstehen nicht, Ihr Blut im Sperma. Sie haben zu viel Rote Bete gegessen. Die Anthozyane färben nicht nur die Rübe dunkelrot, sondern auch das Ejakulat. Wir werden bei der Gelegenheit gleich eine Spermaprobe nehmen, aber machen Sie sich keine Sorgen, das ist rein zur Vorsorge.«

»Da bin ich aber beruhigt, Herr Doktor.«

»Um Ihren Cholesterinspiegel, da würde ich mir schon mal eher Gedanken machen. Was Sie alles so zu sich nehmen. Ich schlage vor, ich werde Ihre Blutfettwerte gleich mit untersuchen.«

»Hauptsache, mein Schwanz wird wieder gerade.«

»Ach ja, der Penis. Dann wollen wir uns das Corpus delicti mal genauer ansehen.«

Dr. Präg nimmt auf seinem Drehstuhl Platz, rollt zu einem Aktenschrank, macht sich Notizen und deutet an, dass ich mich untenherum frei machen soll. Ich lasse Hose und Unterhose fallen. Dr. Präg legt den Stift beiseite, kommt herangefahren und greift beherzt mit seiner Rechten nach meinem Testikel. Mit der anderen Hand tätschelt er in meiner Leistengegend herum, befühlt Lymphdrüsen und wandert dann meine leicht geöffneten Schenkel empor, wo er zunächst Skrotum und Penisschaft leicht massiert.

Dann rollt er meinen Hodensack ausgiebig zwischen den Fingerspitzen hin und her. Meine Eier machen auf mich und wahrscheinlich auch auf Dr. Präg einen arg gebeutelten Eindruck, aber schon macht er sich wieder an meinem Penis zu schaffen, der zum Glück auf die fachkundige Stimulierung durch Medizinerhand nicht weiter reagiert. Dr. Präg lässt sich nicht beirren. Er knetet, drückt, und dann schreie ich auf. Der Doktor sagt: »Oh! Oh! Das fühlt sich ganz schön hart an.«

Dr. Präg rollt zurück zum Aktenschrank, notiert die von mir genannten Vorerkrankungen. Dann will er wissen, wie mein Penis an- oder gebrochen sein könnte und ob ich mein versteiftes Geschlechtsteil kürzlich vielleicht in ein nicht für diese Zwecke vorgesehenes elektrisch betriebenes Haushaltsgerät gehalten hätte. Er müsse das fragen wegen der Krankenkasse, und er habe schon Pferde vor der Apotheke … »Harhar, nichts für ungut, Herr Hornig.« Dr. Präg wiehert und raunt: »Sie glauben gar nicht, zu was Menschen so alles imstande sind.«

»Ich versteh nicht ganz?«

»Herr Hornig. Hatten Sie in letzter Zeit Geschlechtsverkehr mit einem Staubsauger?«

Ich überlege kurz.

»Ich glaube nicht. Nur mit Ada, aber das ist schon länger her!«

»Ada? Dieses Fabrikat ist mir nicht geläufig. Ist das ein Mixer oder Föhn?«

»Nicht, dass ich wüsste. Ada ist meine Geliebte!«

Doktor Präg steckt eine Injektionsnadel auf eine Einwegspritze.

»Harhar. Nicht, dass ich wüsste. Humor scheint nicht Ihre starke Seite zu sein, Herr Hornig.«

»Sie haben gut lachen, Herr Doktor.«

»Mal im Ernst, junger Mann: Ihr Geschlechtsteil ist verbogen, vielleicht sogar gebrochen. Tragen Sie zu enge Jeans, sind Sie kürzlich gestürzt? Ein Fahrradunfall vielleicht?«

»Ja, da war schon etwas.«

Kalter Schweiß bildet sich auf meiner Stirn, als ich Dr. Präg die Bruchlandung mit Ada letzten August schildere. Wie ich nackt auf dem Badewannenrand zum Sprung ansetzte und dabei Ada, die sich unten auf der Badematte räkelte, in ihrer Muttersprache zurief: »Kradz mi, beiß mi, sag Tigr z mir« und wie ich dann raubkatzengleich eine Art Sprungstellung einnahm.

»Schbring, moi Tigr«, ermunterte mich Ada, und ich sprang. Dabei segelte ich zunächst, einem Andenkondor gleich, auf Ada zu, bevor ich Sekundenbruchteile später mit ausgefahrenem Fahrgestell ungebremst auf die Fliesen knallte.

»Wann war das?«

»Das ist bestimmt fünf Monate her, Herr Doktor«, jammere ich.

»Ja, das kann schon mal eine Zeit dauern, bis die Verbiegung dann letztlich auftritt. Dann wollen wir uns das Malheur mal genauer anschauen und sehen, was kaputt ist. Legen Sie sich bitte hin«, sagt Dr. Präg.

Ich schließe die Augen und ergebe mich in mein Schicksal, als Dr. Präg die Spritze mit einer klaren Flüssigkeit aufzieht und in meine Weichteile injiziert.

»Das wird die nächsten fünf bis sieben Stunden halten, wenn die Erektion bis heute Nacht nicht abgeklungen ist, Herr Hornig, begeben Sie sich bitte ins nächste Krankenhaus, dort spritzt man Ihnen Hängolin.«

»Hängolin?«

Der Doktor lacht wieder. »In Ihrem Alter ist das recht selten«, und er verlässt den Raum. Mein ramponiertes Geschlechtsteil schwillt an, und ich sehe mich bereits mit Dr. Präg durch die medizinischen Fakultäten und Proseminare der Republik reisen – bestaunt von Medizinstudenten und der versammelten Professorenschaft. Wochenlang geht es von Hörsaal zu Hörsaal. Doch bald ist der Reiz des Neuen verflogen. Jeden Morgen das jähe Erwachen in einem anonymen Hotelzimmer. Und immer nach dem Frühstück setzt mir Dr. Präg die Spritze.

›Dass ich das noch erleben darf‹, höre ich das fachkundige Auditorium ehrfürchtig raunen, wenn der große Moment gekommen ist und sie das erigierte Corpus delicti mit dem Wahnsinnsknick berühren dürfen – nein, das hatte die Welt noch nicht gesehen.

Einen Monat später haben Präg und ich Radulescu Ursu als Tourmanager engagiert, und wir irrlichtern als »Lord Skrotum and Dave Dödel's crazy Diller Show« durch die Republik, gesponsert von der Apothekenrundschau. Nach einigen veröffentlichten Promotionen zum Thema Krummsäbel ebbt hierzulande das Interesse der Fachwelt rapide ab. Mancherorts werde ich aber als »Lüsterner Lord – die männliche Annie Sprinkle« bewundert. Und tatsächlich erscheinen dann Fotos mit Annie und mir in San Francisco, das ist aber, lange nachdem ich mein Glied permanent mit Flüssigbeton habe versteifen lassen.

Dream on, Toni, dream on.

Ich muss kurz eingenickt sein. Als ich die Augen öffne, steht Dr. Präg neben der Pritsche, auf der ich liege, und starrt wie versteinert auf mein versteiftes Geschlechtsteil.

»Herr Hornig, ich möchte ein Bild von Ihrem erigierten Geschlechtsteil.«

»Aquarell oder Öl?«, frage ich.

»Ein Foto reicht.«

Von Stund an sollst du Käpt'n Geili heißen, denke ich. Ist diesem Dr. Präg denn nichts heilig? Mir schwant, wie es Käpt'n Geilis Mutter vor Jahr und Tag ergangen sein muss, als der kleine Präg seiner ungläubig dreinblickenden Erzeugerin mitteilte: ›Doch, Mama, es ist wahr, mein sehnlichster Wunsch ist es, mich mit Haut und Haaren dem Fachgebiet der Urologie zu verschreiben. In welcher

Branche kann ich sonst wildfremden Männern gleich beim ersten Treffen die Prostata massieren und komme obendrein kostenneutral an eine Fotogalerie von erigierten Geschlechtsteilen.‹ Von da an wusste Mutter Präg, dass ihr Sohn nicht so war wie andere Kinder, und ließ ihn gewähren.

»Herr Hornig. Ist Ihnen nicht wohl?«

»Ai ai, Käpt'n, äh, geht schon, Herr Doktor ...«

»Herr Hornig. Ich brauche wirklich ein Foto von Ihrem Penis.«

»Da muss ich erst mal zu Hause in meinem Fotoalbum nachschauen, ob ein gelungener Schnappschuss dabei ist, den ich entbehren kann«, sage ich.

»Har, har, ist für die Krankenakte. Vorher und nachher wäre natürlich am besten. Har, har.«

»Har, har«, erwidere ich.

»Herr Hornig. Ich brauche das Foto, um den Grad der Verbiegung zu dokumentieren. Ihr Penis wird sich möglicherweise noch weiter krümmen.«

»Noch weiter? Das Teil ist geknickt, und ich will meinen alten Mast wieder haben.«

»Wir werden später festlegen, wie wir vorgehen.«

Ich wünsche mir sehnlichst, Dr. Präg würde auf der Stelle meinen Schwanz packen und begradigen!

»Herr Doktor, was soll ich denn jetzt machen?«

»Aller Wahrscheinlichkeit handelt es sich tatsächlich um eine Fraktur, einen gemeinen Penisbruch.«

»Muss ich jetzt sterben?«

»Ach was. Dieter Bohlen hat das auch überlebt. Mindestens ein Prozent aller Männer brechen sich irgendwann ihr bestes Stück.«

»Da bin aber beruhigt!«

Ich rechne nach. »Ein Prozent, das sind ja Tausende, wenn nicht ...«

»Ja, und es werden immer mehr. Ich weiß wirklich nicht, wie die Männer das alle anstellen.«

Mein Traum von einer Karriere als Lord Skrotum, der seine einzigartigen Spuren in den renommierten Fakultäten für alle Ewigkeit hinterlässt und dann in der glitzernden Halbwelt zwielichtiger Rotlichtbezirke strandet, zerplatzt wie eine Seifenblase.

»Ach, eines noch, Herr Hornig. Ziehen Sie keinesfalls mehr solche engen Hosen an. Das ist nicht gesund und kann eine abrupte Spontanheilung verhindern.«

Vor Dr. Prägs Praxis gehe ich in eine Telefonzelle und gebe Ada kurz Bescheid. Dann fahre ich nach Hause, um für Malaga zu packen und mir eine weite Jogginghose anzuziehen.

4. Dreamkarl, Frau Gähdes und ab ins Flugzeug

Dreams are ten a penny, Kincade

Radu, der selbst in einer tiefen Schaffenskrise steckt, weil er nicht weiß, ob er sein künftiges Showprogramm und Milo, seine Bauchrednerpuppe, nun auf Wladimir Putin, Sigmar Gabriel oder doch »Barack Osama« umarbeiten soll, ist zu mir runtergekommen.

Wir sitzen in meiner Küche und trinken frisch gebrühten Kaffee. Schon als ich ihm die Tür aufmache, senkt sich Radus Blick auf meine im Schritt weit nach vorn ausgebeulte Freizeithose. Also erzähle ich ihm, was bei mir gerade so ansteht. Meine gepackte Andalusien-Reisetasche stelle ich abflugbereit im Flur ab, als Holgi läutet.

Er strahlt mich an und eilt an mir vorbei in die Küche.

»Hi, Radu, alte Nase. Hab 'ne größere Tour für euch, Männer.«

»Holgi, mein Flieger geht um sechs, was steht denn an?«

Holgi schaut ehrfüchtig an mir herab, als ich ihm eine Tasse Kaffee reiche.

»Mann, Toni. Du hast doch vorhin schon gewichst?«

Holgi und Radu grinsen.

»Das ist leider gar nicht komisch, mein Schwanz ist seit einer Stunde hart wie Stahlbeton.«

»Dann gib's dir noch mal.«

»Das würde nichts nützen«, erkläre ich.

»Angeber«, raunt Holgi. »Hilfste mir nachher beim Tragen oder musste wichsen? Ich hab 'ne Riesenfuhre SPIEGEL-Jahrgänge, komplett, günstig geschossen.«

»Nur wenn du mich danach zum Flughafen fährst.«

»Gebongt. Erst mal rüber zur Anzeigenannahme, dann weiter nach Lokstedt und die SPIEGEL-Sammlung abgreifen.«

»Mann, Holgi, kannste das nicht mal lassen mit den SPIEGEL-Sammlungen? Sagst doch selber, Autoprospekte lohnen sich mehr.«

Holgi Helvis hat schon immer viel und gerne gesammelt, archiviert oder getauscht. Die Intensität seiner Sammelleidenschaft steigerte sich zwischendurch ins Manische, nachdem vor fünfundzwanzig Jahren erst Remo Smash und dann seine Nachfolge-Proll-Rockband Fiese Fettern auseinandergebrochen waren.

Von Zeit zu Zeit packt es Holgi dann richtig, und er fährt zwanghaft alte Plattensammlungen und komplette SPIEGEL-Jahrgänge in seinem alten VW-Bully spazieren, die er dann – meist mit meiner und neuerdings Radus Hilfe – in seine Wohnhöhle in Stockwerk fünf verfrachtet. Natürlich hortet er auch Elvis- und Jim-Morrison-Devotionalien aller Art: Aufsteller, Actionfiguren, Autogrammkarten, Fanzines, alte Konzerttickets, einfach alles.

Holgis Haupteinnahmequelle und allergrößte Leidenschaft aber sind seit Jahren Autoprospekte. Die holt er persönlich in den Autohäusern ab, kaum dass ein neues Modell in den Verkaufsraum geschoben wurde.

Und Holgi sieht sich selbst als eine Art Opfer seiner, wie er meint, genetisch bedingten, stetig stärker werdenden Sammelleidenschaft, sein Karma sei es, freie Wochenenden auf zugigen Dachböden und in verwaisten Jugendzimmern mit Fototapeten, vollgemüllten Garagen und auf verwahrlosten Resthöfen in Nordniedersachsen und Schleswig-Holstein zu verbringen, um seiner mühselig zusammengeklaubten KFZ-Prospekte-Kollektion weitere Exemplare zuzuführen. Ohne zu zögern, wäre Holgi zum Beispiel bereit, für eine original Karman-Ghia-Betriebsanleitung von 1967 in 1-a-Zustand morgens um vier hundertfünfzig Kilometer nach Kappeln oder in den Harz zu fahren.

»Dann los!«, ruft Holgi.

»Gebongt«, sage ich, werfe mir meine alte Berlin-Lederjacke über, und wir drei traben treppab.

»Diese Prospekte haben aus Holgi nach und nach einen anderen Menschen gemacht – ganz früher war er Jäger, heute isser nur noch Sammler«, erkläre ich Radu, der hinter mir in Holgis VW-Bus Platz genommen hat.

Die Fahrt geht nur drei Straßen weiter, denn trotz Holgis Flatrate und seiner beiden rund um die Uhr laufenden Rechner sucht er jeden Montag aus uralter Gewohnheit den Kleinanzeigenannahme-Schalter des Annoncenblatts in der Reichnerstraße persönlich auf.

»Das bringt Glück«, sagt Holgi, wenn man ihn danach fragt, und er lässt es sich, wenn irgend möglich, nicht nehmen, wirklich jeden Montag hier aufzukreuzen, um sein übliches Autoprospekteinserat in der Rubrik Autozubehör/Suche zu platzieren, das für ein paar Euro mehr auch in kooperierenden Wochenblättern in Bremen und Hannover erscheint.

Radu bleibt auf der Rückbank sitzen, ich steige aus und versuche auf dem Parkplatz vergeblich, mit Kniebeugen meiner Betonerektion Herr zu werden. Als das nichts fruchtet, schließe ich den Reißverschluss meiner Jacke, stecke eine Hand in die Hosentasche, um das Genital niederzuhalten, und folge Holgi in den Sechzigerjahre-Flachbau mit angeschlossener Druckerei.

Holgi blättert gerade in einem druckfrischen Exemplar der jüngsten Ausgabe, das er als wahrscheinlich treuester Stammkunde umsonst mitnehmen darf. Gewohnheitsmäßig überprüft er den immer gleichen Text seines Inserats im Blatt, als vom Anzeigenschalter her eine weibliche Stimme zu vernehmen ist.

Die aufgeschnappten Wörter »Autoprospekte«, »Unikate«, »diese Massen« nehme ich bloß wahr, aber Holgis Ohren umschmeicheln sie. Blitzschnell fährt er herum. Eine korpulente ältere Dame trachtet offenbar gerade danach, genau das loszuwerden, was Holgi mehr als alles auf der Welt begehrt.

Ich warte ab, blicke aus dem Fenster und sondiere meine Lage. Die Reise nach Andalusien wird mir sicher guttun. Bestimmt ist in Spanien schon Frühling, und mein neues Problem Nummer eins wird sich dort in Luft auflösen. Dann greife auch ich eines der Anzeigenblätter und bedecke damit meine aufragende Problemzone.

Holgi und ich hören dann, wie die alte Dame der Frau von der Anzeigenannahme ihren Nachnamen buchstabiert und weiter irgendwas von Autoprospekten murmelt.

Ich vernehme die Worte »Gähdes mit h«, »Gatte« und »tot« und »Ich weiß gar nicht, wohin mit diesem ganzen Gelump«. Das aber weiß Holgi genau.

»Äh, Entschuldigung, ich glaube, da könnte ich Ihnen sofort helfen«, bietet er prompt und freundlich seine Dienste an.

»Wie meinen Sie?«, flötet die alte Dame.

»Sie sagten, Sie haben Prospekte zu veräußern?«

Die Dame mustert erst Holgi und dann mich.

»Das Inserat geht am Mittwoch ins Blatt«, erklärt die Anzeigenberaterin hinterm Tresen.

»Diese Annonce brauchen Sie nicht mehr, ich würde Ihnen die Prospekte sofort abnehmen«, haucht Holgi und kommt kurzzeitig ins Schwitzen, denn Witwe Gähdes weigert sich, ihre just aufgegebene Anzeige zu stornieren, es sei nicht rechtens den anderen Interessenten gegenüber, und ein paar Euro wolle sie schon haben für all das bedruckte Papier mit Autobildern.

»Schauen Sie, die Anzeige bezahle ich gerne für Sie«, flötet nun Holgi, er, der passionierte Prospektomane, versteht sofort. Frau Gähdes will nur über den Preis reden.

»Glauben Sie man ja nicht, ich wüsste nicht, was die wert

sind. Hellmuth war da hinterher wie der Teufel hinter die arme Seele. Schicken hat er sie sich lassen von die Automobilfirmen. Sogar aus Übersee. Stellen Sie sich das man vor. Wir hatten jeden Tag Post – jeden Tag Autoprospekte.«

Holgi nickt mitfühlend, zählt still bis fünf und bietet der Witwe an, sie unentgeltlich mit seinem VW-Bully nach Hause zu begleiten. Die Anzeigenannahmefrau beruhigt die feine Dame, schließlich ist ihr Holgi seit Jahren als verlässlicher Inserent bekannt.

Und so kommt es, dass die SPIEGEL-Sammlung zumindest vorerst in Lokstedt bleibt und Holgi, Frau Gähdes, Radu und ich wenige Minuten später zum nur zwei Straßen entfernten Weidenstieg unterwegs sind. Ich sitze hinten bei Radu, Frau Gähdes darf vorne Platz nehmen.

Wir halten vor einer Doppelgarage, die zu einem rot geklinkerten Endreihenhaus gehört, und steigen aus.

»Hellmuth hat die Heizung extra wegen die Prospekte installiert und dann die ganze Garage mit Glaswolle gedämmt, zweiundvierzig Quadratmeter«, klagt Frau Gähdes ihr Leid. »Da drin ist immer achtzehn Grad, Sommer wie Winter, und wenn ich mal nach Hellmuth gerufen hab, dann hat er mich nie gehört, so gut hat er die Wände isoliert.«

»Ja, ja, eine Schande«, flüstert Holgi gedankenverloren, als Frau Gähdes per Fernbedienung das Garagentor öffnet.

»Sie müssen entschuldigen, aber man kann das nicht normal betreten. Ich pass da schon gar nicht mehr durch«, sagt Frau Gähdes, während Holgi regelrecht geblendet reagiert von dem heiligen Prospektegral, der sich gerade vor ihm auftut.

Behände zwängt sich Holgi durch die drei schmalen Gänge, die von übermannshohen Regalwänden gesäumt sind – ein jeder randvoll, bis hoch zur Decke gestapelt, mit Autoprospekten. Dann können wir Holgi nicht mehr sehen.

»Was geben Sie mir, wenn ich Sie von dem ganzen Zeug befreie?«, vernehmen wir Holgis gedämpfte Stimme aus den

Tiefen des Autoprospektelabyrinths.

»Geben?«, fragt Frau Gähdes verdutzt und schaut dabei auf meine formidabel ausgebeulte Adidas-Hose, die ich verschämt gleich wieder hinter dem Anzeigenblättchen verberge.

»Holgi, give her some money«, sagt Radu.

»Wie bitte?« Frau Gähdes fixiert Radu und wird etwas unruhig. Ich versuche sie zu beruhigen.

»Radu meint, Geben ist seliger denn Nehmen.«

»Was nehmen?« Mit vollständig verzückten Gesichtszügen erscheint Holgi im vordersten Gang der Garage. Er hält einen Mercedes-Pagode-Prospekt aus den Sechzigerjahren zwischen den zittrigen Fingern.

»Nu sei mal nicht knausrig. Gib Frau Gähdes 'n paar Euro, und dann ab vom Hof«, sage ich, dabei ist es unübersehbar, Holgi hat feuchte Augen: Holgi Helvis weint vor schierem Gück.

Eine knappe Stunde später hält Frau Gähdes zwei Fünfzig-Euro-Scheine in der Hand, und der Kleinlastwagen ist bis unters Dach beladen mit Autoprospekten der Fünfziger-, Sechziger-, Siebziger-, Achtziger- und Neunzigerjahre.

2008 hatte Hellmuth Gähdes, krebsbedingt, wie wir erfahren, seine Sammlung einstellen müssen. Holgi, Radu und ich versuchen vergeblich, die Heckklappe zu schließen, ohne dabei die heraushängenden Chevrolet-Prospekte-Stapel zu beschädigen.

»Guten Tach, Frau Gähdes«, knarzt es da plötzlich.

Ich schnelle herum. Diese Stimme kommt mir bekannt vor.

»Moin, moin«, sagt Frau Gähdes und betrachtet die Geldscheine in ihrer Hand.

Ich luge um die Ecke. Neben dem VW-Bus und Frau Gähdes steht Polizeimeister Schangeleidt.

»Haben Sie endlich klar Schiff gemacht, das ist gut.«

»Ach, Herr Schangeleidt, gut ist, dass mein Hellmuth das

nicht mehr erleben muss. Die Garage war doch sein Ein und Alles.«

»Ja. Das hätte ihm sicher das Herz zerrissen, aber Sie wissen ja selbst, das Leben geht weiter. Und die Garage können Sie ja jetzt auch vermieten. Gönnen Sie sich mal 'ne Woche Ferien, Frau Gähdes.«

»Sie ham gut reden. Woher nehmen und nicht stehlen.«

»Die Flüge sind heutzutage doch günstig. Mich werden Sie die nächsten Tage übrigens nicht auf Streife antreffen. Ich hab ab übermorgen frei, Spanien, Costa Blanca. Mal richtig ausspannen.«

Oha, denke ich. Costa Blanca? An welcher Costa liegt eigentlich Malaga?

»Wie viel haben denn die Prospekte erlöst, wenn ich fragen darf«, erkundigt sich Schangeleidt.

Ich kiebitze zu den beiden rüber und sehe, wie Frau Gähdes dem Polizeimeister die zwei braunen Scheine von Holgi zeigt. Dann höre ich neben mir schnelle Schritte und das Öffnen und Schließen einer Autotür: Holgi, der Arsch, kickstartet tatsächlich gerade den VW-Bus und braust mit durchgetretenem Gaspedal davon.

Ein paar Prospekte flattern noch im Wind, als der VW-Bus um die nächste Straßenecke biegt. Meister Schangeleidt fixiert Radu und mich.

»Na, wen ham wir denn da? Wenn das man nicht unser Hornig ist mit noch so einem Betrüger.«

Dann brüllt er: »Ich krieg dich, Hornig.«

Aber da sind Radu, ich und mein das Rennen arg behindernder Betondauerständer schon längst auf und davon.

Radu und ich helfen Holgi beim Hochschleppen, und dann fahren mich die beiden zum Flughafen.

»Dieser Hellmuth Gähdes, der sitzt jetzt auf Wolke sieben, und wenn die da oben 'nen eBay-Account haben, weint der Tränen aus Öl und trinkt Benzin. Aber ich habe ausgesorgt. Jetzt kassiert Dreamkarl ab«, frohlockt Holgi, als er Radu und mich am Planetarium vorbei nach Fuhlsbüttel karjolt.

»Wie viel kostet Prospekt?«, will Radu wissen.

»Seltene Teile bringen locker fünfzig Schleifen. Und mehr!«

»Und warum du nennst Dreamkarl?«

Holgi schaut verlegen.

»Dreamkarl heiße ich bloß bei eBay.« Er schiebt sich seine verchromte Elvisbreitwandsonnenbrille in die Stirn.

»Ich finde, Dreamkarl klingt irgendwie schwul«, befinde ich und reibe mein vom Schleppen wieder arg schmerzendes Genital.

»Weißt du, Radu, Holgi avancierte sozusagen zu Dreamkarl, er stieg auf zu the one and only Dreamkarl – dem ungekrönten King der Autoprospekteszene mit bislang über dreitausendsechshundert positiven Bewertungen«, versuche ich dem Kosovaren die Wandlung von Holgi zu erklären.

»Ja, und ab heute bin ich der Power-Dreamkarl! Ich war einer der ersten Prospekte-Powerseller überhaupt. Ich, Power-Dreamkarl, bin ab heute weltweit die Autoprospekt-Netzgröße.«

»Aber warum haste dich nicht einfach Prospekte-Holgi genannt oder Autoprospektekönig statt so 'nem Schwulettennamen?«, frag ich.

»Ich habe damals eine ausgefallene Adresse gesucht – irgendwas mit Traumautos und Car, und weil ich die US-Kart-Rennen mag, kam ich auf ›Kart‹ und ›Dreamkart‹ fand ich einen coolen Namen. Und ich schwöre, es war kein Eingabefehler von mir, sondern der von eBay.«

»Der von eBay?«

»Da hat jemand ›Karl‹ statt ›Kart‹ gelesen und das geändert, deshalb heiß ich jetzt Dreamkarl und nicht Dreamkart.«

»Ich bleib dabei, das können die von eBay gar nicht. Aber Holgi-Dreamkarl wird sein restliches eBay-Leben weiter mit unzweideutigen E-Mail-Avancen analfixierter Herren leben müssen – denn das ist die Kehrseite von Dreamkarl.«

»Ach, Leute. Das ist echt schon weniger geworden.« Holgi sieht ein bisschen geknickt aus, aber da kommt zum Glück der Airport in Sicht, und ich vergesse für einen Moment meine aktuelle Problemcharts-Top-10. Hey, vamonos, Andalucia, ich komme!

5. Dick und Doof in Andalusien

Vamonos (Hey, Chico, are you ready) – Garcia

Zwei Stunden später sitze ich mit nach wie vor versteiftem Geschlechtsteil in einem Sitz der Holzklasse einer Condor-Chartermaschine auf dem Flug nach Malaga. Ich nehme mein Abendessen und anschließend die von Käpt'n Präg verordneten Tabletten gegen mein neues Problem Nummer eins ein, das höllisch wehtut.

Weitere tausend Milligramm hoch dosiertes Vitamin E in Drageeform sowie vier Potaba-Glenwood-Tabletten, oral eingeführt, bescheren mir zehntausend Meter über Frankreich akutes Darmreißen. Und Darmreißen in der Shit-Class mehr als zehn Kilometer über dem Erdboden sind weder für den Betroffenen noch die Sitznachbarn ein Spaß.

Nachdem ich mich erleichtert und im Landeanflug auf Malaga auf dem Airbusklo den Beipackzettel studiert habe, nehme ich eine mögliche weitere Verschlechterung meines genitalen Problems billigend in Kauf und entsorge das entzündungshemmende Medikament von Käpt'n Geili per Knopfdruck in den Flugzeugbauch.

In Malagas Altstadt rufe ich zuerst Ada an, dann beziehe ich ein günstiges Hostal-Zimmer und nehme mir fest vor, die nächsten Tage der landschaftlichen Schönheit Andalusiens zu widmen und nicht meiner Rute, die auch über Nacht nicht abschwellen will.

Auf jeden Fall muss ich dringend aufs Klo. Obwohl ich

Dr. Prägs Frage nach Erektionsstörungen verneint habe, schenke ich meiner vermeintlichen Wasserlatte heute Morgen eine gewisse wohlwollende Beachtung. Außerdem habe ich dem Käpt'n ja versprochen, ein knallhartes Penisfoto für seine Krankenakte abzuliefern.

Doch selbst bei intaktem Genital ist Harndrang gepaart mit Morgenlatte kein Zuckerschlecken. Um beim Zielpinkeln keine Sauerei im Stehen zu veranstalten, lasse ich mich auf der Brille nieder, drücke das Gemächt streng mit der Hand nach unten und kann nun getrost davon ausgehen, dass das angespannte Körperteil unter der Brille bleibt und in der Folge seine Arbeit sauber verrichtet. Lässt man aber auch nur den Bruchteil einer Sekunde locker, läuft einem erfahrungsgemäß auch schon ein piewarmer Strahl das Bein herunter.

Ich betrachte meinen seit nunmehr bald sechzehn Stunden versteiften, derangierten Schwanz. Eines steht jedenfalls fest: Wenn ich nicht riskieren will, den links von mir befindlichen Vorhang und Teile der dahinter befindlichen Milchglasscheibe plus den Handtuchhalter großflächig zu benetzen, sollte ich das mit dem morgendlichen Weitpinkeln vorerst lieber sein lassen. Doch der Moment erscheint mir günstig, jetzt das gewünschte Foto für Dr. Präg zu schießen.

Ich ziehe meine Kamera aus dem Rucksack, öffne den Verschluss, schaue durch den Sucher der Kodak-Rollei und beuge und drehe mich dabei ein wenig. Nein, so wird das nichts mit dem Genitalporträt: Der Winkel ist zu steil, außerdem ist es hier drinnen zu dunkel, und einen Blitz habe ich auch nicht. Mal den Vorhang aufziehen, denke ich.

Aber natürlich weisen Einzelzimmer in großstädtischen Billigunterkünften auch in Südwesteuropa meist in Richtung Hinterhof oder eines Fahrstuhlschachts oder geben, wie in meinem Fall, den Blick frei auf einen finsteren Mülltonnenabstellraum. Aber schwupp, ist die Latte plötzlich weg, und ich mache mir einen angenehm erektionsfreien Tag bei frühlingshaften Temperaturen in Malaga. Ich marschiere zur Burg, hoch über den Dächern der Altstadt, und esse mittags gegrillten Fisch am Hafen. Am Abend fahre ich mit der Eisenbahn weiter nach Granada.

Dort nehme ich mir, wie der folgende Morgen zeigt, ein schönes, von der Vormittagssonne gut ausgeleuchtetes Pensionszimmer mit Blick auf die Alhambra. Dafür fehlt an diesem Morgen die Wasserlatte.

Ich bemühe mich nach Kräften, empfinde aber die Vorstellung, ein schräg auf Halbmast geklopftes, sonnenbeschienenes Genital stehend am vorhanglosen Fenster abzulichten, keineswegs als angenehm oder gar luststeigernd.

Eigentlich kann von »stehend« auch nicht die Rede sein. Denn während meine Linke die Kamera umklammert hält, ist die andere Hand mit der Aufrechterhaltung des Motivs beschäftigt. Aber was macht man nicht alles, um wieder gesund zu werden.

Die am Frühstückstisch sitzende andalusische Familie in der Wohnung gegenüber nehme ich aus dem Augenwinkel heraus erst dann wahr, als mir vom Familienvater unverständliche Worte entgegengeschleudert werden. Und während der aufgebrachte Herr wild am offenen Fenster gestikuliert, zeigen seine beiden halbwüchsigen Söhne mit Fingern auf den verrenkten, nackten Touristenkörper im Fenster der Pension gegenüber. Dann tritt eine Frau hinzu und hält den Jungs die Augen zu. Ich hebe den Kopf und peile durch den Sucher das Familienoberhaupt an. Das brüllt jetzt, während es auf die Tasten seines Handys einhackt, wie weiland Keith Emerson auf seinen Moog-Synthesizer.

Ich verstaue rasch meine Kamera, kleide mich an und checke so schnell wie nie zuvor in meinem Leben aus. Rechtzeitig genug jedenfalls, bevor ich geteert und gefedert und von einem Carabiniere oder wie der hier heißt, in Handschellen abgeführt werde.

Tatsächlich erklingt auch schon ein Martinshorn, als ich in dem verzweigten Gassenlabyrinth der Altstadt untertauche.

Immer wieder sehe ich mich um, denn ich befürchte, die Häscher könnten mir den Weg abschneiden – und nicht nur den. Nach einem endlosen Tag in den Katakomben der örtlichen Guardia Civil bekäme ich vielleicht Gelegenheit, dem mir vom Konsulat zugeteilten Dolmetscher samt Rechtsanwalt die Umstände des Tathergangs zu schildern. Doch auch der spanische Übersetzer hätte nie zuvor was von Penisbruch gehört.

Sehr wohl aber kennt man auch in Andalusien Spannertum und Exhibitionismus. Spätestens wenn ich mich anschicken würde, dem Dolmetscher zum besseren Verständnis des Krankheitsbildes mein erigiertes Genital unter die Nase zu reiben, schlössen sich auch schon die vergitterten Tore meines Verlieses wieder, ohne dass der angewidert dreinblickende Dolmetscher und der martialisch wirkende Vollzugsbeamte auch nur den Hauch von Verständnis für diesen perversen Hombre aus Alemania aufzubringen bereit wären. Erst am Abend dürfte ich raus aus dem Loch, nachdem der Dolmetscher endlich Dr. Präg in seiner Praxis in Hamburg erreicht hätte.

So weit darf es nicht kommen. So lasse ich das Projekt Ablichtung des eigenen erigierten Genitals mit alter Spiegelreflexkamera ohne Blitz in Spanien erst einmal ruhen.

Ich erreiche unbeschadet den Bahnhof von Granada, besteige den Zug und besuche als Nächstes das Bergstädtchen Ronda, wo Rilke mal gedichtet hat. Es ist kalt, ich mache mir eifrig Notizen und fahre tags darauf lieber wieder an die Küste.

In Marbella fühle ich mich dann so weit gefestigt, eine neuerliche Lichtbildattacke für Dr. Präg ins Auge zu fassen, und zwar am sonnenverwöhnten Sandstrand, der sich trotz der winterlichen Jahreszeit wohltemperiert einladend und menschenleer präsentiert.

Mit Sonnenbrille auf der Nase, freiem Oberkörper, einer Dose Heineken und zunächst noch ohne Fotoabsichten bette ich mich in den andalusischen Sand und döse. Selbstauslöser wäre gut. ›Die Sonne scheint mir auf den

Penis – schön is'‹, schießt es mir durch den Kopf, und ich überlege, wer, abgesehen von mir, als Unterleibsfotograf für solch ein doch recht heikles Unterfangen infrage kommt.

Von Selbstversuchen habe ich eigentlich genug, also lasse ich versuchsweise Kurtchen, Holgi, Radu und auch Herrn Blümchen vor meinem geistigen Auge Revue passieren, wie sie eine Kamera auf meinen weichgezeichneten Krummsäbel richten. Ich stehe auf, blicke auf das azurblaue Meer, nehme einen Schluck Heineken und verwerfe alle Gedanken an derartige Stillleben-Shootings.

Lieber erst mal nachdenken und Selbstdiagnose betreiben. Der mündige Patient ist hier und jetzt gefordert. Was weiß ich denn eigentlich über Schwellkörperfrakturen und Penisprellungen? Nichts! Recherchen sind angesagt.

In einem Internetcafé in der Altstadt finde ich per Suchmaschine heraus, dass Penisbrüche und Genitalverbiegungen »Induratio penis plastica« und »Morbus Peyronie« heißen und relativ häufig vorkommen in der zivilisierten Welt. Ich erfahre, dass die gewöhnliche Verbiegung bereits seit 1743 in Fachkreisen bekannt ist und das ohne Fremdeinwirkung derangierte Genital seinen Namen dem französischen Chirurgen François de la Peyronie verdankt, dem vor über zweihundertfünfzig Jahren wahrscheinlich vor Schreck der Dreimaster von der Perücke gerutscht ist, als er mit heruntergelassener Pluderhose den weltweit ersten Krummsäbel ausgerechnet am eigenen Unterleib in Augenschein nehmen konnte.

Ich surfe munter weiter durchs Netz und lande – Volltreffer – auf der Website eines für seine chirurgischen Genitalbegradigungseingriffe bekannten Hamburger Urologen namens Dr. Post. Einigermaßen erschüttert reagiere ich auf die Abbildung eines offenbar mutierten männlichen Geschlechtsteils, das an einen schambehaarten Fleischwurstring mit Vorhaut erinnert, sowie auf das Erscheinen einer leibhaftigen dunkelhäutigen Frau mit Wischmopp, die interessiert zusammen mit mir die behaarte Männerwurst auf dem Monitor betrachtet. Ich sage schwach:

»Das ist nicht so, wie Sie meinen«, und versuche die Webseite wegzuklicken. Die mittelalte Reinigungskraft aus Nordafrika hat in ihrem Leben sicherlich manch Hässliches in Augenschein nehmen müssen, denke ich, während sich auf meiner Stirn kleine Schweißperlen bilden. Ich hacke auf Maus und Tastatur ein, aber das Wurstgenital-Bild ist längst bildschirmfüllend eingefroren.

Selbst das hektische Betätigen ungewöhnlichster Tastenkombinationen ändert daran nichts, und einen Aus-Schalter finde ich natürlich auch nicht. Ich drehe mich um zu der Frau und zucke mit den Schultern. Sie zieht eine Braue hoch und sagt in einer mir nicht geläufigen Sprache wahrscheinlich »Ferkel« zu mir. Und das wäre noch sehr freundlich. Dabei umklammert sie drohend ihren Reinigungsfeudel und rührt sich nicht von der Stelle. Dann ruft sie schrill etwas, das sich wie »achemalachim« anhört und umgehend den orientalisch aussehenden Betreiber des Netzcafés sowie einen jungen Mauren in Jogginganzug und Laufschuhen auf den Plan ruft.

Auch ein hellhäutiger Herr mit Strohhut und Sonnenbrille, der mir irgendwie bekannt vorkommt, tritt hinzu. Nun starren zwei Araber, der Weiße mit Strohhut, die Putzfrau und ich auf das arg deformierte männliche Körperteil vor mir auf dem Bildschirm.

Der weiße Mann mit Hut mustert mich. Die Männer arabischer Herkunft reden beruhigend auf die schimpfende Reinigungskraft ein, die wie alle anderen Anwesenden meine Web-vorlieben offenbar missbilligt.

»Ich kenne Sie«, sagt der Mann mit Strohhut. Ich wage nicht, mich umzudrehen, spüre aber seinen Blick auf mir.

Ganz prima. Porno-Paul Hornig alias HimbeerToni betrachtet in Marbella abstoßende Penisbilder an einem halb öffentlichen Computer, der glücklicherweise gerade vom Chef kalt gestartet wird, bevor er mich zur Kasse bittet.

»Hamburg, kennen Sie Hamburg-Winterhude?«, ruft Strohhut. »Gleich hab ich's!«

»Lassen Sie mich in Ruhe«, sage ich und bezahle mit einem Fünfeuroschein.

Der Weiße zieht seinen Hut ab, dreht ihn um und tippt auf das innenliegende Hutband.

»Dienstnummer achtundfünfzig«, sage ich resigniert.

»Hornig«, ruft PM Schangeleidt.

»Na, willste hier auch mal richtig schön ausspannen?«

»Das mit dem Computer ist nicht so, wie Sie meinen, Herr Schangeleidt.«

»Bist ganz schön pervers, Hornig! Ich hab zwar Urlaub, aber die Witwe Gähdes will Anzeige …«

Ich renne an PM Schangeleidt vorbei aus dem Laden, er brüllt mir nach.

»Hornig! Ich weiß jetzt, wer du bist! Hätte damals nie gedacht, dass du 'n Perverser bist.«

Wann damals? Woher kennt der mich? Ich spüre den angewiderten Blick von Polizeimeister Schangeleidt in meinem Rücken, als ich in Richtung Promenade renne.

Auf den Schreck kaufe ich mir erst mal eine neue Dose Heineken und gehe zum Strand. In der Nähe eines lebensgroßen steinernen Elefanten, dessen ausgestreckter Rüssel während der Saison als Wasserdusche für Badegäste dient, mache ich mich lang. Ich liege im warmen Sand, verdränge die Peniswurstwebsite und den bekloppten Polizisten und heize innerlich auf.

Es geht mir gerade richtig gut, als mein Rüssel zu jucken beginnt. Ich sehe mich um. Kein Mensch weit und breit, ideale Lichtverhältnisse obendrein und der Ruf sowieso ruiniert. Außerdem weiß ich jetzt, dass ich mich wirklich an der Costa Blanca befinde. Und wie der Name schon sagt, die Gelegenheit erscheint mir einfach günstig zum Blankziehen. Ich greife zur Rollei, lasse die Hose runter und peile durch den Sucher. Volltreffer. Da steht er. Gerade als ich abdrücken will, knirscht Sand. Ich fahre mit dem Sucher herum und sehe zwei Turnschuhe und eine ausgeleierte Jogginghose, die nicht zu mir gehören.

Ich schaue auf. Ein junger Mann steht vor mir und grinst.

»You need help?«

»Äh, thank you«, sage ich und denke, zum Glück nicht Schangeleidt, aber den Typen kennste doch auch von irgendwoher.

»I am Ibo. Shall I take a picture of you and your dick?«

»Dick?«

Der Mann setzt seine Sonnenbrille auf und atmet schwer.

Dick? Klar, Dick! Und ich bin Doof! Der junge Maure aus dem Netzcafé. Und was macht Doof? Ich reiche ihm die Kamera und lasse mich mit halb entblößtem Unterleib, die Hose auf halb acht, vor feinkörnigem Sand und azurblauem Hintergrund fotografisch festhalten. Prima Entwicklung. Anton Doof lässt sich von wildfremdem orientalischen Herren in aller Öffentlichkeit untenrum nackt knipsen.

Ich danke Dick so kühl wie möglich, er gibt mir die Kamera zurück und fragt in gebrochenem Englisch, was ich heute sonst noch so vorhätte. Dabei lächelt er und entblößt zwei blendend weiße Zahnreihen. Ich ziehe wieder mal die Hose hoch, rapple mich auf und verstaue Handtuch und Zigaretten in meinem Rucksack.

»Ich komm mir vor wie der Freak vom Dienst«, fluche ich auf dem Weg zur Altstadt. Dick lacht warm und trabt ungerührt weiter neben mir her.

»You want come with me? I'll show you my flat«, sagt Dick.

»Lass man gut sein, Dick, aber ich will dein flät ehrlich nicht sehen.«

Dick und Doof trinken dann ein Bier zusammen, und ich verabschiede mich ohne Wehmut von Dick und dem winterlichen Marbella. Am Bahnhof checke ich meinen Fotoapparat und stelle fest, dass kein Film drin war.

Die restliche Zeit lasse ich mich treiben, fahre mit Bus und Bahn kreuz und quer durch Andalusien und notiere dabei weiterhin alles, was mir vor die Flinte kommt. Und ich ziehe ernsthaft in Betracht, zu Hause eine Art ungewöhnlichen Reisebericht zu verfassen.

Drei Tage später bin ich zurück in Hamburg. In Fuhlsbüttel regnet es Eis. Winter in Deutschland. Aber ich freue mich auf Ada und unser ungeborenes Kind. Und ich habe ordentlich Tinte auf dem Füller – eine wahre Lust zu schreiben wie seit Jahren nicht mehr. Die Sonne hat mich angelacht, meine Muse geküsst und so manch trüben Gedanken vertrieben.

Judith empfängt mich am Terminal vier mit Baby Bruno, der eingemummelt in seiner Kinderkarre lümmelt und mich anstrahlt. Holgi ist wieder mal auf Tour mit seinem Bully; auch Ada muss arbeiten und kann mich nicht abholen. Vorhin am Telefon hatte sie mir gesagt, sie würde heute erst gegen sechs aus der Redaktion rauskommen. Ich küsse die gute Freundin auf die Wange.

Auf dem Weg zum Auto berichte ich von meiner Reise – inklusive der misslungenen Fotosession mit Dick und Doof am Strand von Marbella.

»Ich will den auch mal sehen. Ich mach die Fotos gern für dich, gestochen scharf, versprochen.«

»Gestochen scharf. Du bist genau wie alle anderen«, feixe ich. »Alle wollen bloß meinen Körper, dabei brauch ich nur mal jemanden zum Reden.«

»So brennend interessiert mich dein Schwanz nun auch wieder nicht. Hab ihn schließlich oft genug gesehen«, hohnlacht Judith.

»Aber nicht so«, sage ich.

Bruno kriegt prompt einen Hickser, wir besteigen Judiths Renault Mégane, der Stephan gehört. Ich wedel eine Rassel vor Baby Brunos Kopf hin und her.

»Was ist denn nun mit dem Foto?«, fragt die gute Freundin. Immerhin ist sie gelernte Fotografin, die gerade ihren Mampe-Likörband verkauft hat, und als sie mich in Winterhude absetzt, gebe ich mein Einverständnis zu einem exklusiven Krummsäbel-Fotoshooting. In der Barmbeker Straße haucht Judith mir zum Abschied einen Kuss auf die Wange, ich streichle dem eingeschlafenen Baby Bruno über die Stirn.

Ich stiefele das Treppenhaus hoch und lausche – nur mein Magen knurrt. Radu ist offenbar nicht zu Hause, dafür winkt mich Holgi gleich zu sich rein. Er fragt nicht nach meinem Schwanz oder Andalusien, sondern erzählt ohne Punkt und Komma, dass die Prospekte-Kleinanzeige von Witwe Gähdes wie gedacht am letzten Mittwoch erschienen und Frau Gähdes mit Anrufen aus ganz Deutschland und dem benachbarten Ausland bestürmt worden sei. Das jedenfalls teilte man Holgi auf der Polizeiwache am Wiesendamm mit, wohin er am Donnerstag einbestellt worden war.

»Diesem Schangeleidt habe ich das zu verdanken. Die Witwe hätt' mich allein nie angezeigt. Aber zum Glück war er nicht auf der Wache«, ächzt Holgi.

»Schangeleidt ist im Urlaub«, erkläre ich.

»Mann, Toni, die können mir gar nichts. Anfangs hat die Gähdes den Anrufern noch ihr Leid geklagt, dass die Garage gar nicht mehr zu betreten gewesen war wegen der vielen Prospekte, bestimmt eine Tonne Papier habe der junge Mann bei ihr abgeholt – für hundert Euro. Daraufhin herrschte auf der anderen Seite betroffene Stille.

›Abgeholt? Hundert Euro?‹, tönte es dann aus den Hörmuscheln, gefolgt von wüsten Verwünschungen. Witwe Gähdes dämmerte wohl irgendwann, dass die Packen Papier mit bunten Autobildern drauf mehr wert gewesen sein mussten – und dies hat sie in Absprache mit Schangeleidt dann auch den Bullen mitgeteilt. Dann hat sie bei mir angerufen.«

Holgi greift sich sein Mobiltelefon und imitiert die klagende Witwe.

»›Ich will die Prospekte zurück, oder Sie zahlen mehr Geld‹.

›Geschäft ist Geschäft, Frau Gähdes‹, habe ich bloß gesagt.« Holgi steht in seiner Küche, vor lauter Papierstapeln ist nicht ein Platz zum Sitzen übrig.

»›Ich zeige Sie an‹, wettert die alte Hexe dann, beschuldigt mich der verbotenen Vorteilsnahme, des Betrugs und der arglistigen Täuschung. Ich bloß ganz trocken zu ihr: ›Altes

Schrapnell, leg dich doch gehackstückt.«

»Super, Holgi, und dann hat dich das alte Schrapnell angezeigt?«

»Jawoll, und da bin ich stolz drauf.«

Holgi legt sein Telefon neben einem Stapel uralter französischer Autoprospekte ab und lässt mit Genugtuung den Blick schweifen.

»Das hier, Toni, lass ich mir von niemandem mehr nehmen, das hier sind meine Champs-Élysées.« So nennt Holgi jetzt den schmalen Durchgang zur Spüle, prachtvoll gesäumt von Prospekten der Hersteller Citroën, Matra, Renault, Simca, Peugeot und Talbot.

Ada hatte tags zuvor die Heizung in meiner Wohnung angestellt, ich werfe die Waschmaschine an und sichte meine Andalusien-notizen.

Den Hörer lege ich neben das Telefon, werfe meinen Mac an und beginne sofort, über die zurückliegenden Tage in Spanien zu schreiben. Zwischendurch begrüße ich meine Liebste, die es nur mit Mühe hoch in den fünften Stock geschafft hat. Wir küssen uns innig, dann schaue ich sie an.

Ada hat schwangerschaftsbedingt nochmals zugelegt und sieht, wie ich finde, aus wie im neunten Monat, dabei ist sie doch gerade erst in Monat fünf, oder ist es schon der sechste? Ich schenke Ada ein Glas andalusischen Honig und berichte ausschließlich von den schönen Dingen, die Spanien und die Costa Blanca zu bieten haben. Prompt fragt Ada nach meinem Schwanz.

»Will ich nicht drüber reden«, sage ich.

»Das muss dir nicht unangenehm sein, Toni, ich lieb dich auch so.«

›Na supi, auch sooo‹, denke ich, erzähle Ada aber dann von meiner neu entflammten Schreibwut. Ada bestätigt dann noch, sie sei »dicker als alle anderen schwangeren Frauen in ihrer Gymnastikgruppe«, die sie seit dieser Woche besuche, und die stünden zum Teil kurz vor der Entbindung. Ada hat Hunger und weiß, dass sich in meiner Küche nicht ein verzehrbares, schwangerschaftskompatibles Lebensmittel befindet. Ich werfe ihr vom Treppenabsatz eine Kusshand zu, als sie noch mal kurz stehen bleibt.

»Toni. Sag schon. Was macht jetzt dein Ding?«

Ich schaue mich um, ob Holgi an der Tür kiebitzt.

»Tut gar nicht mehr weh«, flüstere ich.

»Wie schön, Toni, das testen wir. Frau Gerstung hat nämlich gesagt, unser Kind sei zwar riesengroß, aber Sex, ganz behutsam, ist überhaupt nicht gefährlich, ganz im Gegenteil, schön sanft tut das dem Kind richtig gut.«

»Da bin ich aber beruhigt«, sage ich, als Ada mühsam treppab watschelt. Und ich denke: ›Versteh einer die Weiber: Sex ist für Ada jetzt plötzlich nicht mehr gefährlich, aber sie weigert sich, ein weiteres Mal zum Ultraschall zu gehen, weil das für das Kind nicht ohne Risiko ist.‹

Dann schreibe und dichte ich drauflos, die Wörter purzeln nur so auf die Festplatte, anfangs noch ein bisschen holprig, dann zunehmend strukturierter und schon beim ersten Gegenlesen recht unterhaltsam, um nicht spritzig zu sagen, jedenfalls muss ich mehrmals schmunzeln.

Wie schön, wieder zu Hause zu sein, denke ich, als es oben bei Radu plötzlich rumort und kracht. Trotzdem überarbeite ich meinen Andalusientext bis tief in die Nacht hinein. Andalusien und das Malaga-Eselchen, alles drin, die gute Freundin und Exkanzler Gerhard Schröder, der auch mal in Marbella war. Ich habe locker aus der Hüfte geschossen und, wie ich finde, voll ins Schwarze getroffen: Der Artikel ist kreativ, ironisch, flott geschrieben, schön geschwätzig – kurz: was Bleibendes für die Ewigkeit.

Ich drucke die zehn DIN-A4-Seiten aus und faxe eine nach der anderen mit künstlerischen Grüßen an Herrn Blümchen. Die Seiten quengeln durch die alte Thermopapiermaschine, und ich hoffe, Herr Blümchen wird etwas damit anfangen können.

Von der nächtlichen Arbeit etwas matschig im Hirn, beschließe ich, einen Spaziergang zu unternehmen. Nach einer Stunde will ich zurück in meine Wohnung – und zwar mit dem Bus, denn zu viel frische Luft ist auch nicht gut für den Körper. Der 6er Richtung Borgweg biegt in die Haltebucht. Ich setze mich hinten auf einen Fensterplatz und stiere hinaus.

Auf der anderen Straßenseite geht Kurtchen. Und zwar nicht allein! Kurtchen hat seinen Arm um eine dunkelhäutige Schönheit gelegt, die offensichtlich friert. Das muss sie sein: Sheila!

Der Bus fährt an. Sheila ist in Hamburg! Und Kurtchen sagt mal wieder kein Wort. Ich presse das Gesicht an die Scheibe und hämmere gegen das Glas. Soll ich vielleicht bei der nächsten Station aussteigen?, überlege ich, schlage stattdessen die Zähne in eine gefüllte Döner-Teigtasche und beschließe, die beiden Turteltauben nicht zu behelligen.

Die Tage gehen ins Land, aber Kurtchen meldet sich nicht. Ich erzähle Herrn Blümchen am Telefon von Sheilas Ankunft in Hamburg, und er pflichtet mir bei, Sheila erst mal ankommen zu lassen. Dann lobt er überschwänglich meinen gefaxten Andalusientext.

»Die ganze Arie in Ronda mit dem Hemingway beim Stierkampf habe ich gestrichen«, sagt der gute Freund. »Der Rest ist gekauft.«

Adas Bauch wird täglich dicker und runder, und wir sprechen wieder über eine gemeinsame Wohnung, kommen aber nicht wirklich zu einem Ergebnis, denn warum sollen wir zusammenziehen, wenn ich gerade mal zweihundert Meter entfernt von ihr wohne? Die entscheidende Frage für mich ist: Wird sich unsere Beziehung mit einem Kind in einer gemeinsamen Wohnung einfacher gestalten lassen? Das kann mir auch Ada nicht beantworten. In den letzten Wochen sind wir uns wieder nähergekommen. Mein Schwanz tut fast nicht mehr weh. Und seit einer Woche vögeln wir wieder.

Spät am Abend meldet sich Kurtchen. Sheila ist tatsächlich aus Borneo nach Hamburg gekommen. Sie haben sich eingelebt, und Kurtchen ist glücklich. Beide würden, bis dass der Tod sie scheide, so war jedenfalls Kurtchens Planung, in seiner kleinen Genossenschaftswohnung leben. Ich freue mich für Kurtchen und muss mir eingestehen, dass ich so nicht wohnen könnte.

Ich arbeite wieder ab und an als Schlussredakteur und gönne mir an freien Tagen Ruhe, gehe viel spazieren, mal mit Ada und mal mit Judith. Mir fällt auf, dass Meister Schangeleidt, der bescheuertste Bulle der Welt, seit Tagen nicht mehr meinen Weg gekreuzt hat, und werte das als gutes Zeichen. Ich besuche Pressevorführungen im »Streit's«, denn Ada kriegt neuerdings Einladungen zu spätmorgendlichen Kinopremieren von ihrer ELLA-Redaktion. Ansonsten schreibe ich weiter eigene Texte – über die gerade gesehenen Filme, über Stadtmöblierung, Sinnkrisen in der Großstadt, funktionsuntüchtige Duschköpfe von Tchibo, Fußgängerzonen, und ich verschlinge weiter die weisen Essais von Michel de Montaigne.

Habe ich einen Artikel fertig, faxe ich die Seiten umgehend Herrn Blümchen zu, der sie mit seinen Korrekturen versehen an mich zurückschickt. Aber wem bitte soll ich meine Essais zur Veröffentlichung anbieten?, frage ich mich. Herr Blümchen wird mir nicht helfen können, er ist schließlich weder Lektor noch Verleger, sondern backt Brot.

Ada und ich beschließen, am nächsten Sonntag mal wieder auf den Flohmarkt zu gehen. Meine Liebste hofft, einen günstigen Babytragekorb und andere Neugeborenenaccessoires zu finden, ich, der alte Platten-Digger, spekuliere auf ein paar alte Punk-Single-Raritäten zum Schnäppchenpreis.

6. Serge Gainsburg, Jane Birkin und ich

Je t'aime ... moi non plus – J. Birkin und S. Gainsbourg

Mit dem Penis-Fotoshooting für Dr. Präg ist es immer noch nichts geworden. Judith macht schließlich Nägel mit Köpfen. Sie kündigt sich für Samstagmorgen in meiner Wohnung an.

Seit Monaten schleppe ich nun schon mein derangiertes Geschlechtsteil durch die Gegend. Richtig gebrochen war es offenbar nicht, sonst hätte es ausgesehen wie eine überreife, geplatzte Aubergine, wie Dr. Präg es ausdrückte.

»Präg hat mir übrigens eine Operation vorgeschlagen«, erzähle ich Judith, »falls sich das Ding in den nächsten Monaten nicht wieder einrenkt, allerdings würde dann mein Schwanz durch die OP einen Zentimeter kürzer werden.«

»Einen Zentimeter? Wer lang hat, kann lang hängen lassen!«, feixt Judith, während zwei Halogenlampen meinen Flur in gleißendes Licht tauchen.

»Und? Lässt du ihn operieren?«

Judith wirft ein schwarzes Tuch über sich und die Kamera, bis sie meine Unterhose durch den Sucher sehen kann.

»Das kann ich mir nicht leisten.«

»So teuer?«

»Nein, aber stell dir vor, der knickt noch mal weg, und

ich würde, sagen wir mal, zehn solcher Operationen machen lassen müssen, dann wäre ich pleite, mein Schwanz kerzengerade und noch sechs Zentimeter lang.«

»Hol ihn schon mal raus!«, sagt Judith. Aus ihrer Fototasche kramt sie ein amerikanisches Hustler-Magazin und wirft es mir hin. Ich greife zu und blättere.

»Judith. Ich bin kein Pornodarsteller, ich kann das so nicht.«

Prompt greift Judith in ihre Tasche, holt eine Schallplatte und eine weitere Pornopostille hervor. Sie geht in mein Wohnzimmer.

Dann knistert es, und der Anfang von Je t'aime … moi non plus säuselt aus den Boxen. Den Dual-Plattenspieler hat Judith offenbar auf Endloswiedergabe gestellt, denn kaum haben Jane Birkin und Serge Gainsborg zu Ende gestöhnt, orgelt die Scheibe schon wieder von vorne los.

Judith geht zurück zu ihrer Kamera, ich drehe die Anlage lauter und lausche mit heruntergelassener Hose hinter der Tür der hingebungsvollen Stimme von Frau Birkin.

Und während Jane und Serge dem nächsten Höhepunkt entgegenschmachten, eile ich, das hochgeklopfte Genital im Klammergriff, in den Flur.

»Wow«, höre ich Judiths Stimme unter dem schwarzen Tuch. Sie scheint echt erstaunt zu sein, während ein wahres Blitzlichtgewitter auf meinen Unterleib einprasselt.

»So habe ich ihn mir gar nicht vorgestellt.«

Judith dirigiert mich ins Wohnzimmer, ich solle noch mal reinkommen, ein wenig tänzeln, Arm anwinkeln, Muskeln machen. Na gut, denke ich, wenn's denn der Wahrheitsfindung dient.

»Mann, ist das ein Ding!«, höre ich Judiths Stimme. Also ziehe ich den Bauch ein und stolziere umher wie ein Pfau. Das erregte Genital in Richtung Judiths Sucher geschwenkt, drehe ich eine Pirouette und stöhne: »Oh, je t'aime, moi non plus.«

Offenbar steht Ada schon eine Weile in der Wohnungstür, jedenfalls verfolgt sie meine Darbietung mit offenem Mund. Instinktiv bedecke ich mein Genital.

»Hände weg, los, mach mir den Hengst«, ruft Judith unter ihrem Tuch gegen Serge und Jane an. »Toni, komm, mach schon!«

Ada starrt auf mein pochendes Geschlechtsteil und das sprechende schwarze Tuch, aus dem nach wie vor Blitze schlagen.

»Action, Toni, nicht schlappmachen, ich hab ihn noch nicht richtig scharf.«

»Ada, bitte, das ist nicht so, wie ...«, sage ich erschlaffend. Ada hält mir eine eingerollte Samstagsausgabe der Rundschau hin.

»Toni, das ist eklig!«, ruft sie, während Jane Birkin sich stimmlich weiter entlädt.

»Je t'aime, oh«, singt Judith, die noch immer nicht bemerkt hat, dass wir und mein Penis nicht mehr allein sind.

»Reicht dir normaler Sex mit mir nicht?«

Ada holt aus und drischt mit der Zeitungsrolle auf meinen Schwanz ein. Dann knallt sie mir die Rundschau vor die Füße. Endlich kommt Judith unter dem Kameratuch hervorgekrochen.

»Ich kann das erklären«, stammle ich.

Ada tritt gegen das Stativ, das zusammenbricht, und watschelt aus der Wohnung, während Judith die jetzt aufgeschlagene Rundschau vom Boden aufhebt. Sie liest vor: »Schnitzel mit Schröder«, tippt mit dem Zeigefinger auf die Zeitungsseite und sagt: »Das bist du!«

Ich folge Judiths Zeigefinger. Und dort steht schwarz auf weiß: Text: Anton Hornig, und die Artikelüberschrift lautet: Schnitzel mit Schröder – mein Andalusien-Reisebericht.

»Das gibt's nicht!«, staunt Judith. »Hättste auch mal was sagen können, dass du gedruckt wirst.«

»Verdammt«, sage ich und überlege trotzdem, wie der Artikel da reingekommen ist. Telepathie, Voodoo? Oder hat Herr Blümchen meine gefaxten Seiten nicht nur korrigiert und zurück an mich, sondern gleich auch an die Rundschau geschickt? Klar. Und die haben's gedruckt.

Ich ziehe die Hose hoch, stelle die Musik aus. Judith hat derweil den Film aus der Kamera genommen und reicht mir die Dose.

»Ada kriegt sich schon wieder ein, Toni. Sie glaubt doch wohl nicht im Ernst, dass ich mit …«

»Sei vorsichtig, was du jetzt sagst«, unterbreche ich sie und ordne mein Geschlechtsteil in der Hose.

»Okay, Toni. Könntest du den Film zum Entwickeln bringen? Sind noch ein paar Badewannen- und Wickelbilder von Brunochen drauf. Ich würd ihn selber wegbringen, aber Bruno-Baby hat sicher schon Hunger. Ich muss los.«

»Judith, würdest du das bitte Ada erklären?«

»Toni, ich befürchte, Ada ist eifersüchtig auf mich.«

»Quatsch. Ada ist sauer, und das wäre Stephan auch, wenn ich deine Möse knipsen würde.«

»Ach, Toni, was du immer hast, und denk bitte dran, das ist ein Schwarzweißfilm, die Entwicklung dauert ein paar Tage länger!«

Ich stecke die Filmdose ein.

Bei Diadose am Mühlenkamp beschrifte ich die Filmtüte mit meinem Namen, schreibe groß »Schwarz-Weiß/Hochglanz« drauf und gebe das Kuvert ab. Dann gehe ich nach Hause und lese meinen Zeitungsartikel, der beinahe eine ganze Seite einnimmt. Dann beschimpft mich Ada am Telefon, bevor Judith wutentbrannt, diesmal aber ohne Kamera, bei mir eintrifft.

»Ada glaubt allen Ernstes, es wär wieder was zwischen uns, bloß weil du vor meinem Objektiv herumscharwenzelt bist! Ich habe das Gefühl, seit Ada schwanger ist, dreht sie echt ab.«

»Was hättest du denn gemacht an ihrer Stelle?«

»Moment mal, also, wenn du – und Stephan nackt?«

»Nein, Judith, wenn ich dich nackt fotografiert hätte.«

»Ich hätte Stephan die Wahrheit gesagt, dass du meinen

steifen Pimmel bloß fotografierst, weil mein Urologe ein Bild davon haben will. Aber da ich ja gar keinen habe: Stimmt, das wäre unglaubwürdig …«

»Siehst du. Und ich hab Ada gesagt, dass, seitdem wir getrennt sind, nichts mehr zwischen uns gelaufen ist. Ich hab gesagt: ›Ehrlich, Ada, das letzte Mal mit Judith ist Jahre her.‹«

»Und, was meint sie?«

»Glaubt mir natürlich kein Wort. Sagt, sie wolle Stephan anrufen. Dann hat sie aufgelegt.«

»Toni! Du hättest Ada reinen Wein einschenken müssen, warum ich deinen dämlichen Schwanz fotografiert habe. Das ist ein reiner Freundschaftsdienst gewesen.«

Ich sage nichts dazu.

»Und im Hintergrund läuft Je t'aime«, erinnert sich Judith.

»Genau das hat Ada auch gesagt.«

»Toni, wir beide haben kein Verbrechen begangen!«

»Ada ist eben sehr sensibel.«

»Wie ich Ada kenne, hat sie Stephan bestimmt schon gesteckt, dass ich deinen Dödel fotografiert habe.«

»Aber du sagst doch selbst, wir haben nichts zu verbergen.«

»Anton, ich habe keine Lust, wegen deiner geschwätzigen Alten meinen und Brunos Versorger zu verlieren.«

Am frühen Abend gehe ich rüber zu Ada. Ich habe Erklärungen mitgebracht, aber auch Blumen, gefrorene Kroketten und zwei Stücke paniertes Fleisch, weil mein erster Zeitungsartikel schließlich auch davon handelt, dass der frühere Kanzler Schröder von seiner Exfrau Hillu und den Stiefkindern gerne Schnitzel gerufen wurde.

Als ich Ada die Vorgänge am Morgen aus Judiths und meiner Sicht geschildert und hoch und heilig gelobt habe, sie abgöttisch zu lieben und natürlich in zwei Wochen gemeinsam mit ihr einen alternativen Geburtsvorbereitungskurs zu besuchen, taut Ada wieder auf. Sie hat tatsächlich bereits mit Stephan telefoniert, und beide haben sich köstlich amüsiert bei dem Gedanken, demnächst ein Hochschwangeren-Fotoshooting anzusetzen.

Ada hat natürlich auch längst beschlossen, unser Kind keinesfalls im nahe gelegenen Allgemeinen Krankenhaus, sondern im kilometerweit entfernten Geburtshaus Ottensen zur Welt zu bringen – »mit zwei Hebammen, aber ohne Ärzte, ohne Peridural-Anästhesie und sonstige Gerätemedizin, schließlich bist du ja dabei.« Ich nicke.

»Aber was ist«, sage ich, »wenn es zu Komplikationen kommt?«

»Mein lieber Toni. Unser Kind wird im Geburtshaus zur Welt kommen.«

»Ada, dann geh doch wenigstens noch mal zur Ultraschalluntersuchung.«

»Ultraschall ist gefährlich für Ungeborene! Ich bin schwanger und nicht krank, deshalb muss ich auch nicht ins Krankenhaus zum Entbinden. Oder meinst du, ich wäre krank?«

»Nein, Ada!«

»Das Kind bringen wir gemeinsam zur Welt – im Geburtshaus!«

»Aber was da nicht alles schiefgehen gehen kann.«

»Deshalb machen wir ja den Geburtsvorbereitungskurs!«

»Aber Ada, zum AK Barmbek sind's bloß fünf Minuten von hier ...«

»Fünf Minuten? Beim ersten Kind dauert die Geburt sowieso Stunden. Wir werden schon rechtzeitig ankommen.«

»Ada, bitte.«

»Krieg ich das Kind oder du?«

»Eben hast du gesagt, wir kriegen das Kind zusammen.«

»Anton! Du weißt gar nicht, wie sehr ich dich liebe.«

»Ada, ich liebe dich – äh, euch.«

Nach dem Essen streichle ich sanft Adas Bauch. Prompt trommelt unser Kind mit den Fäusten gegen Adas Bauchdecke. Ich halte ganz sanft dagegen. Ada lacht.

»Anton. Willst du uns umbringen?«

»Aber«, sage ich.

»Kein Aber. Heute gehen wir zeitig ins Bett, und morgen früh geht's zum Flohmarkt.«

Ada erhebt sich, dirigiert mich zum Schlafzimmer und macht sich zuerst an mir und dann an meiner Hose zu schaffen. Ich halte dagegen und massiere ihre prallen, angeschwollenen Brüste.

»Hol schon raus, das Teil«, schnurrt Ada.

»Bist du noch sauer auf mich und Judith?«, frage ich vorsichtig.

»Quatsch nich', Toni, ich will bloß dasselbe sehen wie Judith. Das macht mich total an.«

»Du meinst, ich soll für dich tanzen?«

»Toni, zu tanzen brauchst du nicht, ich bin scharf wie eine Chili.«

Da bin ich beruhigt, reiße mir die Klamotten bis auf den Slip vom Leib und tänzele doch ein wenig, während Ada sich aus ihrer Schwangerschafts-Jogginghose schält und raunt: »Komm, Toni, jetzt besorg ich's dir.«

Das lasse ich mir nicht zweimal sagen. Ada geht vor mir runter auf die Knie. Sie schließt die Augen, ich schließe meine und nehme vor Ada Aufstellung.

»Gib's mir mit deinem Krummschwert!«, stöhnt Ada. Ich zögere einen Moment, lasse dann die Unterhose runter, und schon im nächsten Moment schließen sich Adas Lippen um meinen Roten Korsaren.

»Waff iff denn daff?«, sagt Ada mit vollem Mund.

Déjà-vu, ick hör dir trapsen, schießt es mir durch den Kopf. Ist mein Schwanz jetzt quader- oder ellipsenförmig? Ada spuckt ihn jedenfalls aus, und ich schaue an mir herab.

»Das gibt's doch nicht«, prustet Ada los und zeigt auf meine Latte: Das Geschlechtsteil ist nach wie vor vollständig erigiert und – vollkommen gerade.

»Wie hasten das gemacht?«

»Technik …«, sagt Ada lächelnd, »alles eine Frage der Technik.«

7. Gebrauchtes Vinyl, ein echter Punk, und Herr Blümchen lernt schwimmen

Repo Man – Iggy Pop

Ada und ich brechen früh am Morgen auf. Denn gerade auf Flohmärkten gilt: Wer zuerst kommt, mahlt zuerst. Ada ist nicht mehr gut zu Fuß, und so setze ich mich ans Steuer ihres Kleinwagens, um zur achthundert Meter entfernten Aula der Meerweinschule zu fahren, wo an diesem Morgen ein kleiner Trödelmarkt steigen soll. Ada hofft auf einen günstigen Maxi-Cosi-Babytragekorb und andere Erstausstattungsutensilien, ich denke eher an musikalische Raritäten und berichte Ada während der Fahrt von den gefürchteten Schallplatten-Flohmarkt-Diggern.

»Meist sind das Vinylfreaks mit 'nem eigenen Secondhandladen, die erkenne ich gleich, zumindest die ganz krassen. Die meisten sind längst über vierzig und Herrchen eines betagten Mischlingshundes. Sie rauchen unentwegt billige Zigarillos, wirken getrieben, sind unfähig, sich zu entspannen, denn Tag für Tag müssen Hunderte Miniaturpreisetiketten auf gebrauchte Platten geklebt werden, worauf dann steht: UK 1972 gut, m. Poster w. neu, 22,–.

Wenn sie ihren Laden am Wochenende dann mal verlassen, baumelt eine Textilumhängetasche an ihrer Schulter, in der bequem an die fünfzig Langspielplatten Platz finden, oder sie halten einen mit Stickern beklebten leeren Alukoffer umklammert. Damit jagen sie in aller Herrgottsfrühe über die Flohmärkte. Bevorzugt zu solchen, die samstags oder sonntags in Gemeindehäusern oder Schulen stattfinden. Hund und Zigarillo bleiben im Auto, und kurz nach Marktöffnung streifen sie mit unruhig flackernden Augen umher, sobald die ersten Stände aufgebaut werden.

Und ich ahne es bereits, Ada, heute treffen wir genau so einen Typen, denn hier in der Meerweinschule weiß unser Mann: Das ist kein beliebiger Neuwaren-Ramsch-&-Nippes-Flohmarkt. Hier in Winterhude räumt die obere bis untere Mittelschicht gerne mal gründlich auf mit ihrer jüngeren Vergangenheit.«

Wir betreten das Gesamtschulgebäude, und Ada bleibt gleich beim ersten Stand im Flur stehen, der zur Kantine und weiter zur Aula führt.

»Oh, wie süß«, jauchzt sie beim Anblick von zwei Sets in Rosa und Blau mit Stramplern, dazugehörigen Bodys und Mützchen mit Bärenohren (hellblau) und Katzenohren (rosa).

»Wenn ich bloß wüsste, ob's ein Junge oder ein Mädchen wird.« Ada überlegt, sieht mich prüfend an und kauft dann kurzerhand beide Garnituren für zusammen fünf Euro.

»Für zwei fünfzig kriegst du bei H&M gerade mal 'n Haarband«, sagt Ada und bleibt zurück. Ich eile voraus, die Tüte mit den rosa und blauen Miniaturklamotten unterm Arm.

An billiger Bückware (LPs von Chris de Burgh (Into the light), Barclay James Harvest (A concert for the people [Berlin]), Peter Maffay (Steppenwolf) und Phil Collins (Hello I must be going) oder Mike und Sally Oldfield eile ich vorbei. Lieber würde ich mir eine Hand abhacken lassen, als ein angegrabbeltes Private-dancer-Exemplar von 1984 auf unsachgemäße Handhabung (»Haben Sie diese Tina-Turner-Platte etwa nass abgespielt?«) hin zu untersuchen.

Nein, meine liebsten Flohmarktanbieter tragen das verbliebene Resthaar natur und sind zwischen vierzig und fünfundfünfzig. Männer dieses Schlages kauern einsam an ihren Ständen, sind bar jeder Arbeit und Hoffnung und von Frau, Kindern und allen guten Geistern verlassen. Ihre Plattensammlung lösen sie aus purer Geldnot auf – nicht zum Spottpreis, aber weit unter Wert.

Zu dieser Kategorie sind gerade in den letzten Jahren apathisch wirkende Altpunks gestoßen, die als solche allerdings seit mindestens zwei Jahrzehnten nicht mehr zu erkennen sind und mit Frau und zwei trendig gekleideten, aber ebenso apathisch wirkenden schulpflichtigen Gören Vorort-Reihenhaussiedlungen in Straßen bevölkern, die Jägerkoppel oder Wildgrund heißen, Maienkamp, Wiesen- oder Hasenweg.

Doch an ihren 7”-Vinyl-Kostbarkeiten auf dem Tapeziertisch sollt ihr sie erkennen – die Punks der ersten Stunde.

Nun bringen sie neben Büchern wie Caroline Coons The Punk Rock Explosion im Original von 1977, mitgebracht von der Klassenreise nach Bournemouth im Sommer 1979, eine Punksinglesammlung aus ihrer Aufbruchszeit zur Auflösung, die ein kleines Vermögen wert ist. Und da greife ich natürlich gerne zu. Mit Argusaugen habe ich in Windeseile Flure, Kantine und Aula durchkämmt, aber leider Gottes nichts gefunden.

Ich schaue nach Ada, die tatsächlich einen fast neuen Maxi-Cosi ergattert hat (zwanzig Euro), in den ich die Tüte mit den Babyklamotten reinlege und beschließe, jetzt einfach mal meiner Spürnase zu folgen. Ich gehe nach draußen und sehe einer etwas verhärmt aussehenden mittelalten Frau dabei zu, wie sie gemeinsam mit einer anderen Frau auf vier Kartons, gefüllt mit Schallplatten, in ihrem Audi A4 Avant starrt.

Haarscharf folgere ich, dass es sich beim Inhalt dieser Kisten sehr wohl um eine bestens gepflegte Plattensammlung handeln könnte, die der Ehemann noch am Vorabend hinten in den A4 gewuchtet hat. Noch aber schläft dieser Mann sicherlich tief und fest den Schlaf des

Gerechten, verspricht aber seiner Gattin, ›so gegen zehn, halb elf‹ zum Flohmarkt nachzukommen, weil man ja wohl einmal die Woche in Ruhe im Bett liegen bleiben könne, und überhaupt ist ja heute Sonntag.

Ich vermute, das Leben ist bislang – toi, toi, toi – recht gnädig mit ihm umgesprungen. Die Kinder sind gerade erst aus dem Haus, die Schulden für die Eigentumswohnung drücken noch ein wenig, und seit mehr als zwei Dekaden ist er nun dabei, seine umfangreiche Vinylsammlung nach und nach auf CD umzustellen, wobei naturgemäß so manche Veröffentlichung in beiden Formaten vorliegt.

Was in Junggesellenhaushalten üblich und völlig legitim ist, führt aber in diesem Fall zu ehelichen Meinungsverschiedenheiten. Die Gattin akzeptiert nämlich keine Tonträgerdubletten mehr und fordert den Gespons zunächst noch freundlich auf, sich gefälligst für ein Medium zu entscheiden, denn allein die extra angefertigten CD-Regale nähmen bereits das halbe Wohnzimmer in Beschlag.

Solche Ehefrauen veranstalten gerne mal ein inneres und äußeres Großreinemachen, und weil sie selbst traurig und sinnentleert sind, neiden sie dem Partner seine Vinyl-Sammelleidenschaft und brauchen daher das frei gewordene Kinderzimmer plötzlich unbedingt als Raum für den von der Freundin nachdrücklich empfohlenen Neuanfang – etwa für sinnstiftende Stick-, Filz-, Makramee- oder Tiffany-Glaskunst-Attacken, vielleicht auch als separates Fitness- und Bügelzimmer oder doch besser als begehbaren Kleiderschrank. Niemals aber, und das schwört sie sich, wird es ein Musikzimmer voller Plattenregale und CD-Ständer werden, in das sich der Gatte mit seinen Tonträgern verkriechen kann.

Auch erfahrene Ehefrauen wissen hochklassige Vinylsammlungen mit irgendwelchen Incredible String Bands, Grateful Deads, The Boys, Buzzcocks oder den Undertones als japanische 180-Gramm-Direktpressung in aller Regel nur bedingt wertzuschätzen. Und wenn ein Sonntag wie dieser naht, ja, dann ist eben Flohmarktzeit.

Und so manche Ehefrau stellt sich gerne mal mit ihrer ähnlich gewickelten Freundin für ein paar Stunden die Beine in den Bauch – nicht ohne dampfend heißen Kaffee in der Thermoskanne, zwei Sektkelche und ein spaßförderndes Fläschchen Mumm –, um den ganzen lästigen, überhandnehmenden Kindheitsplunder der Gören sowie Dutzende seit Jahren nicht mehr getragene Kleidungsstücke loszuwerden, um endlich Raum für Neues zu schaffen.

Der noch schlafende Gatte hat, er weiß das ziemlich genau, im Lauf der letzten Jahre irgendwann seinen Biss und Lebenshunger abgegeben wie seinen Mantel nach Feierabend an der Wohnungstür. Einzig die wohlig lodernde Glut des leidenschaftlichen Vinylsammelns brachte seine Adern noch manchmal in Wallung.

Er hat ihr abends zwar noch gesagt, er wolle die Schallplatten am kommenden Morgen möglichst selber verkaufen und die Schallplattenkisten mit Genrebezeichnungen (Rock, Pop, Punk, New Wave, Prog-Rock) und groben Preisangaben versehen, denn wie soll die Sekt trinkende Gattin sonst erahnen, was für Werte sich in einem solchen Umzugskarton verbergen. Auf zwei Kisten (Pop, Rock) steht nun in fetten Lettern ab 10,– und auf den anderen beiden (Prog, Wave) sogar ab 25,–.

Und dann ist da ja noch der kleine Karton mit Singles (Punk 76–80), aber die will er auch gar nicht verkaufen, sondern nur testweise mal mitnehmen.

Von alldem kann ich nichts wissen, also gemahne ich mich zu äußerster Gelassenheit, denn eines bin ich nicht: von vorgestern, wenn es um 1-a-Vinylsammlungen von möglicherweise beträchtlichem Wert geht. Klar habe ich Blut geleckt, vor allem der kleine Karton hat es mir angetan: randvoll mit Punksingles ab 1976 – alphabetisch nach Interpreten geordnet!

Mein Plan steht schnell fest; schließlich habe ich ja bei Dreamkarlholgi vor wenigen Wochen einen Schnellkurs in Lässigkeit absolviert, als es darum ging, den Deal seines Lebens zu machen. Ich muss also nur vermeiden, transpirierend, mit flackernden Augen und bebenden Lefzen neben dem Kofferraum dieses A4 Avant zu stehen, den ich gerade ganz gentlemanlike für die unbekannte Frau und deren Freundin entladen habe. Tatsächlich habe ich gerade entwürdigend rumgeschleimt (»So schwere Plattenkisten heben, das ist doch nichts für Sie, meine Damen«). Sollen sie doch von mir denken, was sie wollen.

Abgebrüht wie ein Kampfhund, der seine Zähne gerade in die Hartgummisitzfläche einer Kinderschaukel geschlagen hat, lasse ich mich jetzt keinesfalls abwimmeln, sondern biete der verdutzten Frau einfach hundert Euro an und sage, »dafür nehme ich den ganzen Plunder auch gleich mit«.

»Das ist aber zu wenig«, ziert sich da die Gattin, während ihre Freundin andere federleichte Kartons mit ordentlich gefalteten Kleidungsstücken aus dem Wagen hievt.

Die Zeit drängt. Möglicherweise trifft hier gleich ein verschlagener Profi-Plattendigger ein und macht mir die Preise kaputt. Also, Toni, geh höher im Preis – jetzt oder nie!

»Ja«, höre ich mich weiterreden mit Blick auf den Inhalt der Plattenkartons. »Da ist natürlich viel wertloser Kram dabei, aber ich stelle gerade meine Plattensammlung wieder auf Vinyl um, weil CDs klingen einfach nicht so gut, und da bin ich auch bereit, etwas mehr auszugeben.«

Und dann sage ich noch: »Wissen Sie was. Ich gebe Ihnen hundertfünfzig Euro!«

Die Frau kennt dieses Argument offenbar, überlegt kurz, und dann nickt sie, tatsächlich, sie nickt mit dem Kopf. Sicherlich denkt sie bei sich, mittelalte Männer, wie seltsam die doch sind, finden knisternde Schallplatten besser als praktische Silberlinge. Unser Sohn ist da zum Glück anders, er hat alles auf seinem iPhone oder bei Spotify.

Und dann wägt sie kurz ab zwischen den zu erwartenden Konsequenzen: entweder Ärger mit dem derzeit noch schlafenden Gatten, weil alle Scheiben ja dann weg sind und sicherlich viel zu billig abgegeben, oder aber kein Ärger mit dem Gatten, dafür aber bestimmt mehr als drei Viertel der Schallplatten, also gut zweieinhalb Regalmeter, die sie nachher wieder nach Hause schleppen muss. Ich könnt ihn ja jetzt anrufen, denkt sie, nein, besser nicht, denn auf sein Donnerwetter von wegen ›nur einmal in Ruhe auspennen‹ hat sie keine Lust.

»Was meinst du?«, flüstert sie ihrer Freundin zu. Die zuckt die Schultern und blickt verschwörerisch mich an und dann die Kartons. »Na gut«, sagt sie keck: »Dreihundert! Ich will dreihundert Euro!«

Ich tue so, als müsste ich ob dieser unverschämten Forderung schlucken, zögere einen Moment und sage dann: »Zweihundertzwanzig!« Sie erwidert: »Zweihundertachtzig«, und wir einigen uns auf zweihundertfünfzig.

Ich renne zu Ada, die genug Geld dabei hat, um gegebenenfalls auch einen neuen Kinderwagen bezahlen zu können, und sage ihr, wir müssten sofort los, haste mit dem Autoschlüssel und den abgezählten Scheinen zurück und stecke der Frau das Geld zu.

Sie fragt, ob ich Interesse an weiteren Schallplatten hätte. Ihr Bruder habe noch mehr davon. Ich nicke, sie notiert mir Namen und Telefon-nummer ihres Bruders, ich stecke den Zettel ungelesen ein und verstaue die Plattenkisten flugs in Adas Kleinwagen. Nur schnell weg, bevor der Bruder kommt.

Dann warte ich neben dem Auto, das trotz guter Stoßdämpfer jetzt hinten durchhängt.

Ein friedvoll-verklärtes Lächeln bemächtigt sich meiner – fast all meine Probleme der jüngeren Vergangenheit haben sich einfach in Luft aufgelöst: Schwanz okay, Artikel von mir erschienen, und jetzt ’ne 1-a-Punksingle-Sammlung für ’n Spottpreis ergattert.

Aber wo bleibt Ada? Ich greife mir wahllos eine Single aus dem kleinen Karton – Buzzcocks, Ever fallen in love –, und mir gefriert der Atem. Ich nehme die nächste Platte in die Hand und noch eine. Auf jedem Cover prangt ein kleiner, gold umrandeter weißer Namensaufkleber, auf dem steht:

Waldemar Schangeleidt
Teerosenweg 3
Hamburg

Ich fingere den Zettel der Flohmarktschwester aus der Hosentasche. Natürlich steht auch dort: Schangeleidt plus eine Telefonnummer. Zum Glück kommt gerade Ada angewatschelt, und Schwester Schangeleidt winkt uns noch nach, als wir von dem Schulparkplatz fahren.

Am Abend will Ada früh ins Bett, und Holgi hilft mir dabei, die schweren Plattenkisten nach oben in meine Wohnung zu wuchten. Herr Blümchen hat eine Nachricht gefaxt und fragt, ob ich heute schon die Rundschau gelesen hätte!

Gegen Mitternacht erreiche ich ihn am Telefon in der Backstube, erzähle ihm von dem Wahnsinnsplattenkauf und bedanke mich, dass er es wie auch immer geschafft hat, meinen »Schnitzel-Artikel« in einem überregionalen Blatt unterzubringen.

»Sag mal, Toni, könnte ich im April ein paar Tage bei dir unterschlüpfen?«

»Ist was mit Hanna?«

»Nee, ich mein, mit Hanna hat es primär nichts zu tun. Aber ich muss nach Hamburg!«

»Du kannst gerne kommen, die letzten Tage vor der Geburt werd ich eh die meiste Zeit drüben sein bei Ada. Meine Wohnung haste dann für dich.«

»Toni, bist ’n echter Freund.«

»Jetzt rück schon raus. Was ist los?«

»Ist wegen dem Back-Stopp, ich erzähl dir alles, wenn ich da bin.« Herr Blümchen zögert.

»Mach’s nicht so spannend, Alter.«

»Ist noch nicht spruchreif.«

»Haste schon die halbe Million von der Bank gekriegt für deinen Back-Stopp?«

»Ja! Nee! Das liebe Geld! Das is’ alles ein bisschen tricky.«

»Du kriegst von der Bank 'ne halbe Million Kredit überwiesen und weißt nicht, ob das Geld schon da ist?«

»Kann ich am Telefon nich sagen. Toni, ich bin ziemlich durch den Wind … verstehst du?«

Das kann ich verstehen bei fünfhunderttausend Euro Schulden.

»Ein Unternehmer muss gut schwimmen können«, sagt Herr Blümchen wehmütig. Dann muss er auflegen, weil im Backofen Bleche mit Brötchen und davor unfähige Gesellen auf ihn warten.

Ich mache mir noch ein Bier auf, lege die signierte „Anarcho in the U.K." mit Schangeleidts Namensetikett auf dem Cover auf und freue mich darüber, dass mir der alternative Geburtsvorbereitungskurs erst in zwei Wochen bevorsteht.

8. Hecheln mit Dörthe, Klapperschlangen im Bad und Ofen aus

Der Elektrolurch – Guru Guru

Das Geburtshaus liegt etwas versteckt in einem Ottenser Hinterhof. Es ist umgeben von diversen Selbsthilfeprojekten, einer psychotherapeutischen Arztpraxis sowie der alternativen Fahrradmanufaktur Radschlag. Na ja, das kann ja heiter werden, denke ich, blinzle Ada an und dann in die Sonne.

Die Räumlichkeiten sind hell und freundlich gestaltet, jede Stunde ist fünf Minuten Pause, und es gibt aromatisierte Kräutertees zu trinken. Ich und die anderen Männer hocken im Schneidersitz auf Gummimatten, während die Frauen neben uns liegen und ihre hochschwangeren Bäuche reiben.

Im Gegensatz zu den Männern scheinen die Frauen mehr in sich zu ruhen; sie machen den Eindruck, als sähen sie den kommenden Ereignissen recht zuversichtlich entgegen.

Nach der Begrüßung durch Kursleiterin Dörthe soll jeder seinen direkten Sitznachbarn interviewen und dann vorstellen. Ich habe Gunnars Werdegang zu referieren. Er ist sechsunddreißig, Narkosearzt von Beruf und gibt zu, von Geburten keine Ahnung zu haben. Gunnar wiederum stellt Heiko vor, wasserstoffperoxidgebleichter Altpunk wie ich, aber mit Augengläsern dick wie Verbundglassteine und Freibeuter-der-Liga-T-Shirt über dem schlaksigen Kinderkörper. Heiko hat tags zuvor seinen sieben-unddreißigsten Geburtstag »ganz logger« mit einer »Riesenpaadie« im Clubheim des FC St. Pauli begangen und steht den kommenden Stunden wegen akuten Hangovers zwiespältig gegenüber.

Über Manfred erfahre ich, dass er als Architekt bei der Baubehörde tätig ist und »natürlich gerne« die künftige Mutter seines Kindes hierher begleitet hat. Jetzt will er erst mal alles auf sich wirken lassen. Ganz ähnlich äußern sich Peer über Bernd, fünfunddreißig und Systemanalytiker bei Systematics, und Bernd über Peer, der als Koch in Teilzeit jobbt.

Die übrigen drei Männer sind jünger und sachbearbeiten bei Shell, Montblanc und einer Versicherung. Sie kennen sich nicht, planen aber zum errechneten Zeitpunkt der Niederkunft Umzüge in die Speckgürtel der Stadt, wo sie gerade allesamt Doppelhaushälften errichten lassen, ›denn in der Großstadt mit kleinen Kindern – mal ehrlich, das geht ja gar nicht, und überhaupt‹. Natürlich sind mir auch die Damen der Stadtflüchtlinge gleich suspekt. Geben sie doch bei ihrer Vorstellungsrunde an, ›auf jeden Fall für die Kinder zu Hause bleiben‹ zu wollen.

Ich sehe bereits, wie sich die drei Herren nach zwei Wochen Geburtsurlaub das Büro in der City herbeisehnen werden. Morgens fahren sie extra früh los, um abends gerne noch ein paar Überstunden dranzuhängen, weil einerseits die Schulden drücken und andererseits die daheim gebliebenen, vereinsamten Frauen in letzter Zeit immer mehr abnerven mit ihrem Gejammer über mangelnde Unterstützung durch die Erzeuger und schreiende, sich langweilende Blagen, die zu Hause bleiben müssen, weil es weit und breit keinen Krabbelkindergarten gibt.

Die Erzeuger ihrerseits denken kurz mal an Trennung, landen dann aber auf dem Kiez oder in einer Modellwohnung – man gönnt sich ja sonst nix –, mal ordentlich einen wegstecken, anstatt sich zu Hause endlos volltexten zu lassen.

Die Frauen haben irgendwann auch die Faxen dicke und denken nach drei Jahren ernsthaft an Trennung. Weil sie aber schließlich mit dem Vater ihres Kindes verheiratet sind, der ›so schlimm nun auch wieder nicht ist‹, zudem jetzt ein Kindergartenplatz in Aussicht steht, wird Kind Nummer zwei gezeugt, sodass noch mal drei Jahre ins Land ziehen, bis das zu einem Fünftel abbezahlte Haus unter Wert versteigert werden muss und der einstige Familienvorstand seine Kinder alle vierzehn Tage am Wochenende in seiner kargen zentrumsnahen Zweiraumwohnung zu Gesicht bekommt.

Die meisten Frauen sind um die dreißig, und jede darf ausführlich vom bisherigen Verlauf ihrer Schwangerschaft berichten. Danach zeigt uns Dörthe anhand einer Babyborn-Puppe und eines wirklichkeitsgetreuen Schwangerschaftshohlraum-Bauchmodells, wie eigentlich ein Kind durch den Geburtskanal zur Welt gebracht wird – und was dabei alles schiefgehen kann. Und dabei kann einiges schiefgehen!

›Dann doch lieber Kaiserschnitt‹, traue ich mich aber nicht zu sagen, nachdem Dörthe von immer mehr Frauen vor allem in Nord-, Süd- und Mittelamerika berichtet, die das genauso sehen wie ich und sich unter dem Motto Save your love channel für einen intakten Unterleib und gegen eine Geburt auf herkömmlichem Weg entscheiden.

»Oder was glaubt ihr, warum zum Beispiel Sean Lennon am selben Tag zur Welt kommen konnte wie sein Vater?«, doziert Dörthe. »Ihr wisst schon, Yoko Ono, John Lennon, die Beatles«, und schaut uns dabei prüfend an.

Empörtes ›Das-gibt's-doch-nicht-John-Lennon-am-gleichen-Tag-geboren‹-Gemurmel, ablehnendes Kopfschütteln bei den Schwangeren, skeptisches Schweigen der Männer. Sean Lennon ist also am selben Tag geboren wie sein Vater, überlege ich … Das wäre bei meinem Kind und mir in nicht einmal zwei Monaten.

Dörthe jedenfalls scheint erst mal zufrieden zu sein. »In Kolumbien kommt mittlerweile jedes zweite Kind durch die aufgeschnittene Bauchdecke zur Welt. Hier bei uns wird das ebenfalls schon gerne praktiziert – eine Klinik in Hamburg wirbt sogar damit.«

»Da will ich auch entbinden«, flüstere ich Ada zu. »Stell dir vor, keine Wehen und so«, woraufhin Ada mir einen bösen Blick zuwirft.

Auf Dörthes Kommando entspannen wir uns liegend auf grünen, roten und blauen Weichgummimatten und begeben uns unter ihrer kompetenten Anleitung auf eine Art Traumreise ins Land der Geburten, wie Dörthe es nennt.

Ich schließe die Augen, lausche der Stimme unserer Kursleiterin und stelle mir vor, wie die Wehen meinen geschundenen Unterleib durchtosen. Dann lasse ich mich einfach auf den Wogen des Geburtsschmerzes forttragen.

»Dein Kind schaut jetzt mit dem Kopf aus dir heraus«, höre ich Dörthe noch sagen.

Mooment! Ein eigentümlicher Gedanke bemächtigt sich meiner. Ich blicke an mir herab. Vor meinem geistigen Auge tanzt die hässliche Kosovo-Handpuppe von Radulescu Ursu Sirtaki mit meinem einstigen Krummsäbel. Wie lang ist das schon wieder her? Was würde Radu wohl dazu sagen, wenn er mich so sehen könnte? Und was soll ich tun, wenn unser Kind genau dann zur Welt kommen will, wenn wir demnächst unser dreißigjähriges Remo-Smash-Gründungsjubiläum feiern?

Ich luge rüber zu Gunnar und dem Architekten. Beide sind gerade am Entbinden. Nein und nochmals nein. Genug der Niederkunft. Ich für meinen Teil bevorzuge einen sauberen Sean-Lennon-Kaiserschnitt.

Dann ist zum Glück Mittagspause. Die Frauen bleiben im Geburtshaus, blättern in den mit Dankeswünschen und Neugeborenenfotos gefüllten Geburtshausalben und verspeisen Mengen von Rohkost und belegten Broten.

Ich schlendere runter zum Altonaer Bahnhof, um auf andere Gedanken zu kommen. In der Buchhandlung blättere ich durch den Rolling Stone und finde, dass wir den Morgen schon mal ganz gut hinter uns gebracht haben. Dann esse ich ein Stück Pizza, denke an meine gute Freundin Judith, wie es ihr wohl ergangen sein mag in den letzten Wochen, und daran, wie das ganze Schwangerschaftsdrama im September letzten Jahres seinen Anfang genommen hat. Verdammt! Ich habe vergessen, die Fotos abzuholen. Die Schwarz-Weiß-Bilder, die Judith von mir geschossen hat und die ich Dr. Präg noch schulde.

Der Film muss seit Tagen fertig entwickelt bei Diadose liegen. Dabei hatte ich Judith versprochen, die Bilder wieder abzuholen, und hab's verpennt. Ich rechne nach – das Penis-Fotoshooting war vorletzten Samstag. Egal. Jetzt muss ich mich erst mal weiter auf die Geburt vorbereiten, es ist sowieso Samstag und zu spät, um Fotos abzuholen.

Als ich im Geburtshaus eintreffe, ist der Kurs schon wieder in vollem Gange. Ich sehe mich um. Warum wirkt hier plötzlich alles so farbenfroh, und warum stehen alle mit bunten Tüchern in der Hand mitten im Raum herum? Dörthe kennt die Antwort. Sie überreicht mir einen Tschador, und ehe ich mich versehe, halte ich ein wallendes Seidentuch zwischen den Fingern und tippele nervös auf der Stelle herum. Ada guckt ein bisschen säuerlich wegen meiner Verspätung und wischt mir Tomatensauce von der Wange.

Ich halte das Tuch weiter fest zwischen Zeigefinger und Daumen. Mein Gefühl sagt mir, dass unschlüssiges Rumstehen mit seidenbemaltem Stofftuch bei einer Veranstaltung, die sich Geburtsvorbereitungskurs nennt, nicht das Ende der Fahnenstange sein kann. Und tatsächlich: Dörthe fingert eine CD aus der Hülle, legt sie ein, drückt auf Play – und binnen Sekunden ist der Raum erfüllt von algerischer Rai-Musik.

»So, dann wollen wir uns mal richtig schön warmtanzen. Stellt euch vor, ihr seid Feen oder Elfen – und wir zelebrieren gemeinsam einen wunderschönen Fruchtbarkeitstanz.«

Fruchtbarkeitstanz? Das Wort hallt in mir nach, als Dörthe längst feenartig durch den Raum schwebt. Die hochschwangeren Frauen tun es ihr gleich. Wenigstens versuchen sie es. Dass sie fruchtbar sind, sieht man auf Anhieb, aber das Feenhafte erschließt sich mir nicht. Fruchtbarkeitstanz. Ich falle in eine Art Starre. Während exotische Rai-Musik den Raum durchflutet, wütet das schreckliche Wort in mir weiter. Ich stehe da wie angewurzelt und bin zu keiner auch nur im Entferntesten an Elfen oder Feen erinnernde Tanzbewegung imstande. Ich, der Secret-Godfather of German Punk, soll meinen Körper zu Rai-Musik bewegen? Fruchtbarkeitstanz, Fruchtbarkeitstanz, Fruchtbarkeitstanz. Dafür rollen meine Augäpfel seitwärts und zurück. Wie durch einen Schleier sehe ich, dass Hilfe naht. Aber es ist nur Dörthe, die auf mich zusegelt.

»Ein bisschen mehr Bewegung, Anton. So wirst du nie warm!«

Meine Augen fixieren unsere Kursleiterin. Bis jetzt habe ich noch vage gehofft, wir Männer könnten den schwangeren Grazien ein wenig beim Tanzen zuschauen, exotischer Musik lauschen und augenrollend Maulaffen feilhalten.

Doch was ist das? Ist da nicht gerade Peer, der Koch, ganz gemächlich an mir vorbeigeschwebt? Und setzt sich da nicht gerade Manfred in Bewegung und wedelt lockend mit seinem Tuch zu mir herüber?

»Halte inne«, will ich ihm zurufen, doch meine Lippen sind wie versiegelt.

Dörthe bringt jetzt Schwung in die Bude. »Nur keine Müdigkeit vorschützen, bewegt eure müden Knochen, Männer. Ihr tut es nur für euch! Genießt es!«

Und schon bewegt auch Heiko, der Freibeuter der Liga, ganz sachte seine in Wollstrümpfen steckenden Füße. Bernd, der Systemanalytiker, überholt gerade seine kugelrunde Feenfreundin, als sich auch schon der ganze Tross wie eine Kamelkarawane schwankend in Bewegung setzt.

Na gut. Was interessiert mich mein Geschwätz von eben, denke ich und überlasse mich wogenden Schrittes dem fremdartigen Rhythmus, welcher Dick, den Mauren aus

Marbella, und sicherlich viele andere arabische Menschen aus dem Atlasgebirge oder den fruchtbaren Ebenen der Levante in rauschhafte Zustände zu versetzen vermag. Dabei schwenke ich zunächst noch wie unbeteiligt, nach den ersten Runden jedoch immer verführerischer lockend, mein Seidentuch in Richtung Dörthe. Ich spreche mir gut zu: ›Ist der Ruf erst ruiniert, tanzt's sich gänzlich ungeniert.‹

Außerdem wird Doof demnächst Vater, ich werde endlich erwachsen, und da gehören Rai-Tanzen und Seidentuchschwingen einfach irgendwie dazu – vielleicht heiße ich ja auch gar nicht Doof, sondern Ibo. Ich bin ein Berberjunge aus dem Maghreb und darf als solcher auch mal wie ein Derwisch tanzen. Und so lasse ich es geschehen. Schon federe ich leicht wie eine Gänsedaune durch den Raum.

»Na, wer sagt's denn«, ruft Dörthe. Die Schwangeren genießen mittlerweile entrückt den rituellen Fruchtbarkeitstanz. Es zeigt sich aber bald, dass alle Frauen außer Dörthe aufgrund ihres ballonähnlichen Aggregatzustands ziemlich rasch aus der Puste kommen; entengleich watschelnd, ziehen sie tapfer Runde um Runde – stoisch das Tuch mit der einen Hand gen Himmel gereckt.

Dann ist die Aufwärmphase vorüber, und das Schnaufen im Saal erinnert an die Geräuschkulisse bei der Fütterung von Seekühen in Hagenbecks Tierpark. Zum Atemholen besichtigen wir das Geburtszimmer und erfahren von Dörthe Wissenswertes über Vor-, Senk-, Eröffnungs- und Übergangswehen sowie die Besonderheiten während der Austreibungsphase, wenn der Muttermund weit geöffnet und endlich Pressen angesagt ist. Dann ist zum Glück wieder Pause.

Dörthe verteilt Prospekte, und einige Teilnehmerinnen beabsichtigen tatsächlich, noch auf die letzten Meter einen Schwangeren-Yoga- oder -Bauchtanzkurs zu belegen.

»Da machen wir auch mit«, schlägt Ada vor, und ich ahne, dass sie mit wir nicht nur sich und unser ungeborenes

Kind meint. Schwangeren-Bauchtanz ist, bei Lichte betrachtet, eigentlich genau das, was mir gerade noch gefehlt hat.

»Zwanzig Stunden kann so eine Geburt schon mal dauern«, erklärt Dörthe. »Und wenn ihr wollt, könnt ihr gerne dabei tanzen!«

Zwanzig Stunden tanzen! Das erscheint mir doch ein wenig gewagt, wenn ich die umliegenden Damen betrachte.

»Und denkt daran: Eure Kinder kommen gerne auch mal mitten in der Nacht zur Welt.«

Ich sehne still die Gerätemedizin herbei, bei der die Geburt dank wehenfördernder Mittel und schmerzbeseitigender PDA-Injektion ins Rückenmark höchstens mal ein zwei- bis dreistündiger Spaziergang sein soll.

Aber gebar nicht auch meine gute Freundin Judith ihr Baby Bruno – trotz vorhandener modernster Krankenhaustechnik – erst nach sechzehn qualvollen Stunden? Und wie hatte sie über die »Massenabfertigung im Kreißsaal« gewettert? »Bruno haben sie mir gleich nach der Geburt weggenommen. Ich musste darum betteln, ihn überhaupt anlegen zu dürfen. Das Kind braucht doch die Vormilch.« ›Vormilch gut und schön‹, habe die Krankenschwester zu Judith gesagt, ›aber nicht mit Ihren entzündeten Brustwarzen.‹

Judith hatte es sich zuvor allerdings schon mit den diensthabenden Hebammen verscherzt, nachdem sie sowohl wehenfördernde Mittel als auch besagte Peridural-Anästhesie ins Rückgrat rundweg abgelehnt hatte. Sie schleppte sich und Bruno rüber in die nächste Schicht, die mit sechs gebärwilligen Frauen bereits mehr als gut besetzt war.

Und während rechts und links von ihr die Kinder scharenweise schlüpften, ging bei Judith nichts. Sie wartete im Stahlrohrbett auf starke Wehen, angeschlossen an die elektronische Herzton-Wehenüberwachung.

Es gab dort auch keinen leckeren Kräutertee, geschweige denn algerische Rai-Musik. Getanzt werden musste im Kreißsaal dafür aber auch nicht. Ab und an schaute ein junger Mann von der Berufsfeuerwehr bei Judith rein, der, wie er sagte, für seine Rettungssanitäter-Ausbildung noch einen eintägigen Geburtshelferkurs zu absolvieren hatte. Der Mann war vor circa zwanzig Jahren das letzte Mal bei einer Geburt dabei gewesen, nämlich seiner eigenen, nichtsdestotrotz warf er wissende Blicke auf das CTG und prophezeite einer weinenden Judith die baldige Ankunft eines Mädchens. Baby Bruno kam dann vier Stunden später gesund zur Welt, obwohl die erfahrene Ärztin aus Taiwan sich gerade in dem Moment auf Judiths Bauch geworfen hatte, als Bruno gerade den Kopf herausstreckte und er sich bei dem ihm bietenden Anblick wohl ernsthaft überlegte, ob er wirklich da raus wollte.

Mittlerweile bin auch ich eigentlich pro Geburtshaus eingestellt. Denn wenn alles komplikationsfrei verläuft, stellt eine natürliche Geburt im Grunde wirklich kein Problem dar.

»Keine Angst, wenn's hier im Geburtshaus mal knifflig werden sollte, aber das will ja niemand hoffen, dass so was passiert, dann erfolgt eine geordnete Überführung ins nächste Krankenhaus. Und wenn's richtig brenzlig ist, auch ungeordnet – mit Blaulicht und hyperventilierenden Vätern, ha, ha«, lacht Dörthe.

»Das ist übrigens nur bei etwa einem Drittel aller Erstgebärenden bei uns im Haus der Fall.«

»Bei einem Drittel?«, rufe ich ungläubig.

»Wir haben nur etwa ein Drittel geordnete Überführungen.«

Ich schaue mich um. Niemand außer mir scheint an Dörthes Statistikinfo Anstoß zu nehmen, also schnaufe ich aufatmend: »Nur ein Drittel. Da bin ich aber beruhigt.«

»Legt euch jetzt hin, und atmet in euren Beckenboden hinein!«, sagt Dörthe unvermittelt.

Ich höre nur ›Beckenboden‹ und ›hineinatmen‹ und ahne, dass sich mein Leben gleich noch einmal nachhaltig ändern wird, wenn ich nicht endlich die Notbremse ziehe. Leider bin ich wieder zu keiner wie auch immer gearteten Gegenwehr fähig. Also lege ich mich auf den Rücken und atme zum ersten Mal in meinem Leben in meinen Beckenboden hinein.

»Ja, lasst euch Zeit, erfühlt euren Beckenboden, spürt die erste Schicht, ja, sachte, jetzt die zweite Schicht, und jetzt atmet ganz tief, atmet tief in euren Beckenboden hinein. Spürt ihr's, die Männer auch? Ja? Spürt ihr's? Ja, ja, ja, nur die Männer, zieht an, Hohlbein, Schließmuskel – spann an, spann an, spannn aaan!«

In den Raum ergießt sich ein kehliges Grollen aus den Tiefen männlicher Beckenböden. Jetzt ist sowieso schon alles egal. Ich presse die Pobacken zusammen, stöhne, was das Zeug hält, und starre verkniffen an die Raumdecke. Dörthe ist die Macht, und ich befinde mich mittlerweile in einem Zustand, in dem ich auf ihren Befehl hin auch bereitwillig mit der Muttermilchproduktion oder der Eiablage beginnen würde.

»Sehr schön«, sagt Dörthe, »lockert euren Körper jetzt wieder ein wenig.«

Ich habe nicht gleich verstanden und presse weiter. Dörthe sieht mich durchdringend an.

»Sag mal, Anton, welche Wehen hast du da eigentlich?«

»Äh, ich?«, stammle ich und versuche mein krampfendes Becken von der Matte zu lösen.

»Ein paar Wehen solltest du schon kennen, wenn es so weit ist! Die Senk- und die Vorwehen dauern nämlich gerne schon mal einige Stunden«, doziert Dörthe.

»Oah«, ächze ich. Der Krampf breitet sich in meinem gesamten Beckenboden aus.

»Bei den ersten Senk- und Vorwehen braucht ihr euch noch längst nicht auf den Weg hierher zu machen. Erst wenn die Wehen regelmäßig kommen, jede Minute, sagen wir mal, dann ruft ihr eure Hebamme an, und dann macht ihr euch auf den Weg.«

»Oah!« Der Krampf beginnt sich zu lösen. Mühsam richte ich mich auf: »Und was ist, wenn das Kind schon im Auto zur Welt kommen will?«

»Haben wir alles schon gehabt, unten in der Toreinfahrt ist ein Kind zur Welt gekommen, auf dem Hof auch eines und auch im Eingangsbereich, steht ja groß und breit an der Tür: ›Bitte pressen‹, ha ha.«

»Danke, Dörthe«, sage ich.

»Ihr Kerle braucht euch gar nicht zu fürchten, eure Frauen machen das schon! Stimmt's?« Die Frauen nicken.

Dann sind wir auch schon fast am Ende – fix und fertig auf die Geburt vorbereitet. Und nachdem wir Männer die Seidentücher und Gummimatten eingesammelt und in Regalen verstaut haben und die Damen Stilltipps und Adressen austauschen, öffne ich ein Fenster, weil die Luft im Raum zum Schneiden ist – und blicke in die wissenden Augen eines Altfreaks mit Zopf, der schräg gegenüber, ein Stockwerk höher hinter Panoramaglas in den Räumlichkeiten der Firma Radschlag, Teile an einen aufgebockten Fahrradrahmen montiert.

Ich stehe am geöffneten Fenster und sehe zu ihm hoch. Der Mann lächelt milde, bewegt sein Hinterteil und winkt mit einem ölverschmierten Tuch zu mir rüber. Dann reckt er die Hand, wedelt mit dem Schmierlappen in der Luft herum – und führt mit federndem Schritt den Fruchtbarkeitstanz auf.

Direkt im Anschluss fühle ich mich schwach und ausgelaugt. Ich kränkle. Wahrscheinlich habe ich bloß zu tief in meinen Beckenboden geatmet. Ich steige zu Ada ins Auto, und mein Hals beginnt zu kratzen. Dann schwillt mir der Kamm, mein Kopf glüht plötzlich, und ich denke an die Fotos, die noch bei Diadose liegen. Dann sage ich Ada, wie sinnlos es mir vorgekommen ist, in meinen Beckenboden hineinzuatmen. Aber auf diesem Ohr ist Ada inzwischen taub. Ich spüre, wie das Fieber in mir aufsteigt.

»M-m-mir ist so k-k-kalt!« Meine Zahnreihen schlagen bei der ersten Bodenwelle aufeinander.

Ada sagt nichts, bis sie den Wagen vor ihrer Haustür in der Jarrestadt geparkt hat. Ihr Bauch passt gerade noch knapp hinters Steuer, den Sitz hat sie weit zurückgeschoben, die Pedale erreicht sie nur noch mit den Zehenspitzen.

»Wo s-s-soll d-d-das alles enden?«, klappere ich.

»Bleibst du noch bei mir, Schatz?« Ada zieht den Wagenschlüssel ab und quält sich aus dem Sitz.

Ich reibe mir die geröteten Augen und sage: »G-g-gerne!« Das Fieber durchströmt meinen ganzen Körper. Die Zähne schmerzen, und in Adas Wohnung ist es kalt.

»Ich l-leg mich g-g-leich hin.«

»Bitte, Toni, putz hier bitte erst mal den Dreck weg. Schau bloß, wie es überall aussieht.«

»K-k-kann ich d-d-das ni-nicht m-morgen machen?«

»Toni, ich schaff das einfach nicht mehr.«

»Aber …«

»Toni, wer von uns beiden ist hier eigentlich schwanger? Du oder ich? So, wie du jammerst, könnte man meinen, du kriegtest ein Kind!«

Ada reicht mir Handfeger und Kehrblech.

»Übrigens, du bist ganz schön dick geworden!«

Ich schlucke. Aber statt ›Ja abba, guck dich ma an‹ zu sagen, schaue ich an mir herunter. Stimmt.

»Reiß dich jetzt mal am Riemen, Toni.«

Also greife ich zu Handfeger und Kehrblech, gehe auf die Knie und beginne Adas Küche zu säubern. Ich blicke an meiner Geliebten empor. Ada ist richtig dick geworden, strotzt aber vor Gesundheit, während ich gerade zu verfallen scheine.

Ada reicht mir einen Putzeimer mit heißem Wasser und einen Lappen, und ich mache mich daran, hinter den Türen zu feudeln.

Es läutet an der Tür. Ada pfeift beschwingt eine Rai-Melodie und öffnet, während ich mit klappernden Zähnen in Adas Badezimmer robbe und das Klobecken zu reinigen beginne.

»Frau Teßloff? Entschuldigen Sie die Störung. Kennen Sie einen gewissen Anton Hornig?«

Polizei, Zoll, Drogenfahndung, schießt es mir durch den Fieberkopf. Oder doch nur der Postbote? Die Stimme klingt auf jeden Fall amtlich. Meine Nase juckt plötzlich.

»Was wollen Sie von Herrn Hornig?«, fragt Ada.

»Können wir bitte reinkommen?«

»Um was geht es denn?«

Das Kitzeln in meiner Nase nimmt zu. Hinter der Badezimmertür kauernd, halte ich mich mit einer Hand am Klobecken fest und versenke meine Nase in dem feuchten Wischlappen, in der Hoffnung, so den Niesreiz zu unterdrücken.

»Wir führen Ermittlungen gegen Herrn Hornig durch«, sagt eine andere Männerstimme.

»O Gott«, denke ich.

Ada schließt die Wohnungstür und bittet die Männer in die Küche.

Das Telefon klingelt, ich beiße zu, husche wieselflink auf allen Vieren durch den Flur ins Wohnzimmer, reiße den Hörer von der Gabel und flüstere: »Hmmmpff!«

»Toni, bist du's?«

Ich nehme den Lappen aus dem Mund.

»H-Holgi?«, flüstere ich.

»Toni, hör zu, gerade waren die Bullen bei mir. Der eine ist dieser bescheuerte Langenscheidt, er sagt, er muss mit dir sprechen.«

»Verd-d-dammt«, flüstere ich und bin heilfroh, dass ich Schangeleidts Schallplattenkisten in meine Wohnung hochgeschleppt und nicht hier bei Ada gelassen habe.

»Er hat gesagt, jetzt bist du fällig. Alter, mir hat er richtig Angst gemacht wegen der Gähdes-Sache, und sorry, und da habe ich ihm Adas Adresse gesagt.«

»Hast ihm was gesagt?«

»Kein Wort von den Platten; ich hab dichtgehalten.« Bibbernd vor Schüttelfrost, lege ich den Hörer auf.

»Sagen Sie, Frau Teßloff. Halten Sie Klapperschlangen?«, dröhnt die Stimme des zweiten Mannes.

Ich drücke den Putzlappen wieder auf mein Gebiss, das

Geräusche macht, die offenbar bis in die Küche zu hören sind.

»Anton, kommst du mal bitte!«, sagt Ada.

Ich erhebe mich und taumele los.

Den Polizisten, der vor mir im Flur steht, kenne ich nicht.

»Sind Sie Anton Hornig?«

Ich schnelle herum.

Am Tisch sitzt PM Schangeleidt, noch gebräunt von der andalusischen Wintersonne. Er bebt vor Anspannung. Ich speie den Lappen in die Nirosta-Spüle.

»Ich hab die rechtmäßig erworben, Herr Schangeleidt, die gehören jetzt mir!«, sage ich bestimmt.

»Na schön, dass du es gleich zugibst, Hornig, und – haste noch 'ne angenehme Zeit gehabt in Spanien?«

Schangeleidts Kollege reicht mir ein rechteckiges Papierkuvert.

Es ist genau der Umschlag, den ich für Judith zum Entwickeln gegeben und vergessen hatte, wieder abzuholen.

»Äh, d-d-danke ...«, stottere ich und betrachte das Diadose-Etikett. Zitternd fingere ich ein paar Fotos heraus, auf denen entweder ein bananenförmig erigiertes Geschlechtsteil oder ein nacktes Baby auf einer Wickelkommode zu sehen sind.

»Ist das Ihrer?«

»Äh, der ist wieder ganz gerade!«

»Hornig, ist das dein Kind?«

»Äh. N-nein. D-d-das ...«

»Ist das dein Schwanz, Hornig?«

»Äh, wie ich schon sagte ... Er ist wieder vollkommen gerade.«

»Würden Sie bitte mit uns kommen?«, sagt der andere Polizist bestimmt.

»Ich bin k-krank!«, sage ich.

»Das brauchst du nicht extra betonen, Hornig.«

Ada wirkt verstört. Schangeleidts Kollege berührt behutsam ihre Schulter: »Schlimm, dass Sie in Ihrem Zustand so etwas erleben müssen.«

»Das ist ein Missverständnis«, sagt Ada gefasst. »Eine gemeinsame Freundin hat den Penis meines Freundes für seinen Arzt fotografiert, der braucht solche Fotos, und …«

»Ist womöglich ein ganzer Ring? Für mich klingt das nach einem Fall für die Sitte«, sagt der Kollege zu Schangeleidt.

»Das darf doch nicht wahr sein, Anton, was soll ich denn jetzt tun?« Ada wird sauer.

»Keine Sorge. Dafür sind wir ja da: die Gesellschaft vor solchen Subjekten zu schützen und – festzusetzen! Allein der Besitz dieser Sauereien ist strafbar! Tut mir wirklich leid, Frau Teßloff!«

»Ich k-k-kann d-das erklären«, krächze ich.

Und während PM Schangeleidt und sein Kollege mich aus der Wohnung eskortieren, steht Ada in der Tür und schüttelt den Kopf.

»Ada. Ruf Judith an!«

Schangeleidt, sein Kollege und ich marschieren von Adas Hochparterrewohnung treppab.

»Ich bin doch n-nicht p-p-pervers!«, rufe ich und blicke in die traurigen Augen von Frau Gerbes. Adas Nachbarin will sicher bloß mal nachschauen, welcher ihrer Nachbarn nicht pervers ist.

Wir fahren im Streifenwagen zum nahe gelegenen Polizeirevier am Wiesendamm. Ich werde gleich in die erste Zelle neben dem Eingang verfrachtet. Im Karzer verpasst mir Schangeleidt zwei kurze Haken; einen ins Gesicht und einen in den Magen. ›Projectile vomiting‹, denke ich noch und übergebe mich in hohem Bogen auf die Pritsche.

»Wenn du was brauchst, hier draufdrücken.«

Schangeleidt lächelt falsch. Er deutet auf einen Klingelknopf. Ich spüre die Kühle des Steinfußbodens, rapple mich hoch auf die Pritsche und besehe mir mein Verlies. Der weiß getünchte Raum ist fensterlos und misst vielleicht zwei mal sechs Meter.

»Hast dich richtig schön sicher gefühlt mit deinen perversen Spielchen, Hornig?«

Ich spucke aus. Eine Melange aus Blut und Speichel rinnt an meinem Kinn herunter.

»Du hast die Rechnung ohne die Qualitätskontrolle des Labors gemacht. Bei Schwarz-Weiß-Bildern achten die peinlich genau drauf, dass alles auch schön scharf ist. Und deine Fotos, Hornig, sind richtig scharf.«

»Ich w-w-will telefonieren!«

»Und ich hab dich endlich an den Eiern, Hornig.«

›Idiot‹, denke ich.

»Weißt du, was die am Holstenglacis mit Kinderfickern machen?« Schangeleidt grinst.

Ich kann mir in U-Haft einiges vorstellen, klappere aber nur mit den Zähnen und würge. Meine Erinnerung setzt wieder ein, als Schangeleidt direkt über mir steht. Blitzartig richte ich mich auf, und das Arschloch rammt mir noch mal seine Faust ins Gesicht.

»Ich kenn dich, Hornig, aber du kennst mich immer noch nicht.«

Ich taste die Wand ab, drücke auf den Notrufknopf. Zwei von Schangeleidts Kollegen eilen hinzu. Ich fühle Blut in meinem Gesicht, ein Schneidezahn wackelt, dann zeige ich mit zitterndem Zeigefinger auf Schangeleidt und sage: »Daff wa der!«

Eine Stunde später befreien mich Ada und Judith, die sich als ausgebildete Fotografin und rechtmäßige Besitzerin der beschlagnahmten Schwanz- und Baby-Bruno-Fotos ausweist. Sie verlangt deren Herausgabe mitsamt der Negative. Dann hebt sie Bruno aus seiner Kinderkarre, nimmt sein Mützchen ab, und ein Beamter vergleicht Brunos Kopf mit dem Antlitz auf den Fotos. Als alles protokolliert ist, gebe ich noch eine Anzeige wegen Körperverletzung auf.

Ada schnallt Baby Bruno auf den Babysitz im Auto und knuddelt den Kleinen ausgiebig, während Judith seine Karre im Kofferraum verstaut. Ada küsst mich sanft auf der Fahrt zum Barmbeker Krankenhaus. Neben dem Wackelzahn werden dort meine geschwollene Gesichtsmaske und ein Hämatom »durch offensichtliche Schlageinwirkung in Bauch- und Brustbereich« aktenkundig gemacht.

Und wenige Tage später bekommt PM Schangeleidt durch den Revierleiter Wiesendamm eine Rüge erteilt, mit der Androhung, im Wiederholungsfall strafversetzt zu werden.

Die nächsten zwei Wochen bleibe ich bei Ada und kuriere mich aus. Meine Freunde besuchen mich, auch Judith schaut vorbei und empfiehlt mir ein Zahnimplantat statt einer Brücke, nachdem ich sie mit meinem Provisorium angelächelt habe.

Gleich beim ersten Termin hat sich nämlich herausgestellt: Der Zahn war nicht mehr zu retten. Meine Prellungen schmerzen zwar noch etwas, aber der neu eingepflanzte Zahn macht sich richtig gut, und auch sonst bin ich bald wieder obenauf. Ada und mir geht es prächtig, und nach gut vierzehn Tagen platze ich schon wieder vor Energie.

Ende der Woche ruft morgens um acht Kurtchen bei mir an. Und kurz darauf sitze ich im 6er-Bus, der mich zu ihm in die Lange Reihe befördert. Kurtchen braucht mich zum Reden. Wegen der geplanten Hochzeit mit Sheila setzen ihm Ausländerbehörde und Bezirksamt zu.

Den Ämtern bereits vorliegende, in simplem Englisch abgefasste Papiere müssen plötzlich ein zweites Mal übersetzt und notariell beglaubigt werden. Kurtchen gibt sein letztes Geld für Sheilas Deutschkurs aus und bürgt für ihren Lebensunterhalt, denn sie darf hier nicht arbeiten.

Hinzu kommen Anwaltsgebühren, die laufenden Kosten wie Miete, Gas, Strom, unwirklich hohe Borneo-Telefonrechnungen und der Unterhalt für Berenike, die für sich entschieden hat, Sheila nicht leiden zu können. Das Schlimmste aber ist: Sheila kommt mit Hamburg, der

Ausländerbehörde, dem Klima, der Wohnung und Kurtchen selbst immer weniger zurecht.

»Sheila hat Heimweh. Sie will zurück nach Borneo.«

Ich nehme meinen Freund in die Arme. Er hat Tränen in den Augen, als sich der Schlüssel im Schloss dreht und Sheila in den Raum tritt. Sheila, die einst blühende Südseeblume, ist geknickt, und Kurtchen weiß sich und ihr nicht mehr zu helfen.

Eine halbe Stunde später, auf dem Weg zu dem Portugiesen mit dem guten Galão gleich bei Kurtchen um die Ecke, rufe ich Herrn Blümchen an, um seinen Rat einzuholen.

»Alter, gut, dass du anrufst, es ist so weit, ich komme heute noch nach Hamburg.« Herr Blümchen klingt aufgeregt und vertröstet mich wegen Kurtchens Beziehungsproblemen auf den Mittag.

»Wir besprechen alles vor Ort. Und kein Wort zu Hanna, dass ich nach Hamburg komme! Verstanden!«

Dreieinhalb Stunden später fährt Herr Blümchen mit seinem alten Geländewagen in der Hansestadt ein. Er ist in Eile. Und so kommt es, dass ich mittags um zwei mit einer Halbliterdose Astra in Herrn Blümchens Landrover vor einer Filiale der Deutschen Bank am Rödingsmarkt im Halteverbot parke und für den besten Freund und Schlagzeuger Schmiere stehe.

Herr Blümchen bleibt fast eine halbe Stunde verschwunden. Ich muss den Wagen zweimal wegfahren wegen einer Politesse, die eifrig Kennzeichen notiert und Strafzettel ausfüllt.

Herr Blümchen kommt dann angehetzt, setzt sich hinters Steuer, nimmt einen Schluck aus meiner Dose und fährt weiter zur Ost-West-Straße. Er stoppt vor der dortigen Commerzbankfiliale – wieder im Halteverbot und ohne zu verraten, was er eigentlich vorhat. Ich halte trotzdem Wache – Vertrauen gegen Vertrauen! Wozu sind beste Freunde da.

Eine weitere halbe Stunde später fahren wir bei den Landungsbrücken durch den alten Elbtunnel rüber nach Finkenwerder. Wir schweigen. Genauso haben wir es immer gehalten auf Autofahrten, seit wir vor über fünfundzwanzig Jahren das erste Mal mit meinem alten VW1600 Variant durch halb Europa gegurkt sind. Wir hörten Punk, war einer müde, schlief er hinten auf der Ladefläche. Wir fühlten uns frei, hatten Zeit, kaum Geld, und die Weite Europas tat uns gut. Hauptsache, unterwegs, nur nicht anhalten, darauf kam es an. Dieses Gefühl stellt sich heute nicht ein.

Auf der anderen Seite des Stroms stellen wir hinter Finkenwerder den Wagen ab, erklimmen den Elbdeich, schauen uns die vorbeiziehenden Schiffe an. Herr Blümchen beginnt zu reden. Er ist fertig mit sich und der Welt – und mit Hanna. Er will bloß noch weg. Leider steht der Baubeginn seines Back-Stopps unmittelbar bevor, der Kaufvertrag für das Grundstück ist längst unter Dach und Fach, und Herr Blümchen hat die Ladeneinrichtung geordert und die Back-Stopp-Website in Auftrag gegeben.

Und alle wollen demnächst Geld sehen von Herrn Blümchen. Was mich aber mehr als alles andere irritiert: Herr Blümchen hat keine Lust mehr auf Brötchenbacken, er reagiert allergisch auf Mehlstaub, und sein Fuß ist mittlerweile vollständig marode. Nicht die idealen Voraussetzungen, um eine halbe Million Euro Schulden mit Brotbacken zu tilgen.

Hanna hatte ihm bis zuletzt abgeraten, seinen Back-Stopp direkt neben der Tankstelle errichten zu lassen, die Backwaren aller Art anbietet. Herr Blümchen aber hatte sein zinsgünstiges Darlehen über hunderttausend Euro von der hessischen Landesbürgschaftsbank erhalten, und daraufhin räumten ihm auch die beiden Hausbanken im Kaff großzügige Kredite ein. Und Herr Blümchen handelte: Er ließ sich dank eines ›buchhalterischen Tricks‹, der ganz und gar nicht legal ist, die Gesamtsumme auszahlen, um, wie er sagte, die tausend Fünfhunderteuroscheine zu einem attraktiveren Zinssatz, den ihm die beiden Provinzbanken nicht gewähren wollten, als täglich verfügbares Termingeld zu parken. Dass er die halbe Million in Hamburg anlegen würde, hatte er Hanna natürlich nicht gesagt.

Herr Blümchen ist aufgekratzt und in übler Verfassung, ganz anders als bei seinem letzten Besuch. Ich finde auch, dass dieser Mann in seinem Leben genug Teig gerollt, Bleche geputzt und Kühlzellen repariert hat – jetzt ist eben der Ofen aus. Mein bester Freund ist ausgebrannt, sein kaputtes Bein heilt nicht, dem Back-Stopp würde kaum Erfolg beschieden sein, und seine Beziehung liegt in den letzten Zügen.

Am späten Nachmittag verlassen wir den Deich, und ich gebe Herrn Blümchen die Drittschlüssel für meine Wohnung.

Wir parken auf dem Kampnagel-Gelände, essen Döner bei Pamukalle, trinken Bier und gehen kurz rüber zu Adas Wohnung. Sie ist jetzt in Mutterschutz, aber nicht zu Hause. Also trotten wir zur Barmbeker Straße und steigen die fünf Stockwerke hoch zu meiner Wohnung.

»Sechsundvierzig«, ächze ich beim Stufenzählen. Ich bleibe stehen. Mein Geburtstag, es ist so weit, ich werde alt. Eine Treppe hat achtzehn Stufen, mal fünf Etagen macht das … egal. In dreißig Jahren wäre diese Treppe mehr als ein Rechenproblem.

Ich schaue auf die Uhr. Kurz nach acht. Ich schließe auf, Herr Blümchen stopft sich Lärmstoppstöpsel in die Ohren und legt sich hin. Er ist hundemüde.

Es klopft an der Tür.

»Mann, Alder, kommste mit heut Nacht? Elvis-Presley-Convention. Löllie veranstaltet, ich leg auf. Volker Spahrmann, der singende Elvis von Winterhude, macht seinen letzten Auftritt. Kulturhaus Epiphanien. Start um zehn.«

»Geht nicht, Holgi, ich muss klar bleiben und erreichbar sein, schließlich kann mein Kind jeden Tag kommen!«

»Biste jetzt Jungfrau Maria, oder was? Dein Kind? Alter,

du kommst mit, Befehl vom Rock-Gott. Ich setz dich auffe Gästeliste!«

»Danke, Holgi. Aber bei Ada kann's wirklich jeden Moment losgehen. Ich hau mich jetzt auch hin.«

»Aber nicht hier.«

»Wie, nicht hier?«

Ich schaue zur Decke. Über uns pocht es.

»Gut, dass ich die letzte Zeit bei Ada verbracht habe.«

»Alter, wart erst mal die Nacht ab. Radu dreht völlig am Rad in letzter Zeit. Hat keine Auftritte mehr, sein Kosovo-Serbien-Programm will keiner mehr sehen. Er macht mir nicht mal mehr auf. Also peil ich oben durch den Briefschlitz. Du machst dir keine Vorstellung, was bei ihm abgeht!«

»Holgi, sach schon. Was geht ab?«

»Radu hat sein Programm komplett auf den Kopf gestellt.«

»Wie? Macht er jetzt Bodenturnen?«

»Nee, er steppt auf Stelzen!«

»Radu steppt auf Stelzen?«

»Keine Spinne, Alter, das hämmert und pocht, und er steht da oben verzweifelt auf seinen Hölzern. Gestern hat er einen auf Fred Astaire gemacht. Original!«

»Und die hässliche Puppe?«

»Steppt mit, als Ginger Rogers. Die galoppieren da oben übers Parkett wie Kängurus – und steppen beide! Der spinnt voll, Alter.«

»Er muss sich doch permanent die Birne anhauen – ich mein, da sind doch massig Schrägen unterm Dach!«

»Alter, ich hab's selbst gesehen, heute trägt er 'nen Stahlhelm und Tarnkleidung, und leuchten tut er auch …«

»Der Helm?«

»Nee, Radu, er hat überall Lampen!«

»Lampen?«

»Ich hab's mit eigenen Augen gesehn. Er leuchtet. Ich peil durch den Briefschlitz, sag zu ihm: ›Hör zu, Alda‹, sag ich, ›du bist mein Freund, aber du kriegst jetzt richtig Ärger mit Holgi.‹ Und da seh ich, er leuchtet, keine Spinne – er blinkt und flackert wie ’ne Disco-Kugel. Ich sach: ›Radu, alter Spinner. Wenn du nicht aufhörst mit dem Scheiß, nehm ich dir die Stelzen weg und führ sie dir hinten ein, und zwar quer.‹«

»Und! Was sagt er?«

»›Ich muss üben, new Programm, Milo will keiner mehr sehen, seit Kosovo frei ist, ich mach Showtime‹, stammelt er. Ich sach: ›Ich komm gleich rein und mach mit dir Showtime, hast du verstanden?‹ Er sacht: ›Ich brauch new Programm für Big-bang-Surprise-Auftritt.‹ Ich darauf zu ihm: ›Alter, Big-bang-surprise-Auftritt, gut und schön. Aber Holgi muss auch mal pennen. Wenn ich noch einmal hochkommen muss, mach ich dich frisch, verstehst du?‹ Da klappt Radu den Briefschlitz in der Tür hoch, und es blinkt in allen Farben. Ich denk zuerst, der hat ja richtig Angst, wie er mich mit seinen geweiteten Augen anstarrt. Und weißte, was er sacht?«

»Nee, was denn?«

»Er sacht: ›Holgi, my idea and yours, ich mach brandneue Show – GI-Blues, shake, rattle & roll, Milo-Puppe ist jetzt Elvis – Elvis Presley 1960 in Germany.‹«

»Elvis 1960 auf Stelzen? Na, dann mal viel Erfolg«, sage ich.

Über uns erklingen wieder Klopfzeichen. Stelzenzeichen. Raduzeichen. Stelzenelviszeichen.

9. Der elektrische Reiter, Stelzen-SOS und der doppelte Kurt

Dead on arrival – Billy Idol

Herr Blümchen schläft tief und fest, ihn stört Radus Gepolter nicht. Ich stelle das Wohnzimmerfenster auf Kipp und mache mich neben ihm auf der Couch lang. Über uns pocht es, unten rauscht der nächtliche Verkehr, und ich nehme mir vor, bis zur Geburt des Kindes, so oft es geht, drüben bei Ada zu bleiben. Die blaue PopNet-Leuchtreklame gegenüber wirft ihr fahles Licht an die Wand. Mein Anrufbeantworter blinkt. Ich drücke auf Wiedergabe, das Band spult. Hannas Stimme. Sie fahndet nach Herrn Blümchen und schimpft in einem fort.

Es klopft an der Tür, Holgi kommt rein.

»Kann nicht pennen. Herrn Blümchens Frau hat gerade angerufen. Blümchen ist verschwunden …«

Holgi blickt zum Sofa auf unseren schlafenden Schlagzeuger.

»Na, das Problem wäre ja gelöst. Ich hau mich noch mal hin, Toni.«

Ich dämmere ein wenig, denke daran, dass ich dringend mehr arbeiten muss, vielleicht kann ich bei Ada in der Redaktion aushelfen. Mir ist heiß, die Augen fallen mir zu, von irgendwoher höre ich Elvis Fever singen, dann wieder klingt es, als versuche sich Metallica an Heartbreak Hotel.

Infernalischer Lärm umtost mich im Halbschlaf. Wieder Fever und jetzt Jailhouse Rock. Ich vernehme Türklingeln und Rock 'n' Roll und Tapdance gleichzeitig. Tapdance? Herrlich anzusehende weiße Lipizzaner der Spanischen Hofreitschule vollführen Kapriolen … Kapriolen, Tapdance, Hofreitschule? Ich öffne die Augen. Na prima, Radu, du hast es nicht anders gewollt. Rock-'n'-Roll-Steptanz um halb vier morgens geht gar nicht.

»Radu! Alte Ratte!«

Das TÄP-TÄP-Gehämmer geht über in Galopp.

Ich schalte das Licht an und denke, Herr Blümchen muss 'ne Überdosis Schmerztabletten intus haben, wenn er bei dem Lärm pennen kann. Ich stehe auf, wanke am Bad vorbei, mache die Wohnungstür auf. Holgi in seinem Schlafanzug mit applizierten Elvis-Porträts wartet bereits im Flur. Wortlos erklimmen wir die Treppe nach oben zum albanischen Rock-'n'-Roll-Reiterhof.

Hier oben ist der Lärm unerträglich. Dreht Radu jetzt vollends durch? Ich läute, Holgi hämmert mit der Faust gegen die Tür. Dann spähe ich durch den Briefschlitz. Tatsächlich. Bunte Lichter blinken rhythmisch am Ende des Flurs.

Als ich mich umdrehe, ist Holgi verschwunden. Ich krähe durch den Briefschlitz: »Radu, mach auf!«

Stattdessen nimmt der irre Kosovare aus Ipswich Fahrt auf.

TÄP, TÄP! TÄP, TÄP!

»Mach ma' Platz!«, trötet es blechern vom Treppenabsatz. Holgi hält ein Megafon vor dem Mund und eine Druckluftfanfare in der Hand! Radu ist offenbar wieder auf seine Stelzen gestiegen, wechselt die Gangart und galoppiert zu That's alright, Mama den Flur auf und ab.

Holgi presst das Megafon an den Briefkastenschlitz und schaltet den Verstärker ein. Das nebelhornartige Gerät pfeift und rückkoppelt. Mit der anderen Hand lässt Holgi das druckluftbetriebene Signalhorn aufheulen.

TRRRRÖÖÖÖÖÖÖÖÖÖÖÖÖÖÖÖÖÖÖÖÖT!

Eine infernalische Druckwelle ergießt sich in Radus Wohnung, gefolgt von Gepolter, dann ein lautes Krachen. Anschließend ist es still. Ich peile durch den Briefschlitz. Am Ende des Flurs blinkt es noch immer. Offenbar ist Radu aus dem Tritt gekommen und gestrauchelt.

»Hast du genug?«, kräht Holgi mit dem Megafon durch den Briefschlitz. Vom anderen Ende des Flurs hören wir ein Stöhnen.

»Probe is' vorbei, Alter«, sagt Holgi. Ich drehe mich um. Neben uns steht die alte Frau Menzel aus dem Vierten und ringt nach Luft. Sie trägt einen Morgenmantel und Hausschuhe, unterm Arm hält sie eine abgewetzte Aktentasche.

»Is' was mit die Gasheizung passiert?«

»Alles in Ordnung, Frau Menzel! Wir haben das im Griff«, sagt Holgi und zeigt auf sein Megafon und die Druckluftfanfare, »gehen Sie mal ruhig wieder schlafen.«

»Da bin ich aber beruhigt. Ich dacht schon, es ist was explodiert.«

»Alles im grünen Rahmen, Frau Menzel.«

»Dann gute Nacht noch.«

»Ihnen auch, Frau Menzel.«

Jetzt herrscht Ruhe im Haus. Unsere Nachbarin tapert nach unten, Holgi verschwindet in seiner Kemenate und ich in meiner.

Das Telefon läutet, ich nehme ab.

»Ist Blümchen bei dir?«

»Hanna. Hast du mal auf die Uhr geguckt?«

Ich schaue zum Sofa. Herr Blümchen liegt immer noch im Tiefschlaf.

»Das passt so gar nicht zu ihm. Ich mach mir Sorgen.«

»Schlaf erst mal, Hanna. Ich meld mich, sobald er hier auftaucht«, lüge ich und vernehme über mir leises Schaben und Pochen.

»Wenn Carl bei dir ist, kannste ihm sagen, von mir aus braucht er sich auch gar nicht mehr blicken zu lassen!«

»Ach, Hanna!«, seufze ich.

»Alfred und der Stift sind seit zwei Uhr in der Backstube am Rödeln, meine Bandscheibe ist wieder kaputt, wir haben Schulden ohne Ende, und dein Busenfreund macht sich aus dem Staub! Ich versteh ihn einfach nicht.«

Hanna legt auf. Ich bette mich mit Klamotten hin und versuche zu schlafen.

Da ist es wieder: ein Schaben und Kratzen.

DENGEL! DENGEL! DENGEL!

Metall auf Metall. Die Geräusche kommen eindeutig von oben. Das klingt nach Radu, denke ich und versuche einzudämmern.

– – – DENGEL! – – – – – – DENGEL! – – – DENGEL! – – – – –

DENGEL! DENGEL! DENGEL!

Ich zähle mit. Dreimal kurz, dreimal lang, dreimal kurz.

Und wieder • • • – – – • • •

Ganz klar, SOS, sinniere ich im Halbschlaf. Es folgen lautes Poltern, Pochen und ein Klopfen.

Ich stehe auf und öffne die Tür. Vor mir steht wieder Frau Menzel, immer noch im Morgenmantel.

»Herr Hornig, dieser Krach vorhin, ich hatte man besser die ...«

»Krach?«, sage ich schlaftrunken. »Was für ein Krach?« Ich reibe mir die Augen. Aus dem Dunkel des Treppenhauses treten zwei Männer hervor.

»Hornig! Das hätte ich mir denken können!« PM Schangeleidt schaut resigniert.

»Ich hab man besser die Schutzleute angerufen.«

»Warum das denn, Frau Menzel?«, höre ich mich sagen.

»Ich hab das den Herren auch gesagt, dass Sie die Gasheizung oben schon wieder repariert haben!«

DENGEL! DENGEL! DENGEL!

– – – DENGEL! – – – – – – DENGEL! – – – DENGEL! – – – –

DENGEL! DENGEL! DENGEL!

»Was ist das?« PM Schangeleidt blickt sich nervös um. Ich zucke mit den Schultern. Frau Menzel schaut nach oben.

»Klingt nach Metall, Eisen!« Schangeleidts Kollege folgt ihrem Blick.

»Hornig. Was hast du hier wieder am Laufen?«

»Was – wollen – Sie – von – mir?«

»Ich hab dich gewarnt, Hornig.«

DENGEL! DENGEL! DENGEL!

Schangeleidt steigt langsam die Treppe nach oben.

»Übrigens, Hornig! In der Nacht auf Sonnabend trete ich meinen ersten Dienst an neuer Wirkungsstätte an«, sagt Schangeleidt.

»Neue Wirkungsstätte? Was denn für 'ne Wirkungsstätte?«, frage ich.

»Die haben mich nach Altona versetzt«, kläfft PM Schangeleidt von oben aus Stockwerk sechs runter.

»Das habe ich dir zu verdanken, Hornig!« Schangeleidt beugt sich übers Treppengeländer; ich kann erkennen, dass sein linkes Auge zuckt.

»Nun mal halblang, Kollege, das haben Sie sich schon selbst zuzuschreiben«, mischt sich der andere Polizist ein. Und zu Frau Menzel gewandt: »Der Kollege Schangeleidt hat wirklich viel Pech gehabt in letzter Zeit.«

»Pech?«, brüllt Schangeleidt. »Das war kein Pech, und wenn, dann hat das Pech einen Namen – Hornig!« Schangeleidt zeigt mit dem Finger auf mich.

»Ist das d e r Hornig?«, flüstert der zweite Polizist.

Schangeleidt nickt und lehnt sich weit über die Brüstung zu uns herunter. Ich sehe, dass das Zucken auch sein rechtes Auge befallen hat.

»Meine Versetzung hat aber auch ihr Gutes«, sagt er. »Denn ab morgen, Hornig, werde ich dich nicht mehr wiedersehen!«

DENGEL! DENGEL! DENGEL!

Schangeleidt springt mit einem Satz zur Tür.

»Hier stimmt etwas ganz und gar nicht!«

Sein Kollege eilt die Stufen hoch zu Radus Wohnung. Ich klingle bei Holgi, der sofort öffnet und mich fragend ansieht.

»Scheiße, Alter«, flüstere ich und denke an das gemorste

SOS. »Irgendwas läuft hier falsch!«

»Los, nach oben!«

Holgi und ich stürmen treppauf.

Schangeleidt poltert mit der Faust gegen Radus Tür.

»Polizei. Machen Sie die Tür auf!«

Schangeleidt bückt sich, lugt durch den Briefschlitz.

»Da drin blinkt es!«

Schangeleidts Kollege macht sich auch krumm und späht ebenfalls durch den Schlitz.

Kehliges Stöhnen dringt von der anderen Seite der Tür zu uns. Schangeleidt trommelt unbeirrt weiter gegen den Türkasten.

»Mir gefällt das gar nicht.« Schangeleidt überlegt.

»Help me! Please, Toni!«, jammert eine Stimme von drinnen.

Schangeleidt schaut mich fragend an.

»Toni, das bist du doch?«

»Was kann ich dafür, wenn er nicht aufmacht?«, sage ich.

»Help«, tönt es leise von innen.

»Du verdammter Punk hast wieder ein Ding laufen.«

PM Schangeleidt zückt seine Dienstwaffe, richtet den Lauf auf mich, dann auf Radus Türschloss, wendet den Kopf ab und feuert zweimal.

Er stößt die Tür auf, betritt den Flur. Sein Kollege, Holgi, Frau Menzel und ich folgen. Aus dem Wohnraum am Ende des Flurs blinken farbige Lämpchen.

»Ogoddogodd«, sagt Frau Menzel und hält sich die Hand vor den Mund. Auch mir schwant nichts Gutes bei dem Anblick.

Radulescu Ursu schwebt etwa einen Meter über dem Boden. Die Lichter zucken gespenstisch.

»Gütiger!«, entfährt es Schangeleidt.

Aus Radus Tarnanzug sickert Blut. Er trägt noch immer einen Stahlhelm und hängt beinahe mittig auf der bronzenen Menora am Ende des großen Wohnraums. Sein Körper ist durchbohrt von den metallenen Kerzenhaltern. Gedärm quillt ihm aus dem Bauch. Die Glühlampen blinken rhythmisch rot, grün, gelb, blau, weiß. Die Kerzen auf den beiden äußeren Armen des massiven Leuchters sind nahezu heruntergebrannt, zwei metallene Dorne ragen aus dem Wachs. Auf dem Parkett liegt eine Stelze. Die andere hält Radu umklammert. Ich gehe zu ihm.

»Toni, my new Show, GI-Blues, ich muss üben …«

»Sag nichts, Radu.« Ich streiche ihm sanft mit der Hand über das fettige Resthaar.

PM Schangeleidt ruft per Funk einen Rettungswagen und versucht die Situation angemessen zu schildern. Mir fällt ein, dass man Motorradfahrern nach einem Unfall auch nicht den Helm vom Kopf ziehen soll, damit das Gehirn an Ort und Stelle bleibt. Was also tun?

Keiner von uns macht Anstalten, Radu aus seiner misslichen Lage zu befreien. Er sieht mich an.

»Ich sterbe.«

»Du stirbst nicht«, sage ich. Holgi und ich beugen uns zu ihm runter, Radu spricht sehr leise.

»Adä und ich, wir hatten …«

»Sag nichts, Radu«, flüstere ich und berühre sein schmerzverzerrtes Gesicht.

»Pass auf sie auf – und auf das Baby, Toni. Ich verlass …«

Radu bricht mitten im Satz ab. Jetzt erst nehme ich die Puppe wahr. Milos blutverschmierter Kopf sieht nicht mehr aus wie der von Slobodan Milosevic, sondern ist mit einer schwarzen, pomadisierten Haartolle und breiten Koteletten versehen. Der kleine Puppenkörper steckt in einem weißen Overall mit silbrig glitzernden Paillettenapplikationen. Und darin stecken zwei metallene Dorne des Leuchters, umgeben von Radus Gedärm.

Frau Menzel schüttelt den Kopf, Holgi wendet sich ab. Radu muss sich die Lichterkette um den Leib gewickelt haben. Die Lämpchen blinken weiter ohne Unterlass, einem unhörbaren Techno-Rhythmus folgend. Ich muss an den elektrischen Reiter in einem Film aus den Siebzigern denken, in dem Robert Redford einen Cowboy spielt, der auch blinkt, allerdings nicht in Spektralfarben, bloß weiß. Ich nehme Radu behutsam die Stelze aus der Hand, mit der er so heftig auf das Heizungsrohr geklopft haben muss, dass an einigen Stellen die Farbe abgeplatzt ist. Ein rechteckiger weißer Kasten ragt aus Radus Hosentasche.

Dann geht alles ganz schnell. Schangeleidt wirft sich zu Boden und schreit »Nein!«, als Radu das verkabelte Plastikteil herauszieht und auf einen der beiden Plastikknöpfe des kleinen Schaltmoduls drückt: Augenblicklich erlöschen die Lämpchen, und blechern erklingt die Melodie von Jingle Bells.

Radu lacht irre, er hat Blut im Mundwinkel und lacht, erst leise, dann immer lauter. Schangeleidt rappelt sich hoch. Ich ziehe an einem der beiden Kabel und blicke in das blutbesudelte, leblos grimassierende Antlitz von Elvis-Milo, der Bauchrednerpuppe, die Radu bei seinem Sturz vielleicht das Leben gerettet hat.

Radu lacht schallend. Ich drücke wahllos auf dem Schaltmodul herum, und der Plastikkasten intoniert nacheinander Rudolph the red-nosed reindeer und I wish you a merry Christmas.

»Nimm die Batterie raus«, befiehlt Holgi.

Ich öffne das kleine Plastikbehältnis und löse die 1,5-Volt-Batterie heraus.

»Shit, Toni ...«

PM Schangeleidt wendet sich an Radu und zeigt auf mich.

»Hat der da was damit zu tun? War das ein Attentat?«

Weit hinten über Steilshoop geht die Sonne auf, ein Rettungswagen jagt mit Blaulicht die Weidestraße hinauf. Heute ist Freitag, und morgen habe ich Geburtstag. Frau Menzel tritt neben mich und sagt wieder: »Ogoddogod!«

Hinter Frau Menzel taucht Herr Blümchen auf. Er sieht verschlafen aus. Als er die beiden Polizisten bemerkt, macht er auf dem Absatz kehrt und läuft wieder treppab.

Radu wird von Sanitätern mitsamt der Menora, die mit ihm zusammen aussieht wie ein gigantischer Grillspieß, durch das Treppenhaus abtransportiert.

Frau Menzel, Holgi und ich fahren zusammen mit PM Schangeleidt und seinem Kollegen im Streifenwagen auf die Polizeiwache zum Wiesendamm. Wir machen unsere Aussagen, und mich beschleicht das Gefühl, Schangeleidt würde mich am liebsten an Ort und Stelle lynchen.

Gegen acht Uhr morgens erfahren wir, dass Radulescu Ursu ins Krankenhaus Barmbek gebracht wurde. Sein Magen und Dünndarm seien arg in Mitleidenschaft gezogen, und seine Handpuppe habe ihm letztlich das Leben gerettet.

Später vernehmen uns zwei Kriminalbeamte. Sie stellen Fragen wie in einem Spionagethriller. ›Wussten Sie, dass Radulescu Ursu politisch aktiv war? Was hat er zu Ihnen gesagt? Welche Personen haben Sie zusammen mit Radulescu Ursu gesehen? Hat er in Ihrem Beisein von Bin Laden gesprochen?‹ Ich sage bloß, ich wisse gar nichts, und weise darauf hin, dass meine Freundin ein Kind erwartet und ich dringend los muss.

Als wir dann gehen dürfen, werden wir Zeugen der Verabschiedung von PM Schangeleidt, die darin besteht, dass der Revierleiter seinem geschassten Untergebenen dankt und Glück am Revier sechzehn in Altona wünscht. Jetzt wird alles besser, hoffe ich. Es ist nicht gut, in seinem Stadtteil einen Polizisten zum Feind zu haben.

Offenbar ist gerade Schichtwechsel; Schangeleidt packt seine Sachen in eine Aktentasche, und Holgi, Schangeleidt, Frau Menzel und ich verlassen gemeinsam die Wache.

Ich sehe als Erstes bei Ada vorbei und überzeuge mich davon, dass meine Liebste den Umständen entsprechend wohlauf ist.

Der Mutterschutz tut ihr gut, und sie beruhigt mich, ich solle mich um meine Freunde kümmern und mir keine Sorgen um sie machen, der Stichtag sei ja erst in zwei Wochen.

Vor unserem Haus in der Barmbeker Straße stehen zwei Polizisten, bei denen Holgi und ich uns ausweisen müssen. Auf unserer Etage hat die Polizei den Treppenaufgang zu Radus Wohnung mit rotweißem Plastikband versperrt.

Herr Blümchen taucht um die Mittagszeit auf, als der Zugang zum Haus wieder frei zugänglich ist. Er hat Kurtchen und Sheila im Schlepptau, die sich bei mir auf dem Sofa niederlassen. Herr Blümchen hat von Frau Menzel erfahren, dass Radu seit Jahren von der Polizei beobachtet wurde, weil er früher im Kosovo gekämpft und Bin Laden gekannt haben soll. Holgi reicht mir ein Bier, stellt seine Dose auf dem Couchtisch ab, dann lässt er sich neben Sheila und Kurtchen fallen.

Herr Blümchen räuspert sich. »Wisst ihr eigentlich, dass wir heute auf den Tag genau vor dreißig Jahren Remo Smash gegründet haben?«

»Scheiß drauf«, sagt Holgi leise.

»Wie, scheiß drauf? Wir sind seit genau dreißig Jahren 'ne Band, und da scheiß ich nicht drauf!«, erwidert Herr Blümchen. »Und wer weiß, ob wir jemals wieder zusammenkommen?«

Kurtchen hat den Blick trübe auf seine Sitznachbarin gerichtet. »Leute, Sheila und ich werden nicht heiraten.«

»Nicht heiraten? Warum das denn? Ich meine, du liebst sie doch«, sage ich.

»Ja, ich liebe Sheila!«, jammert Kurtchen.

Sheila beginnt zu weinen.

»Und? Wo ist dann das Problem?«, sagt Holgi.

»Sheila will nach Hause!«

»In die Südsee?«

Kurtchen nickt.

»Das kann sie nicht machen«, sagt Holgi, »wenn du sie wirklich liebst.«

»Das Mädchen hat eben Heimweh!«, sagt Herr Blümchen.

»Körtschen is a nice guy, but I can't stay any longer!«, schluchzt Sheila.

»Und? Was habt ihr jetzt vor?«, erkundige ich mich.

»Ich habe einen Plan«, sagt Herr Blümchen und gibt mir meinen Wohnungsschlüssel zurück. Ich stecke den Bund ein und beobachte Kurtchen.

»Blümchen wollte, dass ich meinen Reisepass einstecke, bevor wir zu dir kommen«, greint Kurtchen.

»Wozu brauchst du schon wieder deinen Reisepass?«, frage ich. »Willste etwa wieder nach Borneo?«

»Und Berenike hier bei ihrer Mutter zurücklassen?«, empört sich Holgi.

»Nein. Aber alleine kann Sheila nicht zurück, sie würde zu Hause ihr Gesicht verlieren!« Kurtchen ist den Tränen nahe.

»Hört mir doch einfach mal zu«, sagt Herr Blümchen.

»Mann, außerdem bin ich so was von pleite«, klagt Kurtchen weiter und sieht Sheila an. Ich reiche beiden eine Papierserviette. Sheila schnäuzt sich die Nase.

»Wisst ihr, Berenike kommt auch nicht klar mit Sheila. Versteht ihr?«

»Oha«, sagt Holgi. »Und jetzt willste für Sheila deine Tochter hier im Stich lassen?«

Herr Blümchen zieht missmutig eine Braue hoch, schüttelt den Kopf und geht zum Kühlschrank.

»Das erste Problem ist, ich hab Sheila damals ein One-way- Ticket geschickt, und ich hab echt null Geld, dass sie jetzt wieder nach Hause fliegen kann!«, jammert Kurtchen.

»Und was ist das zweite Problem?«, frage ich. Kurtchen zögert und schaut seine Liebste aus Borneo an.

»Sheila liebt mich nicht.«

Wir schweigen. Herr Blümchen stellt frische Dosen auf den Tisch.

»Schluss jetzt mit dem Rumgejammer, hört mir doch bitte einmal zu: Regarding Sheila's return flight ... Ein bisschen Luftveränderung würde mir sicher auch guttun! Ich habe mit Sheila gesprochen, und sie wäre einverstanden.«

»Mit was?«, fragt Kurtchen.

»Ich werde Sheila für dich nach Hause bringen«, sagt Herr Blümchen und nimmt einen kräftigen Schluck.

»Du?«, frage ich. »Was willst du denn in Borneo?«

Herr Blümchen schlägt mit der flachen Hand auf das T-Shirt über seinem prall gespannten Bauch.

»Habt ihr 'ne Ahnung, was sich hier drunter befindet?«

»Deine Wampe, was sonst.«

Herr Blümchen tätschelt mit der Hand seinen Bauch. »Nein, Holgi. Nicht nur Bier formte diesen Körper. Ich hab hier fünfhunderttausend Schleifen drin, Cash, Fünfhunderter und Hunderter! Eine halbe Mio, fünfhundert Riesen! Vor euch steht Carl Blum, aka Herr Blümchen alias Doppelzett, und ich werde spätestens ab morgen per internationalem Haftbefehl gesucht ...«

»Hast du was mit Radu zu tun, ich meine Bin Laden, Terroristen und so?«, entfährt es Holgi.

»Quatsch. Ich fliege noch heute nach Borneo! Mit Sheila und Kurtchens Reisepass.«

»Warum denn mit meinem Pass?«, empört sich jetzt Kurtchen.

»Ich, ehemals Blümchen und Doppelzett, bin ab jetzt Kurt Reich, und ich benutze deinen Pass, damit ich als du fliegen kann. Gib mal her, das Teil.«

Kurtchen kramt das dunkelrote Dokument aus seiner Jackentasche.

»Und wer bin ich dann?«, winselt er.

Herr Blümchen durchblättert den Pass.

»Hier sind die Stempel von deinem Borneo-Urlaub. Das Visum gilt noch. Und ein neues kann ich mir in Asien besorgen, verstehste!«

Sheila lächelt Herrn Blümchen an.

»Und was wird mit ihr?«

»Ich bringe Sheila als Kurtchen Reich nach Hause. Meint ihr, ich komm damit durch den Zoll?« Herr Blümchen tippt auf das Passbild.

»Ich finde, das sieht dir schon irgendwie ähnlich«, sagt Holgi. Wir vergleichen Kurtchens Passbild mit Herrn

Blümchens leibhaftigem Konterfei.

»Ich weiß nicht!«, sagt Kurtchen.

»Haste 'ne Bank überfallen, oder wo haste das viele Geld her?«, will Holgi wissen.

Herr Blümchen lächelt breit. Er schiebt sich langsam das T-Shirt hoch, öffnet den Reißverschluss eines prall gefüllten hautfarbenen Geldgürtels und holt ein Bündel Geldscheine hervor.

»Geld regiert die Welt.« Herr Blümchen drückt Kurtchen einen abgezählten Stapel Scheine mit Banderole in die Hand. »Für deinen Pass – und das Alibi, das ich von euch brauche!«

Kurtchen starrt ungläubig auf das Bündel und lässt es in seiner Hosentasche verschwinden. Dann zählt Herr Blümchen vier Hunderter ab und reicht sie mir.

»Das, Anton Hornig, ist das Honorar für deinen ersten Artikel, den ich für dich an die Rundschau gefaxt habe.« Herr Blümchen kramt einen weiteren Stapel Scheine hervor.

»Und das Geld gebt ihr Radu, damit er wieder auf die Beine kommt!«

Gemeinsam gehen wir rüber zur Bushaltestelle in der Jarrestraße. Holgi plant, denselben Bus zu nehmen und Radu im Barmbeker Krankenhaus zu besuchen, um ihm von uns allen gute Besserung zu wünschen. Kurtchen setzt sich auf den Rollkoffer von Herrn Blümchen, er will Sheila und Herrn Blümchen zum Flughafen begleiten. Der Bus biegt in die Jarrestraße ein. Ich küsse Sheila zum Abschied auf die Wange und drücke Herrn Blümchen an mich.

»Remo Smash forever! Aber den nächsten Bandgeburtstag feiern wir richtig«, sagt Herr Blümchen.

»Fragt sich nur, wo.«

»Alles Gute für dich und Ada. Besucht mich bald – und zu niemandem ein Wort«, sagt Herr Blümchen, als er mit Sheila in den Bus zum Flughafen steigt.

»Alter, pass auf dich auf!«, rufe ich und winke Herrn Blümchen und Sheila, Kurtchen und Holgi nach. Kurtchen und Holgi winken nicht zurück.

Aus dem Kampnagel-Casino kommen mir eine blendend aufgelegte Ada und meine gute Freundin Judith mit Baby Bruno in der Kinderkarre entgegen. Ada strahlt mich an, und sogar Bruno lächelt, als er mich sieht.

»Ada!«, freue ich mich. »Ich liebe dich!«

»Und ich dich erst, Toni!«

»Du glaubst nicht, was Herr Blümchen vorhat«, lege ich los, halte aber sofort den Mund, als mir einfällt, was ich Herrn Blümchen versprochen habe.

»Lass mal, Toni, erzähl mir lieber, wie das mit Radulescu passieren konnte.«

10. Fruchtwasser, zwei zuckende Augen und ein dreifacher Geburtstag

Happy Kid – Nada Surf

Ich bleibe den Abend bei Ada und nehme mir vor, das ganze Wochenende, ach was, mein ganzes künftiges Leben mit meiner Liebsten und unserem Kind zu verbringen. Im Bett streichle ich Adas Bauch und sage dem Baby Gute Nacht, das mit einem heftigen Tritt gegen die Bauchdecke antwortet. Gegen elf schlafen wir drei eng aneinandergeschmiegt ein.

»Steh auf, Anton!«, faucht Ada und rüttelt an mir. Mitternacht ist lange vorbei, ich bin todmüde, denn ich habe die letzten Tage kaum geschlafen.

»Alles gut, Schatz?«, stammle ich verschlafen und pule mir die Lärmstoppstöpsel aus den Ohren.

Ada schaut zur Uhr, dann küsst sie mich auf den Mund.

»Herzlichen Glückwunsch zum Geburtstag, Toni! Und jetzt hoch mit dir: Das Kind will raus!«

»Was?«

Ich schrecke von Adas Futon hoch. Unser Kind beabsichtigt also, mindestens eine Woche zu früh, an meinem Geburtstag und dem von Barbra Streisand und Captain Sensible von The Damned, zur Welt zu kommen. Nichts wie rein in die TCM-Unterhose, TCM-Socken übergestreift; ich schlüpfe in eine weite Jeans, ziehe meine Turnschuhe an, streife mir T-Shirt und eine kuschelige Hemdjacke über, die Ada so gern mag. Sicher wird sich für Ada in den kommenden Stunden manche Gelegenheit bieten, die eine oder andere Wehe in meine Schulter hineinzuatmen.

Ich blicke auf die Uhr in der Küche. Ein Uhr dreißig, eine Kackzeit, um ein Kind zu kriegen. Na gut, aber im Geburtshaus tanzen wir ja sicher sowieso noch stundenlang Rai mit Seidentüchern in der Hand. Erst mal Ruhe bewahren, Toni. Ich schaue mich um. Ada ist im Badezimmer verschwunden.

Die Nacht ist still und friedlich, weder Frost, Regen, Hochwasser, Schnee noch Aprilstürme werden uns die Geburt verhageln. Und heute ist mein Geburtstag!

»Ich hol das Auto!«, rufe ich.

Ada steht im Flur und atmet flach. Ihr Bauch ist gigantisch angeschwollen, das Kind ist folglich noch an Ort und Stelle. Kein Grund zur Beunruhigung, denke ich und blicke auf eine Pfütze, die sich unter Ada auf dem Boden gebildet hat.

»Putz das weg«, ruft Ada.

»Was ist das …?«

»Putz das weg«, keucht sie. Ich werfe mich mit einer Rolle Zewa auf den Boden und wische, was das Zeug hält.

»Jetzt kannst du das Auto holen. Ich rufe Dörthe an!«

Ich spurte die Jarrestraße runter, am Rambatzweg rechts vorbei in den Jolassestieg. Ich rutsche aus und bleibe der Länge nach auf dem Bürgersteig liegen. Sch … e, schießt es mir durch den Kopf, so flutschig ist keine Bananenschale!

Ich hieve mich an der Tür von Adas Wagen hoch, ziehe den nach Hundekot stinkenden Schuh aus und stelle ihn auf das Mäuerchen am Bürgersteig, zwischen den Eingang eines kleinen Schuhmacherladens und dem Kiosk. Wo ist der verdammte Autoschlüssel? Nix wie rein in die Karre und ab dafür.

Ich setze in den Glindweg zurück. Ada steht schon in der Haustür, als ich am Gehsteig anhalte – die Tasche fürs Geburtshaus hat sie neben sich abgestellt. Jede Sekunde zählt, denke ich, bloß locker bleiben, Toni. Mir schwindelt.

»Ruhig Blut, Toni, tu einfach, was sie dir sagt«, raunt das Schlechte Gewissen, das sich lange nicht mehr gemeldet hat.

Ich springe aus dem Wagen und hüpfe auf einem Fuß Ada entgegen. Wie Jabba the Hutt schiebt Ada ihren massigen Körper gemächlich in Richtung Auto.

»Warum hast du nur einen Schuh an?«

Ich öffne ihr den Schlag, schiebe den Beifahrersitz weit zurück und bugsiere Ada hinein. Dann nehme ich Platz und kurble Adas Rückenlehne nach hinten.

»Meine Tasche!«

Ich springe wieder raus, schnappe Adas Tasche und wuchte sie auf den Rücksitz. Obenauf liegen neben einer Brottüte eine Schwangeren-Yoga-CD, auf der groß Rai steht. Gütiger Gott, lass es eine schnelle Geburt werden, ohne Orient-Pop und wallende Seidentücher.

»Ich habe einen Blasensprung«, keucht Ada.

»Und das eben war Fruchtwasser?«

Ich bin entgeistert. Heißt das nicht, auf der Stelle flach hinlegen und den Rettungswagen rufen?, erinnere ich Dörthes Worte aus dem Geburtsvorbereitungskurs. Nicht die 110, »denn die bringen dich ins nächstbeste Krankenhaus«, hatte Dörthe gewarnt. Nein. »Krankentransporter – 19 027 –, denn nur unter dieser Nummer fährst du ins Spital deiner Wahl.«

»Anton! Fahr jetzt los!«

Und wie ich fahre. Ada schüttelt sich, aber vielleicht ist es bloß das Kopfsteinpflaster, das die Wehe so heftig macht.

»Aaah.« Ada schreit, sie liegt beinahe im Sitz und krümmt sich. Ich überfahre Ampel Nummer eins bei Vollrot und zähle die Intervalle zwischen zwei Wehen, als wir die Esso-Tankstelle an der Barmbeker Straße passieren – … siebzehn, achtzehn, neunzehn.

»Aaah, Maxi-Cosi!«, stöhnt Ada.

»Von mir aus auch Maxi-Cosi! Hauptsache, nicht Marvin, Marlon oder Justin«, antworte ich.

»Der Maxi-Cosi. Du hast den Tragesitz vergessen. Zurück.«

Ich bremse ab und wende den Wagen.

»Den Mutterpass haben wir auch nicht.«

»Shit!«

»Und zieh dir bitte einen zweiten Schuh an!«

Ich stoppe vor Adas Haustür und hüpfe in ihre Wohnung – Maxi-Cosi, Mutterpass – und vom Küchentisch noch Bananen und die Wasserflasche, falls die Geburt vielleicht doch zwanzig Stunden dauert.

Mit Schuh Nummer zwei wird es allerdings nichts. Der steht eine Straße weiter und stinkt still vor sich hin. Zeit, den Hundekotschuh zu bergen und zu säubern, haben wir definitiv nicht, und so hopple ich einfüßig wieder treppab zum Auto.

»Hast du alles?« Ada stöhnt und krümmt sich.

»Mach jetzt bloß kein' Scheiß, Alter!«, warnt mich das Schlechte Gewissen.

Wieder ruckeln Ada, das Baby und ich über das gepflasterte Straßengeläuf. Die nächste Wehe trifft Ada mit voller Wucht. Sie brüllt, und ich schlage vor, besser doch das UKE anzusteuern, weil das Krankenhaus in Eppendorf erheblich schneller zu erreichen ist als das Geburtshaus am anderen Ende der Stadt. Ada will davon nichts wissen; sie umklammert ihren Mutterpass und ruft: »Fahr, Toni, fahr!«

»Ada, ich …«

»Du tust, was ich dir sage«, faucht Ada, bevor sie von einer neuerlichen Wehe erfasst wird. Wieder brausen wir an der Esso-Tankstelle vorbei, weiter über den Winterhuder Marktplatz, bei Rot überquere ich den Eppendorfer Markt in Richtung Ring 2. Ebenfalls bei Rot geht es auf die Breitenfelder Straße. Wenige Menschen sind zu dieser frühen Stunde unterwegs. Ich überhole eine Taxe, Ada bäumt sich auf, und der Taxifahrer sieht rüber zu einer schreienden, auf- und niedersinkenden weiblichen Person mit verzerrten

Gesichtszügen. Ich lächle schwach, zucke mit den Schultern und wische mir Schweißtropfen von der Stirn.

Es ist jetzt zehn vor zwei, und ich zähle Sekunden. Zweiundzwanzig. Die Einschläge kommen näher. Der nächste Schrei und die nächste Ampel. Schon wieder Rot. Egal, Kette!

Die Kreuzung Gärtnerstraße–Hoheluftchaussee queren wir bei Grün, weiter an der Osterstraße vorbei und über die Fruchtallee. Ich atme durch. Ruhe bewahren, Toni. Ada kauert im Sitz und wimmert, ich drehe ihre Rückenlehne ganz nach hinten.

»Wann sind wir da?«

»Oje oje«, sage ich. »Ist nicht mehr weit. Gut machst du das!«

»Diese Schmerzen, wie soll das nachher erst … aaahhhh.«

»Oje oje«, wiederhole ich gebetsmühlenartig. »Ist nicht mehr weit. Gut machst du das!«

Ada gräbt die Fingernägel ihrer linken Hand in das Fleisch meines rechten Arms.

»Wenn du noch einmal ›oje oje‹ sagst, steige ich aus und gebäre hier – auf der Straße, hast du verstanden?«

Also fahre ich noch einen Zacken schneller.

»Aaaahhh.«

Wir passieren die Neue Flora und haben Altona erreicht, als mir ein gedankenverlorenes »Oje oje, ist nicht mehr weit!« entfährt.

Ada reißt an meinem Arm: »Ich mein das verdammt ernst, Toni!«

Okay. Meine Lippen sind ab jetzt versiegelt, schwöre ich mir und versuche mich auf den Verkehr zu konzentrieren, denke aber »oje oje«, als wir die Kreuzung Holstenstraße–Max-Brauer-Allee bei Vollrot überqueren und dabei zügig einen Streifenwagen überholen. Jetzt ist es wirklich nicht mehr weit, was ich, verbunden mit einem leider laut gedachten ›oje oje‹, Ada mitteile, die zum Glück von einer Wehe abgehalten wird, auszusteigen oder mich ihre Krallen spüren zu lassen. Von dem Polizeiwagen hinter uns sage ich

Ada nichts. Hier geht es ums nackte Überleben, gelebte Schöpfungsgeschichte sozusagen, was scheren mich da schreiende Frauen, rote Ampeln oder Polizeiautos! Zumindest die letzten beiden haben ja mit Evolution und dem großen Gottesplan ohnehin nichts zu tun.

Im Auto hinter mir denkt man offenbar anders darüber, denn der Streifenwagen setzt den Blinker und zum Überholen an. Bestimmt muss ich gleich anhalten, aussteigen, Alkoholteströhrchen vollpusten, die Hände aufs Dach legen, Führer- und Fahrzeugschein abgeben, und dann?

›Ist der Herr vielleicht farbenblind?‹, werden sie fragen, und: ›Warum schreit die dicke Frau eigentlich so, hat die was genommen?‹ ›Nein‹, werde ich mich rausreden, ›die dicke Frau kriegt ein Kind.‹ Aber was, wenn ich und Ada mit aufs Revier müssen? Unser Kind würde von einem Polizisten, der vielleicht vor Jahren mal einen Ersthelferkurs absolviert hat, auf einer schmutzigen Pritsche ans Licht der Welt gezerrt werden. Nein, das werde ich zu verhindern wissen.

Der Streifenwagen überholt nicht, fällt ein Stück zurück, bleibt aber hinter uns. Wahrscheinlich checken die Bullen per Funk Adas Kennzeichen, Name, Adresse und ob sie Terroristin, Dealerin oder wir beide Bonnie und Clyde sind. Die Ampel bei Toom am Altonaer Bahnhof zeigt Grün, und unser Konvoi rauscht über die Kreuzung.

Ich versuche mich zu orientieren. Jetzt nicht die Erste rechts in die Lobuschstraße, die Zweite isses, locker bleiben, Toni. Bis zur Ecke Alte Königstraße, Ottenser Marktplatz, dann am Rathaus vorbei mit dem ollen Klopstock auf dem Podest, das Bezirksamt hinter uns lassen und gleich wieder rechts rein von der Bahrenfelder, flugs Scheinwerfer aus und – ›Mein Maserati fährt zweihundertzehn, schwupp, die Polizei hat's nicht gesehen‹ – ab durch die Toreinfahrt, und schon wären wir da: Am Felde 22, im Geburtshaus Altona. Und hat Dörthe damals beim Vorbereitungskurs nicht gesagt: ›Ihr könnt gerne im Hinterhof parken‹?

Leider sind wir aber noch auf der Max-Brauer-Allee, und die Ampel schaltet gerade auf Rot.

»Oje oje!«

Ada japst und rüttelt am Lenkrad. Ich bremse, und der ganze Konvoi kommt zum Stehen. Meine Liebste versucht tatsächlich auszusteigen, indem sie wie ein gestrandeter Wal auf dem Sitz hin und her rollt und an der Tür rüttelt, während das blaue Blinklicht auf dem Fahrzeug hinter uns zuckend sein fahles Licht in den Fond unseres Wagens wirft.

Das war's wohl. Ada krümmt sich in einer neuerlichen Wehe.

»Tut mir leid, Toni, fahr bitte weiter!«

Im Seitenspiegel sehe ich zwei Polizisten auf uns zukommen. Was soll ich machen? Ada stöhnt und atmet schwer.

»Ich habe einen furchtbaren Geschmack im Mund«, sagt Ada und reicht mir eine der Bananen zum Schälen. Ich löse die Frucht heraus. Vor uns thront die Statue vom ollen Klopstock, dem Dichterfürsten, hoch zu Ross vorm Altonaer Rathaus. Ada beißt in die Frucht, ich kurble die Scheibe runter und spekuliere darauf, dass die Beamten, nachdem sie den Ernst der Lage erkannt haben, uns die letzten Meter Geleitschutz anbieten.

Leider schreit Ada genau jetzt los. Eine schlimme Wehe schüttelt sie durch, und dann spuckt meine Geliebte Bananenbrei auf meine Hose. Ich schließe die Augen.

»Guten Morgen, die Herrschaften«, knarzt eine Polizistenstimme. »Die Fahrzeugpapiere bitte, wenn's nichts ausmacht!«

Ada ringt nach Luft, und ich lasse den Kopf aufs Lenkrad sinken. Die Stimme kenne ich.

Neben unserem Auto steht PM Schangeleidt.

»Sind – wir – gleich da?«, ruft Ada.

»H-H-Hornig?«

Ich setze mich aufrecht hin, öffne die Augen.

»Was ist mit der Dicken?«, fragt der zweite Polizist. Schangeleidt bückt sich, schaut in den Wagen hinein zu Ada.

»Teßloff. Ich kenn die.«

»Können wir bitte weiterfahren, meine Freundin kriegt ein Kind«, sage ich so ruhig wie möglich.

»Hornig, d-das ist mein erster Tag hier in Altona! Und …« Er tritt einen Schritt zurück, blickt unsicher zu seinem Kollegen und stammelt: »W-w-wir werden jetzt einfach weiterfahren, dieser Mann bringt Unglück!«

Ada schreit wieder.

»D-das ist eine Verschwörung, lassen S-Sie uns verschwinden«, bettelt Schangeleidt. Er strauchelt noch einen Schritt rückwärts. Sein Kollege wird hellhörig und schätzt die Situation ganz anders ein.

»Schangeleidt, was soll das heißen, Verschwörung?«

»Ich kann das erklären. Herr Schangeleidt, regen Sie sich bitte nicht auf, das ist keine Verschwörung, Sie wissen doch, meine Freundin kriegt ein Kind!«

Schangeleidts linkes Auge zuckt einmal nervös auf und zu, seine Finger nesteln am Schnellziehholster seiner Dienstwaffe herum.

»Hornig, es reicht. Aussteigen.«

»Sie verkennen die Lage, Meister Schangeleidt!«

Sein Auge zuckt jetzt ohne Unterlass, während der Kollege immer misstrauischer die Lage sondiert.

Ada schreit schon wieder auf, und Schangeleidt brüllt: »Wissen Sie, wem ich meine Versetzung in dieses Drecksghetto Ottensen zu verdanken habe, Kollege Maltritz?« Schangeleidt ist nun außer Rand und Band. »Wissen Sie, dass ich jetzt jeden Tag eine beschissene Stunde Fahrzeit habe, nur um auf dieses Revier zu kommen, an dem jeder weiß, dass ich strafversetzt worden bin? Wissen Sie das?«

Kollege Maltritz sieht sein Revier offenbar in einem wesentlich günstigeren Licht.

»Schangeleidt, passen Sie auf! Sie sind gerade mal einen Tag bei uns und können froh sein, dass wir Sie aufgenommen haben!«

Ich lasse Adas Bananenschale durch das geöffnete

Autofenster auf die Straße fallen, als Ada sich schreiend im Sitz aufbäumt.

»Wir müssen jetzt los!«, sage ich.

»Du musst nirgends hin, Hornig! Erst die Autoprospekte, deine perversen Schwanzfotos! Der aufgespießte Albaner, das ist deine Schuld! Steig aus!«

»Schangeleidt. So reden Sie bitte nicht mit den Menschen, wenn ich dabei bin«, beschwert sich Kollege Maltritz.

»Sie ahnen ja gar nicht, was …«

»Solche Art der Ermittlungsarbeit konnten Sie vielleicht in Winterhude betreiben, wir pflegen hier einen anderen Ton.«

»Aaah!«, wehklagt Ada. »Fahr loooos!«

Schangeleidts Augen zucken jetzt unabhängig voneinander. Ich gebe Vollgas. Ada rutscht im Sitz nach hinten, und Schangeleidt zieht seine Dienstpistole aus dem Halfter. Die Reifen drehen durch, wir preschen los.

Es macht einen Knall, vor Schreck reiße ich das Lenkrad herum. Unser Wagen schlingert, ich ziehe die Handbremse, steuere gegen. Schangeleidt ist zu Boden gegangen, liegt auf dem Rücken, während Ada und ich auf den alten Klopstock zurasen.

Jetzt ist er vollends durchgeknallt! Aber gerade ist nicht die Zeit, einem paranoiden Schutzmann, der es auf mich abgesehen hat, irgendwelche Erklärungen auf einem Revier in Altona zu geben. Ada steht, nein, sie liegt meines Erachtens unmittelbar vor der Niederkunft. Ich jage am Rathaus vorbei, halte den Wagen scharf rechts.

Am Felde – 10, 12, 16, 18, 20, 22. Rauf auf den Hinterhof und Scheinwerfer aus. Ich stelle den Motor ab.

»Wächterin aller Wöchnerinnen, ganz gleich, wer oder was du bist, wir brauchen Hilfe!«, flehe ich die Herrin im Himmel an.

Ich hieve Jabba the Hutt aus dem Auto, schultere ihre Tasche und trete gegen die Eingangstür des Geburtshauses mit dem ›Bitte pressen‹-Schild.

»Gut machst du das, Ada«, sage ich.

»Sind wir da?«, stöhnt sie.

»Na, da hat es aber jemand eilig!« Vor uns steht Dörthe, unsere Hebamme, die den Geburtsvorbereitungskurs geleitet hat. Sie betrachtet mein verschwitztes Gesicht, die Bananenbrei-Jeans, meinen einen Schuh, meine mittlerweile arg ramponierte Socke und schüttelt den Kopf.

Dörthe ist heute Geburtshelferin im Team B, das unseren kleinen Maxi-Cosi zur Welt geleiten soll. Ich schiebe Ada durch die Tür, als der Streifenwagen mit Blaulicht und Sirene an der Einfahrt vorbeiprescht. Bremsen quietschen, Metall kracht auf Metall. Dann herrscht Stille, bevor Schangeleidt verdammende Flüche in den Ottenser Nachthimmel sendet.

Bepackt mit Rucksack, Adas Tasche und dem Tragesitz, humple ich, begleitet von Adas Wehklagen, treppauf.

»Gleich hast du es geschafft!«, sagt Dörthe. »Es gab schon Babys, die wollten gerne in der Toreinfahrt zur Welt kommen, und ihr seid schon mal im Treppenhaus.«

»Wie schön«, stöhnt Ada.

»Ein Kind ist sogar mal hier auf der Treppe zur Welt gekommen.«

Ada und Dörthe sind schon im Geburtszimmer zugange, als ich mit Adas Tasche, einer geliehenen Jogginghose und Geburtshauspantoletten an den Füßen dazustoße.

Der Raum ist in zart getupften Gelb- und Orangetönen gehalten, eine Salzkristalllampe verströmt gedämpftes Licht, und eine Mini-Stereoanlage im Kiefernregal wird auf sanften Tastendruck hin sicher gleich eine Rai-CD in sich aufnehmen und uns zum Tanz animieren.

Mein Blick fällt auf eine Babywaage und die Wickelkommode mit Heizröhre darüber. Wenn es bloß schon so weit wäre. Ada schnappt nach Luft und schreit in eine Wehe hinein, und Dörthe hört nach der Wehe mit dem CTG die Herztöne des Kindes ab.

»Das ist ja ungewöhnlich«, sagt sie leise, arbeitet aber zügig und konzentriert weiter, dabei wirkt sie völlig gelassen, sodass ich nicht fragen will, was da ungewöhnlich war.

»Du machst das richtig, Ada, lass dir Zeit, und atme«, sagt Dörthe, und auch ich beruhige mich wieder.

Dörthe scheint jederzeit zu wissen, was sie gerade tut – keine Unsicherheit, kein hohles Gerede –, sie ist unsere Göttin, die wir jetzt auch brauchen, sie ist einzig für Ada und das Kind da, sie ist hier, um Ada beizustehen und Maxi-Cosi sicher zur Welt zu bringen.

Ich gehe aufs Klo neben dem gekachelten Geburtshausbadezimmer, das mit einer runden Badewanne für Wassergeburten ausgestattet ist. Hier können Neugeborene umhertauchen – über die Nabelschnur mit Sauerstoff versorgt. Ich hocke mich auf die Klobrille. Das Becken riecht frisch desinfiziert; aus dem Geburtszimmer erklingen Adas Wehengeklage und die beruhigende Stimme von Dörthe. Allein, mir mangelt es derzeit an Zuversicht.

Ich überlege, was Dörthe eben so ungewöhnlich vorkam und was alles noch schiefgehen könnte. Risiken und Komplikationen gibt es noch und nöcher: Die Nabelschnur könnte sich um das Köpfchen wickeln, und was, wenn es nicht atmet oder unser Kind krank zur Welt kommt? Schließlich hat Ada sich vehement geweigert, weitere Ultraschalluntersuchungen vornehmen zu lassen. Und das hier ist kein Krankenhaus, zwar gibt es getupfte, apricotfarbene Wände, leckeren Kräutertee und Rai-Musik, aber keine Intensivmedizin. Ungeordnete Überführung! Mir geht wieder mal der Arsch auf Grundeis.

Dann erinnere ich mich an die aufmunternden Worte von Radu, dass ich endlich Verantwortung übernehmen müsse. Okay, sage ich mir, ich bin bereit, komme, was da wolle. Ich betätige die Klospülung und genieße das erfrischende Gurgeln unter meinem Gemächt.

Dann atme ich noch mal tief ein und wieder aus, ziehe die Hose hoch und nehme mir fest vor, ab sofort und für die nächsten fünfzig Jahre meinen Mann zu stehen.

»Du bist gut in der Zeit, Ada, dein Muttermund ist fünf Zentimeter weit geöffnet.«

Dörthe zückt ihr Handy. Sie spricht mit Birthe, der zweiten Hebamme von Team B, die uns bei der Geburt zur Hand gehen soll.

»Aaaahhh«, stöhnt Ada und klammert sich an ein von der Decke hängendes Tau. Sie wartet darauf, dass die Wehe vorübergeht.

»Willst du Wasser trinken?«, fragt Dörthe freundlich.

»Ich geh schon«, biete ich an und mache mich sofort auf den Weg zur Küche. Durch den langen Flur, an dessen Wänden gerahmte Fotos von glücklichen Geburtshauseltern und ihren gesunden Kindern hängen. Rauchen käme jetzt gut, denke ich und tapere mit einer Wasserflasche und drei Bechern ins Geburtszimmer zurück.

Ada hockt im Vierfüßlerstand vor dem frisch bezogenen Bett auf einer saugfähigen Unterlage, die wiederum auf einer großen, rechteckigen Gummimatte der Dinge harrt, die sich in nicht allzu ferner Zukunft über sie ergießen werden. Dörthe kniet neben Ada, die einen neuerlichen Schmerzensschrei Richtung Zimmerdecke schickt.

»Leg dich hin, Ada, hier, nimm das große Kissen in den Rücken, ja, so ist es gut.«

»Ich halt diese Schmerzen nicht aus!«

»Toni, halt mal Adas Bein, ja.«

Dörthe kniet vor Ada und gibt mir das rechte Bein meiner Geliebten.

»Halt es hoch, ja, noch höher.«

»HILFE! Nein! Ich platze.« Ada hyperventiliert, während ich ihr Bein emporrecke.

»Jaaa, ruf jaaa – nicht nein.«

»Jaaah, jaahh, oooh, nein, das soll aufhören.«

»Beug dich nach vorn, Ada, weiter nach vorn.«

»Wo ist vorn?«

»Dort«, sagt Dörthe und gibt mit der freien Hand die Richtung an, als auch schon mit Wucht die nächste Wehe einschlägt.

Ich umklammere Adas Bein, drücke es hoch und höher, während Ada sich vorbeugt. Dann macht es PLOPP! und

SCHWAPPPLISH!. Ein warmer Schwall Fruchtwasser ergießt sich auf meine Hose. Ada starrt mich mit weit aufgerissenen Augen hilfesuchend an und verkrallt sich in meine Hand.

»Aaah!«, schreie ich.

»Der Muttermund ist weit geöffnet, alles ist gut, Ada«, sagt Dörthe.

»Neeeeiiinn! Jaaa!«

»Du machst das ganz toll.« Dörthe kniet neben Ada auf der Matte und lächelt. Ada beugt den Oberkörper noch weiter nach vorn, und PLOPPFLUTSCH! – bläulich rot kommt der Kopf von Maxi-Cosi, unserem Baby, zwischen Adas Beinen zum Vorschein.

»Es ist da«, rufe ich, und eine Welle tief empfundener Liebe und Dankbarkeit durchströmt mich, während Ada meine linke Hand schraubstockartig umklammert.

Unser Kind. Der kleine Kopf ist dicht behaart, platt, gedellt und blutverschmiert. Das Kind hält die Augen geschlossen. Es sieht aus wie ein kleiner Alien, sein Gesichtchen verfärbt sich dunkelviolett, es krampft. Ada und das Baby sammeln Kraft für den nächsten Anlauf.

»Hier ist es wie im Schlussverkauf. Alles muss raus!«, sagt Dörthe.

»Neeiin!«, schreit Ada.

Ich starre weiter auf den kleinen Kopf, als es an die Tür des Geburtszimmers klopft.

»Komm rein, Birthe«, sagt Dörthe, die auf ihre Kollegin wartet. Ada beugt sich vor, und Dörthe greift beherzt zu. Nach einer geschickten Drehung kommt die Schulter des kleinen Wesens zum Vorschein. Und – QUITSCH PLATSCH – liegt das ganze Kind auf meinen Beinen und schreit.

Ich zähle durch: eins, zwei, Nase, Ohren, Arme, Beine, Hände, Finger, Füße, Zehen, rosige Haut mit vielen Haaren. Alles dran, einen Pimmel kann ich nicht entdecken. Das schreiende Etwas an der zuckenden Nabelschnur hat es geschafft. Unser Kind hat es geschafft.

Ada schreit weiter wie am Spieß.

Es klopft lauter. Dörthe dreht sich um.

»Birthe, nun komm schon rein! Es geht weiter.«

Unser Kind hat statt prognostizierter zwanzig Stunden nur etwas mehr als zwanzig Minuten gebraucht.

»Ist es ein Mädchen?«, frage ich. Dörthe dreht das Kind.

»Meinen Glückwunsch, ihr habt eine kleine Tochter – aber das ist noch nicht alles!«

Die Tür geht auf. Dörthe schaut überrascht. Ich folge ihrem Blick. Hinter Birthe stehen PM Schangeleidt und sein Kollege Maltritz – mit verdutzten Mienen und verschwitztem Haupthaar. Mit den Dienstmützen bedecken die Beamten ihren Schritt.

»Birthe, da kommt noch mehr! Hier sind Zwillis im Anmarsch!«, ruft Dörthe.

»Zwillis?!«, rufen Birthe, Ada und ich.

»Ada, du kriegst Zwillinge, alles wird gut, aber halt es noch zurück«, sagt Dörthe.

Ich berühre mein kleines Mädchen mit dem Zeigefinger. Adieu Problem-Charts, hier ist mein neues Glück Nummer eins. Und gleich soll noch eines kommen!

Die Nabelschnur pulsiert, und mein rechtes Bein ist nass. Es riecht nach Blut und Moos.

»Noch zwei Hornigs? Das halte ich nicht aus«, stöhnt Schangeleidt, dessen Augen schon wieder unkoordiniert zucken.

»Raus!«, schimpft Dörthe an die Adresse der verwirrten Polizisten.

»Entschuldigung, aber dieser Hornig hat …«

»Sie müssen jetzt gehen!«, befiehlt Birthe und drängt die Polizisten zur Tür. Kollege Maltritz macht auch gleich Anstalten aufzubrechen.

»Wir schauen dann, äh, später noch einmal rein«, sagt er und schiebt seinen vor sich hin giftenden Kollegen hinaus.

»Hornig, ich krieg dich – für den aufgespießten Zigeuner letzte Nacht, die perversen Fotos und für damals, für alles …«

»Und tschö«, sagt Birthe, schließt das Geburtszimmer ab und reicht mir eine Schere. Ada schreit und zuckt. Die Nabelschnur bewegt sich nicht mehr. Dörthe klemmt sie mit sicherem Griff ab, reicht mir die Schere, und ich durchtrenne das schlappe Hautband.

Jetzt schreien Ada und das Baby. Birthe schnappt sich sogleich das Neugeborene für die Erstuntersuchung.

»Eure Kleine hat ganz schön viel Haare und eine kräftige Stimme«, ruft Birthe. »Sie ist kerngesund! Garantiert volle zehn Punkte im APGAR-Test!«

Zum Freuen oder Nachdenken bleibt für Ada, Dörthe und mich kaum Zeit. Ich hocke mich wieder auf die feuchte Matte neben Ada. Die nächste Wehe rollt an und drückt Adas Körper gegen mein Bein. Ada hat das zweite Kind instinktiv bis jetzt festgehalten und ihm damit den Weg gezeigt.

Was kommt als Nächstes?, frage ich mich. Die erste Plazenta oder das zweite Baby? Ich versuche verzweifelt, mich an den Geburtsvorbereitungskurs zu erinnern, aber von Zwillingen war da nicht eine Sekunde die Rede gewesen, und Dörthe will ich jetzt nicht fragen. Aber auch darüber brauche ich nicht weiter nachzudenken, denn das, was sich da aus Ada herauswölbt, ist etwa faustgroß und zerplatzt mit einem gewaltigen Schwall. Meine Beine sind jetzt endgültig nass; gleichzeitig bekomme ich ein Bein zu sehen, das Dörthe angewinkelt in Hockposition drückt.

Ada brüllt, während ich mit meiner linken Hand das Beinchen halte; im Nu kommen der kleine Po und das zweite Bein zum Vorschein, und schon flutscht Baby Nummer zwei heraus – leider nur bis zum Hals.

»Jetzt aber pronto«, sagt Dörthe und versucht die Nabelschnur freizuhalten. »Pressen, Ada«, ruft Dörthe und animiert meine Geliebte dazu, mit der direkt folgenden Presswehe punktgenau loszudrücken. Birthe kommt assistierend hinzu, als der kleine Kopf mit dem Gesicht nach unten herausploppt. Birthe schält das Kind aus der Eihaut heraus. Die Nabelschnur pulsiert, aber anders als Baby

Nummer eins schreit Baby Nummer zwei nicht: Es läuft purpurrot an, schnauft und röchelt – und spuckt Flüssigkeit.

»Sauger«, befiehlt Dörthe, und Birthe macht sich sofort daran, den Mund des Kindes von Fruchtwasser zu befreien. Schon im nächsten Moment höre ich deutlich, wie Baby zwei zu atmen beginnt und sich dann mit lautem Gebrüll offenbar darüber beschwert, dass es eben beinahe erstickt wäre.

Die Nabelschnur pulsiert in einem fort, und Birthe saugt weiter Fruchtwasser ab. Ich bemerke sofort, dass die Haut von Baby Nummer zwei fast gar nicht behaart, sondern schön rosa ist – bis auf den roten Kopf, die blauen Hände und Füßchen. Dann zähle ich wieder Körperteile durch: Ganz klar – Baby Nummer zwei hat eines mehr als sein Vorgänger.

»Herzlichen Glückwunsch. Ihr habt's geschafft. Ein Junge«, freut sich Dörthe. Ziemlich schnell werden sein Gesicht, die Hände und Füße blassrosa, und die Nabelschnur hört auf zu pulsieren. Birthe bindet sie ab, bevor ich wieder die Schere in die Hand gedrückt bekomme, mit der ich meinen Stammhalter mit sicherem Schnitt abnable.

In ein Handtuch gewickelt, gebe ich unser zweites Kind Birthe, die es neben Nummer eins unter die Rotlichtheizung legt und reinigt. Ich danke dem Himmel: Unsere Babys sind da. Nach wenigen Minuten kommen mit weiteren Wehen die beiden Plazenten zum Vorschein. Birthe legt die Babys auf Adas Bauch, beide glucksen wonnig vor sich hin. Welch wundervolles, friedliches Bild.

Nach der Erstuntersuchung schreibt Birthe den Geburtsbericht. Ich küsse Ada und die Babys. Jetzt haben wir es schriftlich. Unsere Kinder sind gesund und munter!

»Habt ihr schon Namen?«, fragte Dörthe.

»Maxi und Cosi«, sage ich und denke, dass wir nur einen Tragekorb dabeihaben.

»Fast richtig«, blafft Ada und küsst die Köpfe der Babys.

»Der Junge heißt Max und das Mädchen Anniki, das hat sich deine Mutter gewünscht, wenn's ein Mädchen wird.«

»Na gut, Anniki ist finnisch und Max deutsch«, freue ich mich. Ada guckt etwas skeptisch, und ich beeile mich zu sagen: »Was für schöne Namen.«

Birthe legt die Babys bei Ada an; beide saugen gierig die Vormilch. Ich blicke zur Uhr. Zehn Minuten nach vier. Von draußen höre ich Autotüren schlagen. Dörthe bringt heißen Limonentee, die Babys liegen zufrieden schnaufend an Adas Brust und trinken. Der Tee schmeckt lecker, und die Rai-CD steckt ungehört in Adas Geburtstasche; wenigstens dieser Kelch ist an mir vorübergegangen.

Die beiden Mutterkuchen wiegen fast ein Kilo und sehen aus wie Mondongo, eine ebenso preisgünstige wie schmackhafte dominikanische Spezialität, die ich vor Jahren im Karibikurlaub für würzige Meeresfrüchtesuppe gehalten habe. Suppe und würzig war korrekt, die knackigen Meeresfrüchte entpuppten sich jedoch als Gemengelage aus gepresstem Gekröse, Pansen, Kutteln und anderen Bestandteilen von Tiermägen, die verschiedenen Gattungen entnommen und mondongogemäß verkocht worden waren.

Dörthe präsentiert mir die Nachgeburten mitsamt der zusammengefallenen Fruchtblasen, in denen die Babys bislang ihr Leben zugebracht haben. Dann entfaltet sie einen Hautsack zu voller Größe. Ich staune angemessen und bekomme zum Dank beide Mutterkuchen in einer Plastiktüte überreicht.

»Vergrabe die Plazenta, und pflanze ein Bäumchen darüber«, empfiehlt Dörthe, die von meiner Wohnsituation im fünften Stock in der Barmbeker Straße nichts weiß. Auch bei Ada steht wenig Anbaufläche für zwei Plazentabäumchen zur Verfügung, wenn man von den Pflanzkästen auf ihrem Balkon absieht. Aber ich werde die beiden Mutterkuchen schon irgendwo unterbringen.

Dörthe fährt derweil zwei mobile OP-Lampen vor Adas Unterleib auf. Birthe hält ihr eine Spraydose hin.

»Achtung, jetzt brennt's gleich«, sagt Birthe. »Das

Mistzeug nimmt den Schmerz beim Nähen, brennt aber höllisch, wenn man's aufsprüht.«

»Typisch Mann«, beschwert sich Dörthe. Ich glotze schuldbewusst auf die Spraydose.

»Nie denken Männer diesen einen Schritt weiter. Eine Frau würde das nie so erfunden haben.«

»Stimmt. Nur Frauen denken bei so was weiter. Sie wären erst dann zufrieden, wenn das Spray den Schmerz nimmt und nicht brennt«, pflichtet Birthe ihr bei.

Dörthe beginnt Ada zusammenzuflicken. Birthe schäkert mit Anniki und Max. Ada schaut verzückt ihre Babys an.

Sicherlich hat Dörthe recht mit dem Spray, Männer denken wahrscheinlich nicht so weit. Ich denke an den aufgespießten Ursu, wie er von seinen Stelzen auf den Leuchter gestürzt ist, und daran, wie Holgi und ich ihn mit den beiden Inferno-Tröten wahrscheinlich wirklich fast zu Tode erschreckt haben; ich denke an PM Schangeleidts zuckendes Auge, frage mich, ob das vorhin Fahrerflucht gewesen ist, ob Herr Blümchen und Sheila bereits in Borneo angekommen sind, und daran, dass ich mit nur einem Schuh unterwegs bin, an Käpt'n Präg, meinen Zeitungsartikel und daran, dass ich ab jetzt ein Leben lang am selben Tag Geburtstag feiern werde wie mein Sohn und meine Tochter. Was John Lennon konnte, kann ich noch besser! Und ohne Kaiserschnitt!

»Anton! Willst du die Kinder wickeln?«, erschreckt mich Birthe. Ich schüttle den Kopf und gucke Birthe zu, wie sie Anniki eine Windel anlegt, die Druckknöpfe an dem Body verschließt und befindet, dass Max und Anniki uns abgesehen von den vielen Haaren ganz schön ähnlich sehen.

»So, das hätten wir«, sagt Dörthe, als ich mich zum ersten Mal in meinem Leben mit einer Windel an Max zu schaffen mache.

Dann begutachten auch Birthe und ich Adas Genitalbereich, den Dörthe mit Nadel und Faden wieder in Form gebracht hat.

Um halb sechs steht Ada auf und begibt sich nach nebenan zum Duschen. Sie bringt das erste Pinkeln hinter sich, anschließend betten wir Max in den mitgebrachten Maxi-Cosi, Anniki in einen geborgten Tragekorb, bedanken uns bei Dörthe und Birthe und starten in den ersten Tag unseres Lebens zu viert.

11. *Ein singender Müllmann, Showdown mit Mutterkuchen und das Geheimnis des Brotteufels*

Burning love – Elvis Presley

Ada legt sich gleich neben die Babys auf den Futon. Die Kleinen – Nummer eins jetzt in rosa Strampler, Nummer zwei in Himmelblau – schlafen tief und fest. Ich setze mich zu den dreien. Anniki und Max atmen ruhig. Ich betrachte die kleinen Gesichter, dann küsse ich sie sanft. Ada beobachtet mich und lächelt.

»Ich liebe dich, Anton Hornig.«

»Ich liebe euch alle«, sage ich, rapple mich hoch, ziehe den mir verbliebenen Schuh an, schnappe meinen Rucksack und die Mutterkuchentüte und gehe vor die Tür. Adas Auto habe ich an der Barmbeker Straße in zweiter Reihe abgestellt. Die Sonne scheint, was für ein herrlicher Geburtstag. Ich nehme mir vor, rüber in meine Wohnung zu hinken und ein Paar neue Schuhe zu holen.

Aber erst mal zum Kiosk, Zeitungen kaufen. Der Verkäufer nuschelt: »Moin, moin, zweimal die Mottenpost.« Je eine der Zeitungen werde ich aufbewahren und später meinen Kindern zeigen.

Mein zweiter Schuh steht nach wie vor stinkend und mit Hundekot beschmiert neben Kiosk und Schuhmacherwerkstatt, genau so, wie ich ihn vor Stunden zurückgelassen habe. Ich stelle den zweiten Schuh daneben, stopfe meine Socken hinein und mache mich barfuß auf den Weg.

Hinter dem Bürokomplex von Staples, Systematics und PopNet öffnet sich der Blick auf das Kampnagel-Gelände. Ich betrachte die frühmorgendliche Gertigstraße, die Fenster meiner Wohnung und darüber das Dachgeschoss von Radulescu Ursu.

Ich könnte jetzt Holgi Bescheid sagen, dass ich eine Tochter und einen Sohn habe, ihn fragen, ob er tatsächlich Pate werden will und wie Radu seinen Sturz überstanden hat – aber zuallererst würde ich mir gerne die Füße waschen.

Stattdessen mache ich kehrt, gehe zurück zu der kleinen Mauer, nehme meine beiden Schuhe und trage sie die Jarrestraße entlang zum Glindweg. Vor Adas Haus klappe ich die hinterste der allesamt ziemlich gefüllten Mülltonnen auf und lasse beide Turnschuhe darin verschwinden.

Dann öffne ich meinen Rucksack und ziehe den prall gefüllten Plastikbeutel heraus. Ich knote die Tüte auf und schaue hinein. Oder soll ich die Fleischklopse vielleicht doch bei Vollmond im Stadtpark vergraben, dort, wo Maulwürfe, Kolkraben, Elstern und Gewürm sich darüber hermachen? Ach was: Plazenta begraben und Bäumchen drauf pflanzen, das macht ein erwachsener Mann nicht.

Ich lege die Mutterkuchentüte behutsam über meinen Schuhen ab, werfe den Deckel zu und lasse die Nachgeburt – Bäumchen hin, Bäumchen her – Nachgeburt sein.

Wieder ein guter Moment, mit dem Rauchen anzufangen. Ich inhaliere die kühle Morgenluft und lasse den Blick schweifen.

Ada und die Babys schlafen, und ein herrlicher Frühlingstag erwacht. Es wird angenehm warm werden an diesem denkwürdigen Samstag. Heute sind meine Kinder geboren! Allein das zählt.

Stopp mal. Samstag? Dienstag und Sonnabend kommt die Müllabfuhr. Ach was, vergiss die Nachgeburt – heute wird Geburtstag gefeiert. Ein Müllwagen quert den Jean-Paul-Weg. Ich höre die Müllmänner, die sich was zurufen, klappernde Tonnen, die sie in den Wagen entleeren.

Deponie oder Müllverbrennungsanlage? Ich überlege. Nein. Ich mache die Mülltonne auf, ziehe die Tüte mit der Nachgeburt wieder heraus und lege sie auf dem geschlossenen Deckel ab.

Anniki und Max, so hat Ada es bestimmt. Ich hätte auch Layla und Sid gut gefunden oder Elvis und Poly wegen der Sängerin von X-Ray Spex. Nee, Anton, lass man, Anniki und Max ist vollkommen okay. Alles ist vollkommen okay.

Ich schaue in den wolkenlosen Himmel, und mit einem Mal öffnet sich mein Herz, ein tiefes, nie gekanntes Glücksgefühl durchströmt mich, und ganz plötzlich weiß ich, ich werde diese Kinder immer lieben, mein doppeltes Glück Nummer eins und eins – und meine große Liebe Ada! Von diesem Moment an bin ich gewiss, es wird etwas übrig bleiben von mir – mehr als bloß eine Punksingle und ein paar von Herrn Blümchen redigierten Artikeln in der Rundschau. Ich lasse die Gedanken weiter kreisen – um Ada, Max und Anniki, die nur ein paar Meter entfernt friedlich schlummern. Ich kann mein Glück kaum fassen.

Das Müllauto biegt gegenüber von der Sparkassenfiliale in die Jarrestraße ein und hält neben einem Streifenwagen.

Ich sehe noch mal rüber zu meiner Wohnung im fünften Stock. Holgi ist jetzt sicher aufgestanden, wird sich seinen Weg bahnen durch meterhohe Stapel von Autoprospekten, Kaffee aufbrühen und dann mit der Arbeit beginnen: eBay-Dreamkarl wird mal wieder Prospekte eintüten und versandfertig machen. Ich denke an Radulescu Ursu und weiß mit einem Mal, sein Gott und mein Gott werden ihm beistehen. Alle Last fällt von mir ab, und ich beginne lauthals zu singen:

Lord Almighty, I feel my temperature rising,
Higher, higher, it's burning through to my soul

Der Müllmann vor mir an der Straße bleibt stehen und mustert den seltsamen, unbeschuhten, singenden Herrn.

»Moin, Elvis! Ham wir aber gute Laune, was?«

Der Mann trägt eine orangefarbene Weste und wuchtet eine der vorderen Mülltonnen an den Straßenrand. Er ist bestimmt schon in den Fünfzigern, seine faltige Gesichtshaut von der Witterung und Härterem gegerbt. Die Nase ist dick und großporig, von beinahe violetter Färbung. Seine schwarzen, gegelten Haare trägt er zurückgekämmt; ein wenig sieht er aus, wie Elvis vielleicht heute aussehen würde, wenn er denn noch lebte und die letzten zwei Jahrzehnte als Müllmann zugebracht hätte.

»Burning love, Elvis, zweiundsiebzig, weißte, ich sing nämlich selbst – semiprofessionell.«

»Semiprofessionell. Sag mal, kennst du Holgi Helvis?«

»Loggen, bin selbst bei ihm aufgetreten. Elvis-Convention, kann ich nur empfehlen.«

Er zieht einen Handschuh aus und streckt mir die Hand entgegen.

»Toni Hornig, ich bin ein guter Freund von Holgi.«

»Volker Spahrmann, der singende Müllmann von Hamburg-Winterhude.«

Ich muss grinsen. »Volker Spahrmann, der singende Müllmann von Winterhude?«

»Höchstselbst. Aber sach ma: Warum hast du keine Schuh an, Punk?«

»Ich bin heute Nacht Vater geworden!«

»Mein' Glückwunsch, Jung oder Deern?«

»Beides!«

»Doppelt hält besser, hab selbst 'nen Lütten, Aaron Spahrmann der Erste.«

Und während der singende Müllmann die nächste Tonne ergreift und Richtung Straße bugsiert, beginnt er die zweite Strophe zu singen. Ich steige im zweiten Teil mit ein.

Girl, girl, girl, you gonna set me on fire
My brain is flaming, I don't know which way to go, yeah

Elvis Spahrmann holt einen Flachmann aus der Weste

und reicht ihn mir.

»Nimm 'nen Schluck, Punk, das beruhigt.«

Ich trinke, setze ab, und gemeinsam singen wir den Refrain:

Cause your kisses lift me higher like a sweet song of a choir,
And you light my morning sky
with Burning love!
with Burning love!

Ein Streifenwagen hält hinter dem Müllmann auf dem Bürgersteig. Polizeimeister Schangeleidt steigt aus und fixiert mich.

»Na, wer sagt's denn, Hornig.« Schangeleidt steuert über die schmale Straße auf mich zu. Ich weiche ein paar Schritte zurück zu der hintersten Mülltonne, auf der die beiden eingetüteten Mutterkuchen liegen. PM Schangeleidt und Volker, der singende Müllmann, schauen zu, wie ich die prall gefüllte Plastiktüte an mich drücke.

»Hornig, du gehörst weggesperrt, du bist gemeingefährlich«, raunt Schangeleidt. Volker Spahrmann schaut perplex, denn bislang wenigstens sieht er keine akute Gefahr für die Allgemeinheit von mir ausgehen.

Schangeleidt drängt mich zu den Mülltonnencontainern und zischt: »Jetzt kriegste dein Fett weg, Hornig!«

Ich baue mich drohend vor ihm auf.

»Was – was wollen Sie eigentlich von mir? Sagen Sie endlich, was ich Ihnen getan hab.«

Schangeleidt presst sein Gesicht an mein Ohr.

»Hast wirklich keinen Schimmer, Hornig? Erinnerst dich gar nicht an mich? Denk nach, Hornig. Ich war auch mal Punk. Denk nach.«

Mir fallen ein paar Namen der alten Strategen ein – Kotzie, Motte, Krätze, Homo, Schmuddel –, aber keiner passt zum Gesicht dieses Altpunkpolizisten.

»Hornig, denk nach. In der Hafenstraße brannten Autos und Barrikaden. Ihr saßt stundenlang auf der Balduintreppe mit Bierflasche in der Hand. Von mir wollte keiner von euch was wissen. Kein Einziger von euch. Habt mich nicht mal bemerkt. Und dann hab ich eben die Seiten gewechselt. Macht's immer noch nicht klick, Hornig?« Schangeleidt nimmt seine Dienstmütze ab, streicht sich die Haare aus der Stirn und entblößt eine bald zehn Zentimeter lange Narbe.

»Schau dir das an – erinnerst du dich, denk nach, macht's klick? Hornig! Toy Dolls, fünfundachtzig, Markthalle, na, Hornig, klick, klick!«

»Schangeleidt? Verdammt. Bist du etwa … Ich glaub es nicht, bist du dieser Brotteufel, der Loser-Punk, der zum Skin mutiert ist?«

»Na endlich, Hornig. Ich hab's nicht vergessen. Sonntagnacht, dreizehnter Januar neunzehnhundertfünfundachtzig, kurz vor dem Auftritt der Toy Dolls. Ihr hattet schwarze Sturmhauben auf, kamt mit Baseballschlägern in die Markthalle gestürmt. Und Stumpfi und Zippo haben deinen Namen gebrüllt, Hornig, als du mir die Keule über die Stirn gezogen hast. Und dafür bezahlst du jetzt!«

»Richtig! Brotteufel. Immer zwei Hörner und dumm wie Brot …«

Schangeleidts Rechte landet satt in meinem Bauch. Ich sacke zusammen, klappe mit dem Oberkörper vornüber. Nach unten gebeugt, greife ich die Plastiktüte, denn eben beim Singen ist mir klar geworden – allen Kolkraben und Gewürm zum Trotz –, dass ich über der Zwillingsplazenta zwei Bäumchen im Stadtpark pflanzen werde.

»Hornig, endlich siehste klarer.«

Schangeleidt lässt einen Moment von mir ab. Mir ist speiübel. Beim Aufrichten versuche ich mich, so gut es geht, daran zu erinnern, was damals in der Januarnacht vor über zwanzig Jahren geschehen ist. Wir alle wussten, die Glatzen wollten das Konzert aufmischen, aber die Toy Dolls waren 'ne Punkband und keine Skins, was die Glatzen natürlich nicht verstehen wollten. Und Stumpfi und Zippo waren tatsächlich dabei in der Halle – und Holgi. Rollkommando Punk – und statt Nellie the elephant kriegten die Faschos ordentlich auf die Hörner.

Ich war draußen geblieben und hatte Schmiere gestanden. Als die Bullen mit einer Hundertschaft vor der Markthalle anrückten, war schon längst alles gelaufen. Holgi, Zippo und die anderen waren über alle Berge. Nur ich stand hinter 'ner Litfaßsäule und hörte einem Skin mit blutender Platzwunde am Kopf zu, wie er greinend den Bullen seine Version der Dinge ins Notizbuch diktierte – und das muss Brotteufel gewesen sein, der Loser-Punk, der 'nen Monat zuvor die Seiten gewechselt hatte.

»Ich war damals gar nicht in der Halle.«

Schangeleidt schlägt wieder zu.

»Du lügst!«

Ich weiche einen Schritt zurück und reiße meine Rechte schützend nach oben. Schangeleidts Schwinger trifft mit Wucht die Plastiktüte mit Adas Mutterkuchen.

Und weil ich ihm die Nachgeburtstüte derart entgegenrecke, wird es jetzt wohl nichts mehr mit dem Doppelplazenta-Bäumchen im Stadtpark. Dafür wird Volker Spahrmann, der singende Müllmann, Zeuge, wie die Tüte zerplatzt und der fleischklopsähnliche Inhalt sich über Schangeleidt und mich ergießt.

Der Polizeimeister, Ex-Skin und -Loser-Punk, führt die Hände zum Gesicht, und was da zwischen seinen Fingern herunterrinnt, beunruhigt ihn zutiefst. Schangeleidt sieht rot, er starrt auf den Glibber an seinen Händen. Der aufgegangene Mutterkuchen aus Adas Gebärmutter ist sicherlich nicht auf Anhieb als solcher erkennbar und das gekröseartige Gewebe offenbar noch immer gut durchblutet, was die Sache nicht einfacher macht und uns beiden die Sicht nimmt. Schemenhaft kann ich erkennen, wie Schangeleidt seine Dienstwaffe aus dem Halfter fingert und hinter ihm ein Schatten auftaucht. Ich reibe mir die Augen und sehe Holgi, wie er Schangeleidt die Pistole entreißt, und Volker

Spahrmanns behandschuhte Pranken Brotteufel schraubstockartig von hinten umklammern.

»Mann, Brotteufel, das Ding muss ich dir damals verpasst haben, das war nicht Toni!«, sagt Holgi. »Zippo und Stumpfi haben mir Bescheid gegeben, als die Bullen anrückten – aber sie riefen Holgi, nicht Hornig.«

»Aber, dann … dann …«

»Mann, Brotteufel, ist fast fünfundzwanzig Jahre her. Vergeben und vergessen. Ich trag dir auch nicht nach, dass du 'ne beschissene Glatze warst – so waren eben die Zeiten.«

»Aber, ich … Ich hab die ganzen Jahre …«

»Mann, Brotteufel, merkst du noch was?«

Ein Müllwagen hält am Bürgersteig neben Elvis Spahrmann, Holgi, Brotteufel und mir. Zwei Müllmänner in orangefarbenen T-Shirts mit der Aufschrift »Hamburger Jungs« springen von den Trittbrettern, checken kurz die Lage, zählen eins und eins zusammen, ohne aber zu einem Ergebnis zu kommen.

»Volker, sollmer die Schmier rufen?«, bellt eine Stimme.

Holgi und Volker schauen mich fragend an. Brotteufel wehrt sich nicht mehr, er schüttelt nur schwach den Kopf.

Ich nicke Holgi zu, und Volker lockert den Klammergriff.

»Wir regeln das hier alleine! Dazu brauchen wir die Bullen nicht«, sage ich.

»Fahrt los, ich komm nach«, ruft Volker seinen Kollegen zu.

»Aber warum …«, Brotteufel fällt regelrecht in sich zusammen. »Warum habt ihr nichts von mir … Ihr wolltet aber doch nie was von mir wissen? Habt ihr überhaupt mitgekriegt, wie ich euch echt bewundert hab? Keiner von euch hat gewusst, dass ich Schlagzeug spielen kann und dass ich so sein wollte … wie ihr.« Brotteufel ist den Tränen nahe.

»Sorry, hättste besser damals mal das Maul aufgemacht, anstatt auf beleidigte Leberwurst zu machen und mit den bescheuerten Faschos aus Bergedorf loszuziehen.«

»Aber ich …«, stammelt Brotteufel.

»Vorbei ist vorbei, Brotteufel«, sage ich. »Es reicht!«

»Hier, du Hohlkopf.« Holgi reicht Schangeleidt die Pistole zurück. »… und dann ausgerechnet Bulle werden! Ich glaub es nicht. Was ist bloß aus uns Altpunks geworden.«

Und da müssen wir alle grinsen.

12. Eine Woche voller Samstage und Welcome to Holgi Helvis & The Presleyholics featuring Radulescu Ursu and his famous Elvis Puppet Show

Shining Light – Ash

Holgi ist die ganze letzte Nacht über bei Radu im Krankenhaus geblieben und nur deshalb heute Morgen vorbeigekommen, um mir Bescheid zu sagen, dass Radu noch auf der Station bleiben müsse, aber auf dem Weg der Besserung sei. Und natürlich wollte er seinem alten Kumpel Toni Hornig zum Geburtstag gratulieren.

Ada und die Babys haben von dem Drama vor ihrer Haustür zum Glück nichts mitbekommen. Als ich eine halbe Stunde später frisch geduscht, beschuht und mit sauberen Klamotten in Adas Schlafzimmer schleiche, schlafen die drei noch immer friedlich auf dem Futon.

Ich besorge Blumen und bereite so leise wie möglich ein opulentes Frühstück vor. Dörthe und Birthe schauen mittags gemeinsam vorbei, freuen sich mit uns über die gelungenen Babys, untersuchen Adas Damm und empfehlen ihr für die geburtliche Nachbetreuung eine Hebammenpraxis ganz in der Nähe.

Judith trifft am frühen Nachmittag ein und kann sich beim Anblick der Zwillinge gar nicht mehr einkriegen. Und selbst Bruno gluckst wonnig, als er die beiden Neugeborenen wahrnimmt. Judith gratuliert mir mit einem Kuss und Konzertkarten für die UK Subs in einem Monat in der Markthalle. Ada bekommt für Max die Babyklamotten von Bruno geschenkt und einen rosa Strampler von H&M für Anniki – plus die elektronische Mampe-Milchpumpe, und sie reden dann noch viel über Nachwehen, Wochenfluss und Rückbildungsgymnastik.

Umso froher bin ich, als Kurtchen zusammen mit Holgi am frühen Abend seine Aufwartung macht. Die beiden schenken mir ein T-Shirt mit dem Aufdruck Helvis & The Presleyholics sowie eine selbst gebrannte CD mit ihren zwanzig Lieblingssongs des King.

»Und wer sind die Presleyholics?«, frage ich.

»Kurtchen und ich haben beschlossen, mal was ganz Neues zu probieren. Wir wollen demnächst Elvis punk-metallisch rockend zur Aufführung bringen.«

»Und was ist mit Remo Smash?«

»Mann, Toni, alle fünf Jahre ein Auftritt zur Bandgründung und einen zur Auflösung, das bockt doch nicht.«

»Leute, aber ich hab jetzt zwei Kinder.«

»Spack nicht rum, du suchst dir ein paar Elvis-Lieblingsnummern aus, und schon biste dabei. Nächste Woche ist erste Probe.«

»Und die Stücke – wollt ihr einfach eins zu eins nachspielen, oder was?«

»Alter! Kurtchen hat seinen Verzerrer richtig aufgerissen, wir haben 'n bisschen gejammt und den ultimativen Bandsound gefunden. Zwei Bratgitarren und Distortion, dass es nur so kracht.«

»Stimmt, was Holgi sagt. Nu Metal, Rock 'n' Roll und Punk, alles aus einem Guss, bläst dich um, Alter«, freut sich Kurtchen.

»Sach schon, Toni, machste mit?« Holgi reibt sich nervös die Nase.

»Aber nur, wenn wir weiter Toilet love spielen.«

»Bis dass der Tod uns scheidet. Ab jetzt bist du ein Presleyholic.«

»Ist sonst noch jemand an Bord, oder spielen wir zu dritt?«, frage ich.

»Schönen Gruß von Herrn Blümchen«, sagt Kurtchen. »Er und Sheila sind gut auf Borneo angekommen. Alles Weitere wie Probenraum und so klären Holgi und ich die nächsten Tage. Deine Bassanlage holt Holgi ab, musst dich um gar nichts kümmern, Toni.«

»Gebongt?«, fragt Holgi.

»Gebongt!«, antworte ich.

Gleich am Montag leihe ich mir dann Holgis VW-Bus, lasse mich im Altonaer Rathaus als Annikis und Max' Vater anerkennen und besorge einen zweiten Maxi-Cosi sowie eine überdimensionale Zwillingskarre, bei der die Liegeflächen hintereinander angeordnet sind. Mit beiden Lütten im Baby-Truck bin ich am Nachmittag probeweise bei REWE reingefahren – und siehe da, das Teil passt locker durch den Kassenbereich; sogar Rolltreppe kann man damit fahren.

Am Mittwoch erfährt Ada von ihrer Frauenärztin, dass das Kind bei ihrer ersten und einzigen Ultraschalluntersuchung, als Frau Dr. Gerstung letzten September die Schwangerschaft feststellte, genau dort saß, wo es auch sein sollte. Jedoch hatte Frau Gerstung tatsächlich den Zwilling übersehen, der sich wohl ziemlich weit oben an Adas Eileiter versteckt hatte. Auch die Herztöne bei beiden Embryonen hätten sich wohl dabei überlagert.

Und dass man einen Zwilling übersieht, sagte die Gynäkologin noch, sei zwar selten, komme aber durchaus vor, zumal dann, wenn keine weiteren Ultraschalluntersuchungen gewünscht werden.

Am Donnerstag übernehme ich Adas halbe Stelle als fester Textknecht bei ELLA. Wenn ich nicht im Büro bin, wickle ich Max und Anniki, füttere sie mit abgepumpter, lauwarmer Milch oder schiebe sie in ihrer Karre spazieren. Auch Judith kümmert sich rührend um Ada und die Babys.

Anniki verliert schon in der ersten Woche viele ihrer dunklen Haare, und Ada versichert mir ungefragt, die Zwillinge seien wirklich von mir. Außer Bauchreden habe sie mit Radu nichts angestellt.

Kurtchen kommt am Freitag zu Besuch, mit Tochter Berenike, die von ihrem Taschengeld je eine Rassel für Anniki und Max gekauft hat und gleich mit den Babys auf dem Lammfell spielt. Von Kurtchen erfahre ich, dass Radu aus dem Krankenhaus entlassen worden ist und die Presleyholics am nächsten Tag ihre erste Probe haben.

Ada findet es gut, dass ich ihr die Stelle bei ELLA freihalte und auch musikalisch was Neues anfange. Und so kommt es, dass Holgi, mein Rickenbacker 4001 und ich am Samstagnachmittag mit Holgis VW-Bus zur ersten Probe aufbrechen.

Zunächst denke ich, Holgi will noch rasch in der Reichnerstraße eine Autoprospekteannonce aufgeben, aber das unbeleuchtete Verlagsgebäude lassen wir links liegen.

»Wo fahren wir eigentlich hin?«, erkundige ich mich, als wir zwei Straßen weiter in den Weidenstieg einbiegen und Holgi den Wagen vor dem rot geklinkerten Endreihenhaus am Ende der Straße stoppt.

»Willste der Witwe Gähdes doch mehr Geld geben für die Prospekte?«, frage ich, als wir aus dem Bully steigen.

»Könnte man so sagen.«

»Mann, spuck's aus, was hast du vor?

»Let's fetz«, sagt Holgi. »Wir sind da.«

»Wie, da?«

»Quatsch nicht, und schnapp dir deinen Bass.«

Ich greife mir das Alucase mit dem Rickenbacker, das ich vor der Garage abgestellt habe, Holgi zielt mit einer Fernbedienung auf das Garagentor, und während sich dieses und mein Mund immer weiter öffnen, zählt Holgi laut »One, two, three« ein; dem folgen die schneidenden Anfangsakkorde von Burning love. Das Tor ist jetzt vollständig geöffnet, und ich traue meinen Augen nicht.

Links steht Kurtchen, der sich mit dem Intro gerade die Finger wund spielt. Neben ihm wartet Volker Spahrmann, der singende Müllmann, an der zweiten Gitarre darauf, dass ich endlich meinen Bass einstöpsle. Die riesige Garage ist gefüllt mit Verstärkern, Mikroständern und anderem Equipment und von zahllosen Lichterketten komplett illumiert.

Ganz vorne auf einem Barhocker hinter zwei Mikrofongalgen sitzt Radulescu Ursu mit Elvis-Milo in seinem gereinigten kleinen Paillettenanzug; Holgi greift sich das Mikro von Radu, nimmt rechts von ihm Aufstellung und ruft: »Welcome to Helvis & The Presleyholics featuring Radulescu Ursu and his famous Elvis Puppet Show.«

Und erst jetzt, als ich das Klinkenkabel aus meinem Verstärker mit einem lauten Knacken in den Rickenbacker einführe und meinen Basslauf zusammen mit den einsetzenden Drums starte, nehme ich, versteckt hinter einer ganzen Batterie von Ride- und Crashbecken, den Schlagzeuger der Presleyholics wahr.

Coda/Bonus-Track

PM Schangeleidt alias Brotteufel hatte, am Morgen nachdem Anniki und Max geboren wurden, seinen Kollegen Maltritz zunächst am Revier in Altona abgesetzt. Nach Dienstschluss startete er dann seinen finalen Rachefeldzug gegen mich, enterte einen der Einsatzwagen, fuhr zurück zum Geburtshaus und fragte nach mir. Während die Streifenwagenbesatzung der nachfolgenden Schicht auf der Wache vergeblich ihr Fahrzeug suchte und als abhandengekommen meldete, kombinierte Schangeleidt haarscharf und fuhr zu Adas Wohnung, wo ich gerade barfuß mit Volker Spahrmann Burning love gesungen hatte.

In der folgenden Nacht entdeckte ein Kontaktbereichsbeamter nahe der Wache Wiesendamm einen herrenlosen Streifenwagen. Die Revierleiter der Wachen in Altona und Winterhude hatten Schangeleidt nach den Aussagen seines Kollegen Maltritz zwar in Verdacht, den Streifenwagen entwendet zu haben, konnten ihm aber nichts nachweisen, und da er gerade erst strafversetzt worden war, ließ man die Sache auf sich beruhen.

Herr Blümchen schließlich war viel zu schnell aus meinem Leben verschwunden, ich hatte zunächst gar keine Zeit, ihn zu vermissen. Irgendwann merkte ich, wie sehr mir unsere Telefonate fehlten, und wir begannen uns Briefe zu schreiben.

Herr Blümchen war tatsächlich seit seinem Abflug im April in Deutschland zur Fahndung ausgeschrieben. Im Mai wurde ich ins Polizeihochhaus an der Hindenburgstraße vorgeladen. Ich gab mich wegen Herrn Blümchens Verbleib besorgt, wortkarg und vollkommen ahnungslos.

Kurtchen, mit dessen Pass Herr Blümchen unterwegs war, wurde ebenso wenig behelligt wie Judith, Holgi und Ada. Einen Kurtchen Reich suchte einfach niemand auf der Welt. Doch weder Hanna, die mir immer mal wieder am Telefon zusetzte, noch die ermittelnden Behördenvertreter glaubten ernstlich daran, dass Herrn Blümchen etwas zugestoßen sein könnte. Schließlich waren gemeinsam mit ihm die fünfhunderttausend Euro von den beiden Hamburger Tagesgeldkonten verschwunden.

Sheilas und Herrn Blümchens Flugzeit lag, wie ich später von ihm erfuhr, noch über der von Kurtchens Solotrip nach Borneo. Von Frankfurt aus waren die beiden mit Zwischenstopps nach Jakarta geflogen. Für die deutschen Finanzfahnder würde sich seine Spur, so Herrn Blümchens Hoffnung, spätestens mit dem Eintreffen in der indonesischen Hauptstadt verlieren. Und mit Kurtchens Reisepass und den vielen Geldscheinen am Bauch standen die Chancen nicht schlecht, dauerhaft in Asien unterzutauchen.

Kurtchen würde seinen noch fünf Jahre gültigen Pass vielleicht irgendwann als verloren melden. Bis dahin würde genügend Gras über die Sache gewachsen sein. Aber Kurtchen brauchte sowieso keinen Reisepass mehr, Fernreisen kamen ihm nicht mehr in die Tüte, und Amrum konnte er mit Berenike auch ohne Personalausweis besuchen.

Sheila und Herr Blümchen begaben sich in der Hauptstadt Indonesiens zunächst zur Botschaft Malaysias und bekamen, dank Sheilas Fürsprache und einer unbürokratischen finanziellen Zuwendung aus Herrn Blümchens Geldkatze, die erforderlichen Visa für die Einreise nach Malaysia ausgestellt.

Herr Blümchen aber traute dem Frieden nicht. Er beschloss, mögliche Spuren durch eine alternative Reiseroute zu verwischen. Von Jakarta flogen sie deshalb weiter bis Balikpapan. Von dort ging es tags darauf mit einem Propellerflugzeug der kleinen privaten Airline Bouraq nach Tarakan. Sheila und Herr Blümchen logierten im »Orchid« und kamen sich gleich in der ersten Nacht näher. Für den übernächsten Tag lösten sie eine Schiffspassage über die Insel Nunukan in Ostkalimantan nach Tawau und erreichten an meinem Geburtstag und dem meiner Kinder das Land unter dem Wind, wie der Teilstaat auf der Pazifikinsel Borneo früher genannt wurde.

Sheila zeigte den Zollbeamten Pässe und Papiere und erzählte von einer geplanten Rundreise, die sie bis Sandakan führen sollte. Sheila und Herr Blümchen fuhren aber direkt in die Hauptstadt Kota Kinabalu. Herr Blümchen wollte nun keinen Fahrradverleih mehr gründen, sondern beabsichtigte, unter dem neuen Künstlernamen »Doppelkurt« demnächst eine »kleine, aber feine Vollkornbäckerei« zu eröffnen.

In der direkt am Südchinesischen Meer gelegenen Stadt lebt auch Sheilas Familie – demnächst in einem größeren Haus, das Herr Blümchen den Anverwandten seiner Fluchthelferin zu finanzieren gedenkt. Im Gegenzug kümmern sich Sheilas Angehörige ganz rührend um Herrn Blümchen aka Kurt Reich und planen ein traditionelles Hochzeitsfest, was Herrn Blümchen das uneingeschränkte Bleiberecht bescheren würde.

Einzig an den Umstand, dass ihn alle Kört und Mr. Reik nennen, hat sich Herr Blümchen noch nicht gewöhnt. Doch er ist Realist genug, um zu wissen: »Nichts geht über eine hieb- und stichfeste Legende« in Gestalt einer Ehe zwischen Mr Kört und Mrs Sheila Reik.

Klar, dass Hanna jetzt Ärger hat. Banken und Finanzbeamte haben Anzeige gegen sie erstattet. Und natürlich ist Hanna auch stinksauer auf mich und wirft mir vor, ich hätte Herrn Blümchens Flucht gedeckt.

Fakt ist, Herr Blümchen hatte seinen Borneo-Abgang generalstabsmäßig geplant, Wochen, wenn nicht Monate zuvor. Sicher hätte Hanna gerne was von den fünfhunderttausend Euro abbekommen. Leer ging sie aber auch nicht aus. Herr Blümchen war offiziell als vermisst gemeldet, und das Bäckereigebäude hatte er schon Jahre zuvor auf sie überschrieben.

Hanna würde den Fahndern sicher nur zu gerne verraten, wo sie Herrn Blümchen finden können, wenn sie nur wüsste, dass der verschollene Gespons jetzt unter falscher Flagge mit einer Frau in Asien in den Ehehafen einlaufen will. Von der Hochzeit auf Borneo wird Hanna hoffentlich nie etwas erfahren. Irgendwann wird sie es aber wohl doch rauskriegen, wo er sich aufhält. Aber bis heute halten Kurtchen, Holgi und ich dicht.

Ioan Rustavi, der Radulescu Ursu vor einem Jahr in seine Wohnung nach Hamburg geholt hatte, erzählte mir, dass er im Herbst eine Intendanz in Wien antreten würde. Die Wohnung hatte er noch nicht gekündigt. Und da ich als Schreiberling wieder ganz gut verdiene und Ada Erziehungs- plus doppeltes Kindergeld bezieht, akzeptierte die Wohnungsgesellschaft dank Rustavis Fürsprache mich, Ada und die Zwillinge als Nachmieter. Radu würde, zumindest bis zu seiner vollständigen Genesung, dann in Adas Wohnung unterkommen.

Die Menora und die komplette Wohnungseinrichtung bekamen wir von Rustavi dazu, ohne Abstand zahlen zu müssen. Und um die Renovierung meiner alten Wohnung kam ich auch herum. Holgi mietete meine Räume an, um seinen florierenden Autoprospekteversand vergrößern zu können. Und weil sein Badezimmer direkt an mein altes grenzt, hat er einfach die Wand durchbrochen, sodass er seine Prospekte nun nicht mal über den Hausflur tragen muss.

Und jetzt, nachdem Max und Anniki für einen Krippenplatz in der »Rasselbande« angemeldet sind, Ada anscheinend erfolgreich die erste Probe in einem Gospelchor (Stimmgruppe Sopran) absolviert hat und unsere Familie ohne mein Wissen für ein Laubengrundstück in der Kleingartenkolonie Goldbek e.V. auf die Warteliste hat setzen lassen, haben Holgi und ich bei der letzten Probe beschlossen, nach Borneo zu fliegen.

Wir wollen Herrn Blümchen und Sheila einen Besuch abstatten. Kurtchen wird ganz sicher nicht mitkommen. Und falls Hanna nachforschen sollte, sind wir offiziell mit Volker Spahrmann, dem singenden Müllmann von Winterhude, auf den Spuren von Elvis unterwegs in Vegas und Memphis. Bei Herrn Blümchens Hochzeit wollen wir auf jeden Fall dabei sein.

Ach ja, Käpt'n Präg hat dann noch ein Foto von meinem genesenen Schwanz für seine Bildersammlung gekriegt, und Holgi, Kurtchen, Brotteufel, Radu, Volker und ich gehen natürlich gemeinsam zu dem UK-Subs-Konzert in die Markthalle, bevor im Frühsommer The Presleyholics featuring Radulescu Ursu ihren ersten Auftritt in der Schlachthofklause in Angriff nehmen.

Die Auflagen 1–4 des Romans „HimbeerToni“ sind ab April 2010 im Piper-Verlag, München, erschienen.

Der Nachfolgeroman „ErdbeerSchorsch“, 2012, Piper-Verlag, München, spielt drei Jahre nach „HimbeerToni“.

Besonderer Dank geht an Sari, Kallu, Dieter, Frank (ganz richtig), Andrea, Klaus, Hans Jaeckel, Lukas, ganz besonderer Dank an Holger Kuntze, Marcel Hartges, Thomas Tebbe, Johanna von Rauch & Jutta Stössinger.

Further reading:

Frankfurter Rundschau, 6. März 1999, Zeit und Bild – Moderne Zeiten, »Schnitzel mit Schröder – Ein andalusischer Winter«;

Frankfurter Rundschau, 24. April 1999, Zeit und Bild – Moderne Zeiten, »Sinnkrise in der City – Warum Stadtmöblierung traurig macht«

Further listening:

Die autorisierte Re-Issue der Remo-Voor-Single Toilet Love erschien 2009 neu bei Rich Bitch Records, USA, sowie auf den Punksamplern »Bloodstains across Germany« und »Killed by Death Vol. 40«

Joachim Seidel bei ...

Piper: www.piper.de/autoren/joachim-seidel-2666

facebook: www.facebook.com/joachim.seidel.3

AUTOREN-BIO:

Joachim Seidel arbeitete bei Gala, kolumnierte seitenlang komische Geschichten in der Frankfurter Rundschau, war Chefredakteur u. a. des Magazins MALER und schrieb Drehbücher.
Joachim Seidel lebt in Hamburg, hat eine Tochter, einen Sohn und einen Kleingarten direkt an der Alster. Er nahm eine der legendärsten Punk-Singles in Deutschland auf, die 2009 in den USA wiederveröffentlicht wurde.
Sein Roman »HimbeerToni« wurde 2010 in Deutschland zum Überraschungserfolg, 2012 erschien der Nachfolger »ErdbeerSchorsch«, im Juni 2014 zusammen mit Philip Tamm der Roman »Sie ist wieder da«.

Im Herbst 2011 wurde Seidel mit dem LiteratwoNovelPreis 2011 ausgezeichnet. In der Begründung des Preiskomitees heißt es: »Kaum ein zeitgenössischer Autor vermag es so wie Joachim Seidel die Postmoderne mit den szeneimmanenten Hoffnungen einer vergangenen Jugend zu verknüpfen und dabei sowohl Leser als auch Zuhörer zu einer Zeitreise durch seine wichtigsten Lebenspochen einzuladen. Dabei strahlt sein ungebrochener Optimismus über allen Worten und Werken. Seidel schreibt über Freundschaft, Wegbegleitung und tiefe Krisen, die nur zu überstehen sind, wenn man Hand in Hand den Weg gemeinsam meistert und alles ernst nimmt, nur nicht sich selbst.«

PRESSESTIMMEN:

GALA: „Amüsanter Hamburg-Roman. Kultig!"

SCHATTENWEGE.NET: „Mit HimbeerToni schafft Joachim Seidel ein begeisterndes Debüt, das sowohl für die Lachmuskeln als auch für das Herz und den Kopf geeignet ist. Er erzählt vom Erwachsenwerden eines eigentlich schon Erwachsenen, von sich ändernden Träumen, vom Wandel der Zeit beim Älterwerden, von Freundschaft und Liebe, von Vergangenheit und Zukunft - geschickt verpackt in urkomische Situationen, amüsante Dialoge und liebeswerte Charaktere. Norddeutsch und vielversprechend!"

SUPER ILLU: „Auch ein Punk der ersten Stunde wird mal erwachsen. Irgendwann kämpft er auch mit Ehestress und Problemen mit seinem "Johannes". Anarchisch & aberwitzig."

BUCHBEWERTUNGEN: „Joachim Seidel beherrscht die hohe Kunst des Wortwitzes und der Ironie. Ich habe dieses Buch in einem Bus gelesen und konnte mir, obwohl ich durchaus darum bemüht war, ein lautes Lachen nicht verkneifen. Eine erfrischende Geschichte, die Spaß macht! HimbeerToni schildert die Mechanismen der Verdrängung eines Mannes inmitten der Midlife-Crisis, gepaart mit feinster Ironie und Sarkasmus. 5 Sterne!"

MUSIK EXPRESS: „Die Ausgangssituation klingt ein bisschen so, als könne es darum gehen, was aus den ‚Dorfpunks' von Rocko Schamoni wurde, als sie erwachsen geworden waren – erzählt als Coming-of-Erwachsen-Age-Geschichte nach Art von Nick Hornby."

PRINZ: „Wer Sven Regener liebt, dürfte sich auch für Seidel erwärmen."

ST.PAULI ÜBERSTEIGER 102 (HimbeerToni): „Ihr Frauen werdet nach der Lektüre nicht ‚die Männer' verstehen, und nein, ihr Normalos und Fusselkids, ihr werdet nicht verstehen, was ‚der Punk' ist. Aber ihr werdet vielleicht eine Menge Spaß haben ... Darin besteht für mich die große Klasse des Buches, die es zu einem kleinen Schatzkistchen macht."

LITERATOPIA: „Manches Mal entlockt der Protagonist dem Leser mehr als nur ein Schmunzeln, an einigen Stellen muss man auch mit Lachkrämpfen, die üblen Muskelkater in der Bauchgegend nach sich ziehen, rechnen. Doch diese Schmerzen nimmt man gern in Kauf für die brillante Idee, die der Autor hier toll umgesetzt hat. Mit HimbeerToni schafft Joachim Seidel ein begeisterndes Debüt, das sowohl für die Lachmuskeln als auch für das Herz und den Kopf geeignet ist. Er erzählt vom Erwachsenwerden eines eigentlich schon Erwachsenen, von sich ändernden Träumen, vom Wandel der Zeit beim Älterwerden, von Freundschaft und Liebe, von Vergangenheit und Zukunft - geschickt verpackt in urkomische Situationen, amüsante Dialoge und liebeswerte Charaktere. Norddeutsch und vielversprechend."

HAMBURGER MORGENPOST: „Mit liebevoller Ironie beschreibt Seidel die Nöte seines Helden beim „Hechelkurs" und beim Entsorgen der Plazenta.«

BELLETRISTIK COUCH (Himbeertoni): „Joachim Seidel bietet seinen Lesern mit HimbeerToni eine überaus vergnügliche Lektüre. Augenzwinkernd wird dabei die Musikszene insgesamt auf die Schippe genommen, aber auch das alternative Lebensgefühl der Protagonisten bekommt ordentlich ‚Fett ab'. Ironisch und mit viel Wortwitz wird gezeigt, wie große Jungs ihren schwindenden Träumen hinterher jagen, wie Lebensentwürfe verbissen oder aber mit Leichtigkeit verfolgt werden. Wer bei der Lektüre ausreichend Spaß hatte, kann jetzt schon zur Fortsetzung greifen - mit ErdbeerSchorsch ist bereits eine neue Folge der Seidelschen Prosa auf dem Markt."

BÖRSENBLATT DES DEUTSCHEN BUCHHANDELS: „Auf witzige und ironische Weise berichtet Joachim Seidels Roman ‚HimbeerToni' (Piper) vom Altern großer Jungs."

TAKT-MAGAZIN: „Joachim Seidel, der mit dem ‚HimbeerToni' den Literaturbetrieb in Deutschland für eine kurze Zeit aufmischte ... Es geht um sein neues Buch, das allerliebst und wohlgeformt geraten ist ... Seidel schreibt herrlich verwirrend, ziemlich lustig und aufregend. Für das Finale hat er sich viel Neues und Überraschendes einfallen lassen. Sein Held Hornig kann nach heroischem Kampf alles in genehme Bahnen lenken."

BUCH.DE: „Aberwitzig und anarchisch ... Ein tolles Debüt von einem Ex-Punk der ersten Stunde, der mittlerweile seine freie Zeit in einem Kleingarten verbringt!"

BELLETRISTIK COUCH (ErdbeerSchorsch): „Toni zerreißt sich aufgrund der Einsicht über seine eigene Unzugänglichkeit für seine Ada. Die Überfrau, die schillernde Punkmadonna, die die Familie mit klaren Anweisungen zusammenhält. Toni reist ihr sogar in das für ihn ungeliebte Sylt nach. Der Kinder wegen. Der Frau wegen. Man kann ja nicht immer Punk sein. Oder etwa doch? Will man etwa enden wie Jim Morrison, Janis Joplin, Kurt Cobain? ... Joachim Seidel hat einen amüsanten Roman geschrieben, der den Mikrokosmos eines ewigen Jungen offenbart. Wie das Leben funktioniert, wenn es denn funktionieren muss."

LITERATWO.COM: „Das Buch ist beste Unterhaltung ... Ohne jegliche Klischees, ohne Stereotype und ohne das grundsätzlich Erwartete…“

HAMBURGER ABENDBLATT: „Volle Kannen! Viel erreicht hat Anton ‚HimbeerToni‘ Hornig nicht im Leben - zumindest hat er in ein seiner Winterhuder Butze mit ein paar Kannen ASTRA nicht mehr zu feiern als das 25. Jubiläum der Auflösung seiner Punkband Remo Smash – und die Schwangerschaft seiner Freundin Ada. Das hat angesichts der skurilen Pläne seiner Bandkumpels gerade noch gefehlt ... “

FC ST. PAULI ÜBERSTEIGER 108: (ErdbeerSchorsch): „Kurz umrissen passt hier der Titel von Hermann Schmidts zweitem Buch über die Befindlichkeiten eines St. Pauli-Fans: ‚Der Kampf geht weiter‘ ... Das ist neben der genialen Sprache ... das Beste an dem Buch: die Charaktere sind unglaublich authentisch ... das Ganze (hat) Drive und Tempo, knallt einem wie ein alter Punk-Rock-Song um die Ohren und wird nie langweilig.“

MEN's HEALTH: „Lustige Story über Alt-Punker und Probleme mit dem Älterwerden.“

FINANCIAL TIMES DEUTSCHLAND: „Für Ex-Musiker eine gewinnende Lektüre. Ganz besonders empfiehlt sich das Werk als Zweitbuch für Ex-Punks.“

BÜCHERTIPPS.DE: „Endlich mal wieder ein schön schnoddriger Roman über das Erwachsenwerden von uns Jungs. Denn am liebsten werden wir ja überhaupt nicht erwachsen und schlittern von der Pubertät direkt in die Rente. Die Punkband...um den gleichnamigen Anton „HimbeerToni“ Hornig sind da keine Ausnahme und alles könnte so schön und einfach sein, wenn da nur nicht die Frauen wären. Denn wo Bier die Zunge lockert, kommen

Geschichten zu Tage, die tragisch aber vor allem urkomisch sind. Denn plötzlich sind Kinder, eine Heirat und Schulden das Gesprächsthema Nummer 1 und verdrängen so schöne Dinge wie Penisbrüche... herausgekommen ist ein sehr feiner, spritziger Roman, bei dem es drunter und drüber geht und es nie langweilig wird. Gerade zum Ende schmeißt man sich da auch gut und gerne mal vor Lachen weg und hat definitiv seinen Spaß! ...Wer also was Schrulliges sucht, das dennoch klug und witzig geschrieben wurde, der sollte hier zugreifen. Echte Kerle mit butterweichen Herzen...warten auf euch."